마룡의 후예

송진용 新무협 판타지 소설

FANTASTIC ORIENTAL HEROES

마룡의 후예 6

송진용 新무협 판타지 소설

초판 1쇄 찍은 날 § 2010년 8월 12일
초판 1쇄 펴낸 날 § 2010년 8월 20일

지은이 § 송진용
펴낸이 § 서경석

편집팀장 § 서지현
편집 § 주소영 · 어정원

펴낸곳 § 도서출판 청어람
등록번호 § 제1081-1-89호
등록일자 § 1999. 5. 31
어람번호 § 제2-1964호

주소 § 경기도 부천시 원미구 심곡2동 163-2 서경B/D 3F (우) 420-822
전화 § 032-656-4452 팩스 § 032-656-4453
http://www.chungeoram.com
E-mail § chungeoram@chungeoram.com

© 송진용, 2010

ISBN 978-89-251-2256-4 04810
ISBN 978-89-251-2086-7 (세트)

송지용 新무협 판타지 소설

魔龍
마룡의 후예 後裔

6

마룡(魔龍)의
후예(後裔)

[완결]

도서출판 청어람

目次

第一章
악령(惡靈)이 된 자

마룡의 후예

“이리 가까이 와라.”

위진평이 눈짓으로 둘째 제자 양문창을 가리켰다.

양문창이 머뭇거리며 다가간다.

“더 가까이.”

그가 세 걸음 앞까지 다가와 멈추어 섰다. 감히 위진평의 눈을 똑바로 바라보지 못한다.

잠시 그를 노려보던 위진평이 지옥에서 웅웅거리며 울려 나오는 것 같은 음성으로 말했다.

“네가 나에게 한 짓이 어떤 건지 모르지는 않겠지?”

“사, 사…… 부…….”

훅—

크게 숨을 빨아들인 위진평이 입술을 뾰족하게 하더니 한 가닥 맹렬한 숨결을 뿜어냈다.

퍽!

그것이 탄궁(彈弓)에 실렸던 강전(强箭)이 되어 그대로 양문창의 이마 한복판을 꿰뚫어 버렸다.

양문창이 비명도 지르지 못한 채 쓰러지는 걸 본 운도가 놀란 외침을 터뜨렸다.

이와 같은 무공이 있다는걸 들어본 적도 없었던 것이다.

"아!"

그걸 본 곽서언이 사색이 되어 부들부들 떨었다.

훅—

위진평이 십여 보 떨어져 있는 그를 향해 다시 한 번 숨을 불어냈고, 그 한 가닥의 숨결이 허공을 찢고 나가는 소리가 뾰족하게 울렸다.

"억!"

곽서언 또한 이마 한복판에 구멍이 뻥 뚫렸는데, 얼마나 강력한 힘이었던지 그의 몸이 뒤로 날려가 석벽에 부딪치고 떨어졌다.

"아직 한 놈이 남았다."

위진평의 스산한 음성이 석실 안에 웅웅 울린다.

"끊어라."

그가 운도에게 명령했다.

고개를 끄덕인 운도가 곽서언의 검을 뽑았다. 불끈 내력을 일으켜 검신에 싣더니 그대로 휘두른다.

음침한 석실에 차가운 검광이 번쩍이고 땅! 하는 소리가 한 번 들렸다.

위진평의 좌우 어깨뼈를 뚫고 벽에 박혀 있던 두 줄의 굵은 쇠사슬이 매끈하게 잘라졌는데, 어찌나 빠른 검격이었던지 소리가 한 번만 들렸던 것이다.

좌르르르—

쇠사슬 풀어지는 요란한 소리가 한동안 석실 안에 울려 퍼졌다.

"끄응—"

위진평이 좌우 비파골을 꿰뚫은 쇠사슬을 차례로 뽑아냈다. 한 개를 뽑을 때마다 살점이 함께 묻어나며 왈칵 피가 뿜어져 나왔다.

오랜 세월이 흐르는 동안 쇠사슬과 살점이 붙어 있었던 것이다. 그것을 뽑아내는 건 생살을 찢어내는 것과 다름없는 고통이었다.

위진평이 두 번 그렇게 이를 악물고 낮은 신음을 흘리며 쇠사슬을 뽑아내더니 제 몸에 둘둘 감았다.

"내 살이고 내 피다. 어찌 함부로 버릴 것인가."

운도는 그의 참혹하게 변한 처지에 놀라 가슴이 뛰는 한편 한없는 연민을 느꼈다.

위진평이 옷자락을 들추었을 때 운도의 놀람은 극에 달했다.

단전 깊숙이 박혀 있는 비수를 보았기 때문이다.

"이런 무참한 짓을…… 정말 이귀율이 이런 짓을 했단 말입니까? 왜? 어째서?"

놀라 묻자 위진평이 운도를 바라보았다. 번쩍이며 쏟아져 나오는 그 스산한 눈길에 운도가 흠칫, 하고 한 걸음 물러섰다.

"흐흐흐, 고마워해야 할 일이지. 고통을 통해서 영원히 그놈을 기억할 수 있으니 말이다."

남의 말 하듯 한 위진평이 서슴없이 비수를 뽑아냈다.

"으음—"

고통스러운 신음을 흘리는 건 역시 비수에 눌어붙은 살점이 뜯겨져 나왔기 때문이었다.

뚝뚝 떨어지는 피를 상관하지 않고 비수마저 갈무리한 위진평이 비틀비틀 걸음을 옮겼다. 움직일 때마다 쇠사슬 쩔그렁거리는 소리가 끔찍하게 들린다.

"어디로 가시렵니까?"

"네가 상관할 일이 아니다."

"머지않아 위서향이 돌아올 것입니다. 그녀를 보아야 하지 않겠습니까?"

위진평이 걸음을 뚝 멈추더니 천천히 운도를 돌아보았다.

운도가 간절하게 말했다.

"위 누이는 아버지의 실종 때문에 크게 상심해 있습니다. 그러니 이렇게 살아 계신 걸 알게 된다면 얼마나 기뻐하겠습니까?"

위진평의 번쩍이는 눈이 운도를 쏘아본다.

“너는 정말 그렇게 생각하는 거냐?”

“그건…….”

운도가 낯을 찌푸렸다.

위서향이 만약 제 아버지의 이와 같은 모습을 본다면 크게 놀라 더 상심할지도 모른다는 생각이 들었던 것이다.

“이제 세상 어디에도 검진삼협 위진평은 없다. 명심해라. 그 아이에게 절대로 내가 살아 있다는걸 말해서는 안 된다.”

잠시 침묵하던 위진평이 한 서린 음성으로 다시 말했다.

“나는 나의 이런 꼴을 그 아이에게 보일 수 없다. 위진평은 죽고 없는 것이다.”

찍어누르듯이 운도를 노려본 위진평이 다시 비틀거리며 천천히 걸음을 옮겨 뇌옥 밖으로 나갔다.

쩔그렁거리는 쇳소리가 점점 멀어지는 걸 멍하니 듣고 있던 운도가 길게 탄식했다.

“아, 사람의 일이란 정말 알 수 없구나. 오늘날 검진삼협 위진평이 저렇게 될 줄 누가 알았으리요.”

*   *   *

풍사곡에 죽음의 기운이 뒤덮였다.

이제자 양문창과 삼제자 곽서언의 실종이 암운을 가져왔던 것이다.

남은 자들은 모두 크게 위축되어 말들마저 잊은 채 멍하니 있기만 했다.

오래전에 곡주가 실종되더니 그 후 풍사곡을 지켜왔던 두 제자가 다시 실종되었다.

그들의 실종은 대제자 이귀율이 십천지주에 올랐다는 기쁨을 상쇄시켜 버리기에 충분했다.

영광은 이귀율 한 사람의 것으로 돌아갔고, 풍사곡에 남은 자들은 모두 저희가 이렇게 버려지고 잊혀져 간다는 절망감에 빠져 의기소침해질 수밖에 없었다.

그런 그들에게 한 사람이 찾아왔다.

위서향이었다.

운도가 위진평을 구해준 뒤로 열흘이 더 지나고 나서야 그녀가 풍사곡으로 돌아왔다.

운도의 생각보다 훨씬 늦은 귀가였다.

곡으로 돌아오자마자 그녀는 두 사형의 실종 소식을 듣고 낙심했다. 다음으로는 상가처럼 변해 버린 풍사곡의 분위기에 속이 상했다.

이곳으로 오는 동안 대사형 이귀율이 십천지주가 되고 무림맹의 맹주로 등극했다는 소식을 들었지만 이상하게도 기쁘지 않았다.

풍사곡으로서는 큰 영광이니 당연히 잔칫집 같아야 할 텐데 그렇지 않은 것과 다를 바 없었던 것이다.

그날 밤. 귀환을 환영하는 조촐한 축하의 자리를 가진 후 홀로 자신의 거처인 화정각(花庭閣)으로 돌아온 위서향은 낯선

곳처럼 썰렁해진 그곳의 모습에 또 한 번 가슴이 무너지는 슬픔을 맛보아야 했다.

흑풍객을 따라 이곳을 떠난 지 벌써 칠 년이 지나 있었지만 실내의 모습은 달라진 게 하나도 없이 제가 떠나던 날 그대로 남아 있었다. 그러나 낯설었다.

해남도를 혼자서 떠났을 때 느꼈던 절실한 외로움이 끝인 줄 알았는데, 이곳에서 느끼는 외로움은 그보다 더했다.

혹시 운도가 부르며 뒤쫓아와 주지 않을까, 하는 기대로 몇 번이나 뒤돌아 보았고, 소보다 느릿느릿 걷기를 며칠이나 했다.

그러나 끝내 운도는 자신을 따라오지 않았다.

그런 그의 무정함에 노여워서 입술을 깨물며 다시는 보지 않으리라고 맹세하기를 몇 번이던가.

찾아와도 이제는 아는 체도 하지 않겠노라고 다짐하면서도 그녀는 내내 미적거리며 느릿느릿 길을 갔고, 며칠씩 머물러 쉬기도 했었다.

자다가도 문득 문밖에서 "위 누이" 하고 다정하게 불러주는 그의 음성을 들은 것 같아 벌떡 일어나곤 했다. 그리고 그때마다 더 큰 실망과 외로움 때문에 울었다.

그런 날 아침이면 이제는 정말 그를 생각하지 않겠노라고, 내 마음속에서 싹 지워 버리겠노라고 결심하곤 했었다.

그러나 지금도 위서향은 여전히 그를 생각하고 있었다.

그가 이곳, 풍사곡에 있을 때 밤이면 화정각에 몰래 찾아와 머뭇거리며 바라보던 모습을 잊을 수가 없었다. 아직도 그가 고개를 푹 숙인 채 고뇌하며 창밖 단풍나무 사이를 서성이고 있는 것만 같다.

위서향이 깜짝 놀란 사람처럼 얼른 창가에 섰다. 어두운 정원을 두리번거려 보지만 어디에도 운도의 모습은 없었다.

"휴―"

애절하게 한숨을 내쉰 그녀가 탁자에 턱을 괴고 앉아 멍하니 허공을 바라보았다.

처량해진 지금의 제 신세를 생각하니 볼을 타고 뜨거운 눈물이 주르륵 흘러내렸다.

"위 누이."

환청인가 보다.

"위 누이, 들어가도 되겠어?"

내가 기어이 미친 모양이라고 생각한 위서향이 한숨을 쉬었다.

"벌써 자는 거요?"

"운도?"

두리번거리던 위서향이 벌떡 일어섰다.

환청이라도 좋다고 생각했다. 미쳐서 헛것을 보게 된다고 해도 좋다.

달려간 그녀가 방문을 벌컥 열어젖혔다.

그리고 거기 서 있는 그를 보았다.

여전히 믿을 수가 없다.

눈을 비비는 그녀를 보며 운도가 빙긋 웃었다.

"너, 너⋯⋯."

"설마 그새 내 얼굴마저 잊어버린 건 아니겠지?"

"이 바보야!"

위서향이 와락 운도의 품 안으로 무너졌다.

따뜻하다.

그의 냄새가 난다.

그러므로 이건 환상이 아니고 꿈도 아니다.

운도가 위서향의 두 볼을 감쌌다. 그 손 위에 위서향의 손이 겹쳐진다. 영원히 놓지 말라는 듯이 운도의 손을 꼭 누르며 바라본다.

엄지손가락을 움직여 눈물을 닦아준 운도가 여전히 그녀의 볼을 감싼 채 말했다.

"나를 기다리고 있었던 거야?"

위서향이 마구 고개를 끄덕였다. 울먹이며 말한다.

"영영 오지 않을 줄 알았어."

"그렇지 않아. 바보는 내가 아니라 위 누이였군."

"상관없어. 누가 바보라도 상관없어."

위서향이 운도의 가슴속으로 무섭게 파고들었다.

이렇게 그가 찾아와 주었으니 다 괜찮다고 생각했다.

슬픔도 외로움도 두려움도 한순간에 모두 사라지고 오직 기쁨과 안도감만이 충만해졌다.

＊　　　＊　　　＊

가라앉은 것처럼 고요하고 잔잔한 호숫가에 한 사람이 앉아 낚싯대를 드리우고 있었다.

갓 넓은 죽립을 써서 햇빛을 가리고, 등에는 수수한 무명 겉옷을 걸쳐 가을의 한기를 막고 있었다.

인적없는 깊은 고요가 사방에 가득했다.

멀리서 가까이에서 산새들이 지저귈 뿐 이 넓은 세상에 오직 그 한 사람만 있는 것 같은 적막이었다.

찌는 꼼짝도 하지 않았다. 바람마저 불어오지 않아서 거울처럼 맑고 잔잔한 수면에 맞은편의 산과 숲 그림자가 비쳐 또 하나의 세상이 거기 깃들어 있는 것 같았다.

얼마나 시간이 지났는지 모른다.

사내는 그저 낚싯대를 담그고 무심하게 앉아 있을 뿐, 고기를 잡는 일에는 관심이 없는 것 같았다. 세월을 낚고 있는 강태공이리라.

그의 등 뒤, 울창한 삼나무 숲에서 한 사람이 천천히 걸어나왔다.

깨끗하게 손질된 흰옷을 입은 호리호리한 체구의 노인이었다.

길쭉한 오동나무 함 한 개를 소중히 들고 있었는데, 청수한 인상과 분위기가 이 숲에 사는 신선과도 같았다. 낚시하는 사내의 무심함에 호기심을 느껴 모습을 드러낸 것인지도 모른다.

"좀 잡으셨소?"

사내의 등 뒤에 한동안 서 있던 그가 물었다.

화산의 무량자 이릉운이었다.

그가 반 시진 가까이 등 뒤에 서 있었건만 낚시질하는 사내는 돌아보지 않았다.

다시 반 시진 가까운 시간이 지났다.

그동안 사내는 여전히 찌만 바라보며 미동도 하지 않았고, 그의 등 뒤에서 이릉운 또한 오동나무 함을 소중히 든 채 석상이 된 것처럼 움직이지 않았다.

그 길고 지루한 시간을 꼼짝하지 않고 기다려 주는 이릉운의 인내심도 놀라웠지만, 한 번도 반응하지 않고 찌만 바라보는 사내의 무심함은 더욱 놀라웠다.

“휴—”

이릉운이 길게 한숨을 내쉬었다.

지루함을 더 이상 참을 수 없게 된 것인지도 모른다.

“당신의 그 정력(定力)은 여전히 천하무적이구려.”

사내는 여전히 반응하지 않았다.

“당신이 말한 물건을 가져왔소.”

그 말에 비로소 사내가 반응을 했다.

느릿느릿 고개를 돌려 이릉운을 바라보는 얼굴이 무심 그 자체였다.

사내의 맑은 눈길이 오동나무 함에 머물렀다.

이릉운이 그의 곁에 함을 내려놓고 다시 물러섰다.

사내가 함을 쓰다듬었는데, 그 손길이 가늘게 떨리는 것 같았다. 마음에 격동이 일었던 것이다.

함을 열자 그 안에 담겨 있던 한 자루의 보도가 모습을 보였다.

일대 쾌도왕 전풍의 뇌전도였다.

그것을 꺼내 드는 사내의 손이 역시 가늘게 떨렸다. 한동안 칼을 쓰다듬더니 와락 손잡이를 잡고 그것을 뽑아 들었다.

쨍, 하는 맑고 날카로운 소리와 함께 번쩍이는 칼이 칼집을 벗었다.

후우웅—

그것의 강렬한 기운이 사방으로 퍼져 나가자 주위의 공기가 두려움으로 떨며 비명 같은 소리를 냈다.

칼을 뽑아 든 사내의 손은 더 이상 떨리지 않았다. 칼몸을 훑는 눈길에서 정광이 와르르 쏟아지고, 꾹 다문 붉은 입술에 결연한 기색이 가득했다.

그것을 바라보는 이룡운의 청수한 얼굴에 감출 수 없는 긴장이 어렸다. 칼과 사내를 뚫어지게 바라본다.

철컹.

사내가 뇌전도를 다시 칼집에 꽂아 넣고 나서야 이룡운의 긴장도 사라졌다.

그것을 다시 오동나무 함에 넣고 뚜껑을 닫은 사내가 비로소 죽립을 벗었다.

어깨를 덮은 흰 머리카락과 귀품 가득한 이목구비.

조각처럼 단아하고 품위있는 얼굴이었지만 또한 강인하고

고집스러워 보인다.

한때 세상을 오시하며 독보천하했던 절대자.

초인 중의 초인으로 불린 유일한 사람.

절대천마 풍약헌이었다.

죽었다고 알려졌던 그는 죽지 않고 살아 인적이라고는 닿지 않는 오지의 숲 한가운데에서 한가로운 여생을 보내고 있었던 것이다.

"그동안 수고가 많았소."

풍약헌의 말에 이룡운이 빙긋 웃었다.

"풍 형이 원하는 일인데 나의 수고쯤이야 무슨 상관이 있겠소이까?"

백발의 노인이 되어 있는 풍약헌이 주섬주섬 낚싯대를 챙겨 들고 일어섰다.

말없이 삼나무 숲을 향해 걸어가고, 오동나무 함을 소중히 안은 이룡운이 그 뒤를 따랐다.

개울가에 아담한 돌집 한 채가 있었다.

담도 없고, 작은 마당에는 잡풀이 무성하게 자라 있는 것이 버려진 돌집인 것도 같았다.

돌벽에는 이끼가 가득했고 담쟁이가 지붕까지 뒤덮고 있었다.

주위를 병풍처럼 두르고 있는 아름드리나무들이 엄숙한데, 그 사이로 비쳐드는 햇빛은 사방을 은은한 녹색으로 채웠다.

그것들과 동화되어 조용히 서 있는 돌집.

그 풍경은 세상에서 볼 수 없는 아늑한 것이었다.

돌집은 자연스럽게 그것들과 동화되어 이 숲의 일부인 것처럼 조용히 거기 있었다.

온통 낡았지만 정갈하게 정리된 돌집 안에 이릉운과 풍약헌이 마주 앉았다.

따뜻한 찻물이 향기로운 냄새와 함께 옅은 김을 모락모락 피워 올리고 있었다. 창문으로 스며드는 빛 속에서 그것이 영롱하게 반짝이며 천천히 퍼지고 있다.

오랫동안 지속된 두 사람의 침묵이 돌집 안을 더욱 깊고 아늑하게 해주었다.

천천히 차를 음미한 풍약헌이 찻잔을 내려놓는 소리가 딸그락, 하고 크게 울린다.

"그 아이는?"

그가 비로소 입을 열었다.

그러자 다향이 돌집 안에 퍼지듯 이릉운의 얼굴에 기쁜 기색이 가득 번졌다.

"잘 있소. 생각보다 훨씬 늠름하고 훌륭한 청년으로 자랐다오."

"그 아이가 십천지주가 되지 못한 건 유감이오."

풍약헌이 무심한 어조로 말했다.

"하—"

이릉운이 길게 탄식하고 고개를 끄덕였다.

"그렇다오. 소제도 설마 일이 그렇게 흘러갈 줄 몰랐으니…… 이럴 줄 알았다면 조금 더 적극적으로 개입할 걸 그랬다는 후회가 막심하구려."

"계획은 사람이 하지만 결과는 하늘에 달린 것이니 다 부질없지."

"……"

"대신 그 아이는 쾌도왕과 장왕의 무공을 익혀 대성했으니 그나마 풍 형에게는 위안이 될 것이오."

"그건 기쁜 소식이군."

풍약헌이 애잔한 눈으로 탁자 위의 목함을 바라보았다.

그에게 무언가 더 큰 기쁨을 주어야 하는 의무감을 가진 사람처럼 이릉운이 서둘러 다시 말했다.

"게다가 풍진걸개의 도움으로 소림사의 대환단을 복용하고 임독양맥을 타통했으니 앞으로 무궁무진한 발전을 이루게 될 것이외다."

"그래요? 풍진걸개에게 신세를 졌군."

"어디 그것뿐이겠소? 아마도 풍진걸개의 모든 것을 물려받았을 것이오."

"응?"

그건 뜻밖이라는 듯 풍약헌이 이릉운을 바라보았다.

"그에게 최심장을 후려친 후 숨어서 지켜보았다오. 과연 그 아이가 찾아와 풍진걸개를 업고 가더군. 몰래 뒤를 밟았지요. 그들이 은밀한 바위틈에 한참 머물러 있었는데, 떠날 때는 그 아이 혼자 떠나는 것 아니겠소? 그 뒤에 그 안에 들어가 확인해 보았지."

"풍진걸개는 죽었소?"

"그렇소이다. 그는 확실히 죽었소. 그리고 의당 그에게 있어야 할 무공 비급이 사라졌더군. 그가 누구에게 그것을 물려 주었겠소?"

"음—"

비통한 신음을 흘린 풍약헌이 풍진걸개의 죽음을 애도하듯 한동안 고개를 숙이고 있다가 다시 말했다.

"그의 죽음은 참으로 애석하기 짝이 없는 일이오. 하지만 어쩔 수 없는 것이기도 하지. 어쨌든 그의 절학이 그 아이에게 물려졌다면 기쁜 일이오. 나는 그 아이가 오늘날 그와 같은 성취를 이룬 게 모두 그대의 공이라는 걸 알고 있소."

"소제는 풍 형의 그 말씀을 감당할 수 없소이다."

이룡운이 겸양하자 풍약헌이 미소를 띠고 말했다.

"그렇지 않소. 이 형이 그 아이를 위해 풍운검법을 창안해 내기 위해 얼마나 고심했는지 나는 잘 알고 있소이다. 그것으로 인해 그 아이는 천하의 모든 무공을 쉽게 받아들이고 그것의 정수를 누구보다 잘 꿰뚫어 볼 수 있게 되었으니 만약 그 검법이 없었다면 그 아이가 어찌 오늘날과 같은 성취를 이룰 수 있었겠소?"

"그렇게 생각해 주시니 고마울 뿐이오."

두 사람 사이에 다시 무겁고 깊은 침묵이 흘렀다.

이릉운이 탄식하고 원망하는 눈길로 풍약헌을 바라보며 말했다.

"하지만 흑풍객과 풍진걸개의 일이 마음에 걸리니…… 아마도 나는 다시는 그들에게로 돌아갈 수 없을 것이오."

"어쩌면 풍진걸개는 스스로 그것을 원했을지도 모르지."

"정말 그렇게 생각하시는 거요?"

"그는 명이 다해가는데 자신의 뒤를 이을 만한 제자를 두지 못했소. 개방에 그럴 만한 인물이 나지 않은 것도 하늘의 뜻인지 모르지."

"그래서 그 아이를 택했다는 거요?"

"어쩌면이라고 했소."

"그래서 단지 그 아이의 소식을 가져오는 게 아니라 그 아이를 아예 데리고 온 것이었겠군요?"

"풍진걸개는 어리석은 사람이 아니오. 아마도 세상의 혼란이 시작되었다는걸 짐작했을 것이오. 그걸 막아줄 사람이 필요한데 누구에게도 맡길 수 없으니 마지막으로 제 목숨을 걸고 도박을 하지 않을 수 있었겠소?"

"흑풍객의 일은?"

그 물음에 풍약헌이 입을 굳게 닫고 물끄러미 이릉운을 바라보더니 넌지시 되물었다.

"정말 모르겠소?"

"짐작은 하고 있소."

"당신의 짐작이 맞을 거요. 그러니 그 일은 더 거론하지 맙

시다."

"좋소. 그럼 이제 내가 또 무엇을 해야 하는지 말씀해 주시오."

"뇌전도가 손에 들어왔으니 다음으로는 귀면옥패를 찾아야겠지."

"그것도 어디 있는지 물론 알고 있겠지요?"

"하하, 항상 등잔 밑이 어두운 법 아니겠소? 아마 듣고 나면 당신은 놀라 나자빠질지도 모르지."

"말씀해 주시오."

이룽운이 긴장해서 풍약헌을 바라보았다.

풍약헌이 무심하게 말했다.

"지금쯤은 바로 그 아이가 지니고 있을 것이오."

"뭐라고 했소?"

이룽운이 믿을 수 없다는 듯 눈을 크게 떴다.

"원래 그것은 귀염후가 지니고 있었지."

"억!"

풍약헌의 그 말에 이룽운이 대경실색했다. 저도 모르게 비명 같은 외침을 터뜨리고 벌떡 일어선다.

"그것을 염 매가 가지고 있었단 말이오? 그게 정말이오?"

"그렇소."

"이런, 이런!"

염 부인으로 알려졌던 사람, 소정이의 어머니.

이룽운은 그녀를 지척에 두고 십수 년간이나 은밀히 보살펴

오지 않았던가.

그럼에도 그녀가 귀면옥패를 가지고 있다는걸 전혀 눈치채지 못했다는 게 분하고 억울했다.

"아, 그녀는 여전히 나를 원망하고 있었구나. 그렇기에 죽어가면서까지 감쪽같이 속이고 있었던 것이겠지. 나는 그녀의 노여움도 이제는 풀렸다고 믿고 있었는데 그게 아니었구나. 어리석도다, 이릉운이여. 여자의 한이 그토록 무섭다는걸 어째서 까맣게 잊고 있었더란 말이냐."

이릉운이 장탄식하며 스스로를 나무랐다.

풍약헌이 웃으며 말했다.

"여자의 한은 오뉴월에도 서리가 내리게 한다고 하지 않소? 그것이 사랑의 한이었다면 더욱 지독할 수밖에 없겠지."

이릉운이 원망 가득한 눈으로 풍약헌을 바라보았다. 점점 눈길에 힘이 실리더니 이글거리며 노려본다. 적의가 숨김없이 드러난 눈길이었다.

그러나 풍약헌은 태연했다.

빈 찻잔에 찻물 따르는 맑은 소리가 침묵을 흔들며 돌집 안에 울려 퍼졌다.

"남녀 간의 정이란 제 뜻대로 되지 않는다는걸 이제는 당신도 잘 알고 있지 않소?"

"하아—"

풍약헌의 말에 이릉운이 길게 한숨을 내쉬었다.

풍약헌이 그에게 차를 권하며 다시 말한다.

"엇갈리는 사랑을 두고 운명이라고 하지 않소? 운명이란 우리 힘으로 어쩔 수 없는 것이지."

이룽운이 또 한 번 탄식하고 나서 천천히 말했다.

"나는 그녀에게 잘못한 일이 없소."

"아니지. 당신은 그녀에게 대단히 잘못했다오. 그렇기에 그처럼 지독한 한을 품은 것이지. 그러면서도 당신 주위를 죽을 때까지 맴돌고 있었으니, 아— 대체 사랑이란 무엇인지 모르겠구나."

이번에는 풍약헌이 말을 하다 말고 길게 탄식했다.

두 사람 사이에 다시 깊고 무거운 침묵이 이어졌다.

한참 만에야 이룽운이 한숨을 내쉬고 말했다.

"풍 형의 말이 맞을지도 모르겠소. 염 매가 끝까지 내 곁을 떠나지 않았던 것은 단지 그 아이를 지키기 위해서가 아니라 실은 나를 떠날 수 없어서였을 것이오. 아, 나는 이제야 그것을 알았으니 하늘의 장난이 너무 심하구려."

"귀염후는 제 한 몸조차 지키지 못할 정도였는데 어찌 남을 지켜줄 수가 있었겠소? 이 형이 그런 간단한 사실마저 간과한 건 여전히 그녀에게 관심이 없었기 때문이지. 그러니 귀염후가 죽을 때까지 이 형을 원망하지 않을 수 있었겠소?"

"휴우—"

"이 형은 한 여자를 사랑했지만 그녀는 이 형을 돌아보지도 않았지. 그녀가 사랑한 사람은 다른 사람이었으니까."

풍약헌의 말을 듣는 동안 이룽운의 얼굴이 고통으로 일그러졌다.

"그래서 이 형은 질투에 눈이 멀어 더욱 다른 여자를 돌아볼 수 없게 되었고, 등 뒤에서 이 형을 간절히 바라보는 귀염후가 있다는 것마저 의식하지 못했으니……."

"으음—"

"아, 이것은 참으로 운명의 장난이라고밖에는 말할 수가 없구려."

이제 이릉운은 거의 울 듯한 얼굴이 되어 멍하니 풍약헌을 바라보기만 했다.

풍약헌 또한 침울해져 있었다.

"모든 비극이 그로 인해 잉태되고 태어났으니 장난치고는 참으로 가혹한 장난인 게 틀림없소. 그러니 나 또한 하늘을 원망하지 않을 수 없다오."

"다 쓸데없소, 쓸데없어."

이릉운이 긴 탄식 끝에 그렇게 말하고 벌떡 일어섰다.

"그녀는 죽었고, 염 매 또한 죽었으니 이제 와서 옛일을 들먹이며 후회한들 무슨 소용이 있단 말이오? 풍 형은 어서 다음 일이나 말해주시오."

"당신의 결심이 그와 같으니 우리 일은 잘될 것이오. 이제 당신이 할 일은 그 아이를 내게 데려오는 것이외다. 그러면 자연히 귀면옥패를 얻게 될 테니 그다음에는 당신의 뜻이 이루어지지 않겠소?"

"좋소."

진작 이 일을 알았다면 운도를 만났을 때 그를 설득할 수 있었을 것이다. 그랬더라면 시간과 수고를 훨씬 덜었을 것 아닌가.

그런 원망이 마음속에 가득했지만 이릉운은 한마디도 하지 못했다.

사람이 앞일을 어찌 알 것이며, 심중에 아무리 치밀한 계획을 세웠다고 한들 그것이 성사될 것인지 아닌지 누가 알 수 있을 것인가.

"한 달이면 충분할 것이오. 다시 돌아올 때까지 풍 형은 부디 보중하시기 바라오."

이릉운이 구름처럼 돌집을 벗어나 이내 숲 속으로 사라져 버렸다.

잠시 깊은 적막 속에 우두커니 앉아 있던 풍약헌이 길게 한숨을 내쉬었다.

"운 매, 드디어 그 아이를 만나볼 수 있게 되는 모양이오. 당신이 여기 있어서 나와 함께 그 아이를 볼 수 있게 된다면 얼마나 좋겠소?"

허공이 대답할 리가 없다.

그래도 운 매라고 부른 그 사람의 대답을 기다리는 듯 잠시 귀를 기울이고 있던 풍약헌이 쓴웃음을 지었다.

"그 아이를 만나면 뭐라고, 무슨 말을 해야 할지 모르겠구려. 당신 같으면 뭐라고 말하겠소? 무슨 말로 그 아이의 한을 달래줄 수 있겠소?"

第二章

풍운만장(風雲萬丈)

마룡의
후예

이럴 수는 없다.

강호가 경악으로 비명을 질렀다.

십천지주가 변했다. 아니, 십천이 변했다.

그런 말들은 하나의 사건을 두고 급속히 퍼져 나갔다.

지난달 초. 산동의 백도 문파인 천마방(天馬幇)의 사건이 계기였다.

천마방은 백도의 문파이면서도 무림맹에 가입하지 않은 채 독자적인 노선을 걷는 방회였다.

무림맹은 그것이 고집 세고 자부심 높은 산동인들의 기질 때문이라고 여겼다. 그랬기에 여태까지 그들을 굳이 가입시키려고 하지 않았던 것이다.

그러나 신임 맹주이자 십천지주인 이귀율은 그렇지 않았다.

백도의 모든 문파, 방회는 의무적으로 무림맹에 가입해야 한다. 그래서 무림맹의 통제를 받아야 한다.

그래야 결집된 힘으로 사마의 무리를 영원히 무림에서 제거할 수 있다는 이유였지만 그의 주장은 명백했다.

강호의 모든 힘을 무림맹으로 모으겠다는 것이다.

그건 곧 맹주인 자신의 영향력 아래에 두겠다는 것 아닌가.

─그는 군림천하하려고 한다.

무림맹과 산동 천마방의 갈등 소식을 전해들은 사람들은 한결같이 그렇게 말했다.

십천지주의 군림천하.

그가 그렇게 마음먹었다면 누가 그를 막을 수 있을 것인가.

누구 한 사람이 전 무림을 장악하고 전제군주적인 무소불위의 권위를 행사한 일은 아직까지 없었다.

그동안 수많은 영웅, 마두들이 일어나 무림 장악의 욕망을 품고 분란을 일으켰지만 한 명도 성공한 자가 없지 않았던가.

무림은 공생하는 곳이지 일방적으로 군림하는 곳이 아닌 것이다.

흑과 백이 적절한 조화를 이루고, 정과 사마가 적절한 힘의 균형을 이룬 채 공존할 때에 강호는 평화로웠다.

그 힘의 균형이 깨지면 언제든지 분란이 발생했고, 그 결과 강호는 시산혈해로 뒤덮였다.

지금의 강호가 평화로운 건 바로 그 공존이 이루어지고 있기 때문이었다.

마교가 사라진 이후에도 강호에는 여전히 군마의 세력들이 남아 있었고, 그들이 무림맹과 공존하면서 서로를 견제하고 있었던 것이다.

그런데 이제 십천지주이자 무림맹주인 이귀율에 의해서 그러한 힘의 균형이 깨지려 하고 있었다.

천마방주인 천문도(天門刀) 엄소한(嚴素寒)은 단호하게 이귀율의 명령을 거부했다.

그는 굳세고 의연한 대장부였다.

한 번 옳다고 믿는 것은 목에 칼이 들어와도 변치 않았고, 한 번 아니라고 말하면 뼈가 부서져도 바꾸지 않았다.

그런 그가 아니라고 말했다.

이귀율은 최후통첩을 보냈고, 천문도 엄소한은 코웃음으로 화답했다.

그 일을 두고 강호는 두 개의 서로 다른 의견으로 갈라져 연일 토론과 언쟁이 벌어졌다.

십천지주를 지지하는 자들과 천마방을 지지하는 자들로 인해 자칫 백도가 두 조각 날 형편이었던 것이다.

그러자 이귀율이 단호하게 말했다.

"본보기를 보인다. 내 뜻을 거스르는 자와 문파가 어떻게 되는지 세상에 보여줄 필요가 있다."

그는 천마방과 천문도 엄소한을 본보기로 삼아 자신의 위엄
과 위력을 만천하에 알리려고 했다.

그리하여 그는 십천의 후예들 중 두 명에게 무림맹의 정예
고수 일만 명을 주어 출진시켰다.

세상은 숨을 죽였다.

무림맹, 아니, 이귀율이 천마방을 역도의 무리로 규정했기
때문이다.

필살(必殺).

생령멸진(生靈滅盡).

이귀율의 뜻은 분명했다.

점창파의 후예인 일검진천(一劍振天) 백풍산(白風山)과 산동
하가보의 후예인 불패쌍극(不敗雙戟) 하군악(河群岳).

그들이 일만 무사들을 거느리고 당당하게 무림맹을 나섰고,
강호는 경악의 비명을 질렀다.

그리고 보름 뒤.

이만의 방도를 동원하여 천모산 기슭에 진을 치고 있던 천
문도 엄소한은 백풍산과 하군악에 의해 참혹한 죽임을 당하고
말았다.

백풍산과 하군악은 거기에 그치지 않고 이만의 천마방도 모
두를 죽여 벌판을 시체로 뒤덮었다.

포로는 없었다. 생환자도 없었다.

그것뿐이 아니었다. 대승을 거둔 무림맹의 무사들은 회군하
는 대신 천마방의 총단은 물론 이십팔 개 분타들을 철저하게

짓밟았다.

천마방에 속해 있는 자라면 남녀노소를 가리지 않고 모두 죽였으며, 전각을 불태워 잿더미로 만들어 버렸던 것이다.

예외란 있을 수 없었다.

그 끔찍하고 잔인한 처사에 뜻있는 강호의 열사들은 이를 갈고 치를 떨었지만 감히 누구 한 사람 나서서 항의하지 못했다.

그리고 두 번째 사건이 잇달았다.

이번에는 하북의 비룡문(飛龍門)에서였다.

비룡문주인 비화신검(飛火神劍) 서공륜(徐共崙).

검 한 자루로 일가를 이루어 신검으로 불린 사람.

하북 무림의 명숙으로 존경을 받는 영웅.

그는 또한 멸망당한 천마방주 엄소한의 사돈이자 친구이기도 했다.

천마방의 참극 소식을 들은 그가 분연히 일어나 무림맹과 맹주의 극단적인 처사에 반기를 든 건 당연했다.

그러자 무림맹에서는 급히 십천의 후예 두 명을 보냈다.

아미의 청향 사태와 을목장의 후예인 천목신장(天木神掌) 관후렴(關厚廉)이었다.

이귀율의 명을 받은 그들이 밤낮을 가리지 않고 천리마를 달려 하북 비룡문에 도착했을 때는 저녁 무렵이었다.

비룡문의 기세와 분위기는 흉흉했다.

십천의 후예 두 명이 찾아왔으나 제대로 예를 표하는 자조차 없었던 것이다.

과거 십천의 천주들은 어디를 가든 존경과 경외의 대상이었다.

한 문파의 장문인이라고 해도 그들을 대함에 있어서 정성을 다하는 최고의 예우를 받았던 것이다.

그러나 그 십천을 물려받은 후예들에 대해서는 그렇지 않았다.

그들 앞에서는 누구나 고개를 숙이고 승복했지만 뒤에서는 눈을 흘겼다.

비룡문에서의 홀대는 더욱 노골적일 수밖에 없었다.

그들은 더 이상 십천이라는 이름에 주눅 들지 않았고, 천주에 대하여 공경하지 않았다.

"너희들은 악이다!"

그들과 대면한 비화신검 서공륜이 대뜸 그렇게 소리쳤을 때 청향 사태와 관후렴은 기가 막히고 어이가 없어서 입을 딱 벌리기만 했다.

"십천이 백도의 하늘이고 정의의 수호신이라는 건 모두 옛말이다! 그 후예인 너희들은 사문과 가문의 이름에 먹칠을 하는 파렴치한이며, 극악무도한 악의 화신일 뿐이다! 나는 결코 악의 무리와 타협하지 않는다!"

"아미타불, 아미타불……."

청향 사태가 합장한 채 떨리는 음성으로 불호를 중얼거렸고, 관후렴은 움켜쥔 주먹을 부르르 떨며 이를 악물었다.

비화신검 서공륜은 거침이 없었다.

"돌아가라! 나는 이날까지 단 한 번도 불의와 타협해 본 적이 없고, 협박에 굴복하여 자존심을 버려본 적이 없다! 이귀율이 직접 온다고 해도 내 말은 똑같을 것이다!"

그는 십천의 후예들은 물론, 십천지주이자 무림맹주인 이귀율마저 조금도 공대하지 않았다.

서슴없이 나이 어린 후배 대하듯 했을뿐더러 그들을 악의 화신이며 불의한 자들이라는 말로 몰아세웠다.

그건 그들을 더 이상 십천의 계승자로 인정하지 않는다는 것이면서 십천에 대한 경외지심을 더 이상 갖지 않겠다는 선언이기도 했다.

따라서 십천지주를 인정하지 않을 것이며, 무림맹의 정통성도 인정하지 않겠다는 단호한 의지의 표현이었다.

"이 모든 사태의 결과에 대해서는 문주인 당신이 책임을 져야 할 것이오!"

관후렴이 분노로 몸을 떨며 그렇게 말했다.

연배로는 아버지뻘이면서 강호의 대선배이자 한 문파의 수장이기도 한 사람을 하대하면서 서슴없이 당신이라고 부른 것으로 노여움을 낱낱이 드러낸 것이다.

쨍그랑!

서공륜이 접시를 바닥에 내던져 박살 냈다.

"가라! 다시 찾아온다면 그때는 기필코 내 손에 피를 묻히고 말리라!"

청향과 관후렴이 돌아간 후 강호의 곳곳에는 무림맹의 이름으로 공문이 나붙었다.

비룡문을 백도에서 제명한다는 것이었고, 문주인 비화신검 서공륜을 마교의 동조자로 규정한다는 것이었다.

강호가 또 한 번 무림맹의 그와 같은 처사를 두고 들끓었다.

홍안적성과의 정사대전 때에 비룡문과 비화신검이 얼마나 용맹하게 앞장서 싸웠는지 모르는 사람이 없었다.

서공륜은 무림맹의 선봉장으로서 목숨을 아끼지 않고 마교의 무리와 싸워 혁혁한 전공을 세웠다.

그런 그가 졸지에 마교의 동조자로 전락한 일에 대하여 놀라지 않는 사람이 없었고, 하북의 영광이었던 비룡문이 백도에서 제명되는 일에 공감하는 사람이 없었다.

그러나 그 어느 때보다 막강해진 무림맹의 힘과 권위에 정면으로 맞서려는 사람 또한 없었다.

강호가 무림맹에 대한 비난의 말들로 들끓을 때 무림맹 내에서도 작은 분란이 발생했다.

관후렴의 보고를 받은 이귀율이 차가운 조소를 흘리며 진압을 명령하자 청향 사태가 자리를 박차고 일어섰던 것이다.

"아미타불. 저는 더 이상 무림맹의 일에 관여하지 않겠어요."

"그게 무슨 말이오?"

곁에 있던 관후렴이 어리둥절해서 물었고, 청향 사태를 바라보는 이귀율의 눈빛은 서늘했다.

청향 사태가 고운 볼을 홍분으로 붉힌 채 합장하고 몇 번 불호를 외워 마음을 가라앉힌 다음에 차분하게 말했다.

"저는 본래 불법에 귀의한 몸이라 살생을 금하라 하신 부처님의 말씀을 거스를 수 없답니다."

"부처님께서도 나한을 두어 사마의 무리를 제압하도록 하지 않았소?"

관후렴이 불쾌하다는 듯 말하나 청향 사태는 뜻을 굽히지 않았다.

"제가 보기에 비화신검 서 대협은 사마의 무리가 아니더군요."

"뭐라고? 아니, 그의 망발을 함께 보고 들었으면서도 그러는 거요?"

"또한 일전에 토벌한 산동 천마방의 일은 부처님의 자비지심과 달라요. 저는 불제자의 몸으로서 그처럼 끔찍한 일에 앞장설 수 없답니다. 아미타불."

"흐홍, 그래서 이제 와서 맹약을 저버리고 아미산으로 돌아가겠다고? 그건 배신 행위라는 걸 모르시오?"

"청정한 곳으로 돌아가 수양에 힘쓰고 불법을 계도하는 일에 매진하는 게 천하 모든 비구와 비구니들의 소망이니 제 뜻을 헤아려 주소서. 아미타불."

청향이 관후렴은 상대하지 않고 단 위의 높은 보좌 위에 앉아 군림하고 있는 이귀율을 향해 머리를 숙였다.

그녀의 말에 정의청(正義廳)에 모여 있던 십천의 후예들이 모두 경악했다. 놀라고 의아해하는 중에 내심 고개를 끄덕이는 자도 있다.

"돌아가."

한참의 침묵이 흐른 뒤 이귀율이 차갑게 말했다.

그 소리가 얼음을 던진 것처럼 대전 안에 웅웅 울렸는데, 싸늘한 한기를 풍겼다.

청향 사태가 합장한 채 고개를 숙여 인사하고 말없이 돌아섰다.

정의청을 느릿느릿 걸어나가는 그녀의 뒷모습을 바라보는 사람들의 얼굴에 제각각 다른 표정이 떠올랐다.

삼천 명의 문도를 거느리고 나온 비룡문의 비화신검 서공륜은 여지껏 볼 수 없던 용맹으로 싸웠다.

그를 따르는 삼천 문도들은 모두 갑주로 몸을 감싸고 말을 탄 기병들이었다.

마교와의 수많은 싸움을 통해 이와 같은 집단전에 이력이 붙은 서공륜이고 그의 무사들인 것이다.

한마디 명령에 삼천 명이 한 몸이 된 것처럼 일사불란하게 움직여 공격하고 후퇴했다.

무림맹의 일만 정예는 좌우로 거침없이 휩쓸어가는 그들을 잡기 위해 몇 배의 희생을 치러야만 했다.

그러나 백전노장인 서공륜이 약관의 청년에 지나지 않은 을 목장의 후예 관후렴의 칼에 찍혀 쓰러지자 전세가 급격히 기울었다.

서공륜에게 단단히 화가 나 있던 관후렴은 십천의 절기를 극성으로 끌어올렸고, 그 앞에서 서공륜의 신검은 빛을 잃었다.

제아무리 절정의 무공을 지녔으며 싸움의 요령에 능숙한 자라고 해도 십천의 압도적인 무위 앞에서는 제 실력을 십분 발휘할 수 없었던 것이다.

서공륜이 관후렴을 맞아 삼십여 초를 버티고 목이 떨어지는 걸 본 비룡문의 무사들은 통한의 눈물을 뿌릴 수밖에 없었다.

그들은 누가 명령한 것도 아니건만 이곳에서 한날한시에 모두 죽기로 각오하고 최후의 일인까지 무섭게 싸웠다.

천마보의 경우와 마찬가지로 포로가 된 자는 없었다. 생환자도 없었다.

전원 문주의 뒤를 따라 옥쇄한 것이다.

그들의 용맹은 오래도록 무림에 회자되었다.

그리고 비룡문 또한 천마보가 그렇게 되었던 것처럼 철저히 무너져 잿더미가 되어버렸다.

그 두 사건이 있은 후부터 무림맹의 권위는, 아니, 신임 맹주이자 십천지주인 이귀율의 권위는 확고부동해졌다.

이제는 그의 말 한마디가 강호의 법이라는 데에 아무도 이의를 제기하지 못했다.

복종이 아니면 죽음이 있을 뿐이라는 명확한 예시 앞에서 사람들은 누구나 죽음 대신 복종을 택할 수밖에 없었던 것이다.

*　　　*　　　*

명실공히 강호의 패자로 군림하게 된 사람.

바닷가의 모래알처럼 많은 고수들을 물리치고 최고의 정점에 오른 단 한 사람.

그가 비로소 당당히 풍사곡으로 귀환했다.

금의환향하는 그를 맞이하기 위해 풍사곡의 문도들이 모두 모였으나 이귀율은 일언지하에 그들을 흩어지게 했다.

"번거로운 건 싫다. 나에게는 모두 무림맹 소속의 무사들일 뿐, 너희들에게 특별한 의미를 둘 수는 없다. 돌아가라."

그의 변화가 모두를 당황하게 했지만 그는 이제 하늘 밖의 하늘 아니던가.

반가운 마음으로 찾아왔던 문도들은 고개를 떨군 채 뿔뿔이 흩어질 수밖에 없었다.

풍사곡은 이귀율에게 있어서 더 이상 의미있는 곳이 아니었던 것이다.

아니, 단 한 사람. 그에게 커다란 의미가 있는 단 한 사람이 있기는 했다.

위서향.

그가 풍사곡에 찾아온 건 바로 그녀 때문이었다.

그랬기에 그는 위서향과 함께 있는 운도를 보고 말할 수 없는 분노를 느꼈다.

운도는 그가 행한 패악무도한 일을 위서향에게 말하지 않았다. 위진평의 부탁 때문이기도 했고, 위서향에 대한 걱정 때문이기도 했다.

부친이 당한 일을 알게 되면 그녀는 충격을 감당하지 못할 것이다.

위서향과의 재회가 어색할 수밖에 없다.

이귀율은 그게 분하기만 했다.

이럴 때는 자신이 차라리 마인(魔人)이었으면 좋았을 것이라고 생각했다.

그랬다면 세상의 이목을 걱정하지 않고 제 마음대로 할 수 있었을 것이기 때문이다.

그러나 지금은 무림맹주이자 십천지주로서의 위엄과 체통을 지켜야 했다.

그런 자신의 신분 때문에 운도를 죽여 버릴 수 없고, 위서향을 덮칠 수 없다는 게 불만스럽기 짝이 없었다.

"가라. 이곳은 네가 있을 곳이 아니다."

어디까지나 점잖은 말로 권하지만 그의 마음속에서는 살기가 걷잡을 수 없이 솟구쳐 오르고 있었다.

저를 바라보는 운도의 차가운 시선과 오만한 미소도 그것을 더욱 부채질했다.

"대사형이 있을 곳도 이곳이 아닐 텐데?"

운도의 당돌한 말에 이귀율이 억눌린 신음을 흘렸다.

자칫 살기가 터져 나올 뻔했던 것이다.

그것을 눌러 참는 일은 견딜 수 없는 고통이었다. 고문이나 다름없다.

그가 가까스로 감정을 다스리고 위서향을 바라보았다.

"사매, 어떻게 된 일이냐? 왜 이 녀석이 이곳에 있는 거지?"

"내가 그를 불렀어요."

"무엇 때문에?"

"이사형과 삼사형도 없는 풍사곡이 얼마나 외롭고 무서운 곳인지 대사형은 모를 거예요."

"그들이 온다 간다 말도 없이 사라졌다는 소리는 들었다."

그 이유에 대해서 아는 게 있느냐는 듯 넌지시 바라본다.

위서향이 고개를 흔들었다.

"알 수 없는 일이에요. 아버님이 사라지시더니 이제는 그들마저 감쪽같이 사라지고 말았어요."

그녀가 잔뜩 경계하는 얼굴로 이귀율을 바라보았다.

"대체 풍사곡에 어떤 원한을 품은 귀신이 있기에 그런 흉흉한 일을 가져온 건지 모르겠군요. 이 모든 일들이 대사형이 떠나고 나서부터 갑작스럽게 찾아왔으니……."

"너는 그 일이 나와 상관이 있다고 생각하는 것이냐?"

"설마 그럴 리가 있겠어요? 대사형이 있을 때는 그런 일들이 없었는데 그 후 자꾸 이상한 일이 생기니 대사형이 풍사곡의 수호신이었다는걸 이제야 깨닫게 된 것이지요."

"으음—"

이귀율은 위서향의 말이 하나도 기쁘지 않았다.

저를 치켜세우는 말인 것 같지만 그 안에 묘한 비웃음이 담겨 있었기 때문이다.

"오늘은 늦었으니 내일 다시 이야기하도록 하자."

이귀율이 운도와 위서향을 뚫어지게 바라보고 나서 자리를 떠났다.

그가 화정각에서 완전히 떠나고 나자 위서향이 길게 한숨을 쉬었다.

"대사형은 확실히 변했어. 예전의 그가 아니야."

"어떻게 변했다는 거지?"

"예전의 그는 다정했는데 지금은 그렇지 않아. 뻣뻣하고 위압적인 사람이 되었군."

"당연한 일 아니겠어?"

운도가 비웃음을 매달고 말했다.

"천하를 손에 넣은 사람인데 예전 같을 수가 없겠지."

"나는 불안해."

"왜?"

"그걸 알 수가 없어. 그래서 더욱 불안해. 대사형을 보면 위안을 얻을 수 있을 줄 알았는데 그렇지 않으니……."

두 사람 사이에 잠시 어색한 침묵이 흘렀다.

운도가 결연하게 말했다.

"위 누이는 나와 함께 떠나는 게 좋겠어."

"떠난다고? 어디로?"

"아무도 우리를 찾지 못할 곳으로 가. 초가삼간을 짓고 밭을 일구며 사는 삶이 오히려 행복할 거야."

운도의 말에 위서향이 처연한 미소를 지으며 말했다.

"나도 그렇게 하고 싶어. 너와 함께 있을 수 있다면 어디든 좋아. 하지만 아무래도 지금 이곳을 떠날 수는 없겠어."

"어째서?"

"아직 아버지를 찾지 못했잖아. 그리고 이곳은 내 집이야. 나마저 떠나 버린다면 귀신들의 놀이터가 되고 말 텐데 내가 어떻게……."

"대사형은 위 누이를 가만히 두지 않을 거야. 누이를 바라보는 눈길이 음흉했어."

"흥, 그가 나를 어떻게 하겠어?"

"그는 옛날에도 누이 때문에 나를 미워해서 괴롭혔지. 그가 어떤 생각을 품고 있는지 그때부터 나는 잘 알았어. 지금이라고 달라졌겠어?"

"내가 그의 사람이 될까 봐 걱정되는 거야? 그렇다면 걱정하지 마. 나는 절대로 그를 따르지 않을 테니까."

위서향은 아직도 제 처지를 이해하지 못하고 있는 게 틀림없었다.

운도가 한숨을 쉬었다.

“곡주님이 실종된 순간부터 이곳은 위험과 흉계가 도사린 복마전이 되었어. 옛날이나 지금이나 위 누이 혼자서는 그걸 극복할 수 없지. 그러니 괜한 고집 부리지 말고 내 말을 들어.”

위서향이 슬픈 얼굴로 운도를 물끄러미 바라보더니 고개를 푹 숙였다.

“다시 돌아올 수 있을까?”

울먹이며 기어들어 가는 음성으로 겨우 묻는다.

운도가 힘차게 고개를 끄덕였다.

“물론이지. 모든 위험이 사라지고 나면 반드시 위 누이와 함께 이곳으로 돌아오겠어. 약속할게.”

위서향은 이제 이 넓은 천하에서 제가 믿고 의지할 사람이 운도 한 사람뿐이라는 걸 절실히 느꼈다.

과거의 영화롭던 제 처지와 당당한 여협으로 강호를 활보했던 일들은 이제 아무 소용도 없었다.

한 사람의 연약한 여인으로 돌아온 그녀에게는 고절한 무공보다도, 강호에 대한 열정보다도 저를 감싸주고 지켜줄 한 사람의 든든한 보호자가 더 필요했다.

운도가 눈물 그렁그렁한 눈으로 바라보는 위서향을 가만히 끌어당겨 품에 안았다.

“함께 가는 거야. 그리고 함께 돌아오는 거야. 반드시 그렇게 하겠어.”

운도가 아무도 모르게 위서향과 함께 풍사곡을 떠나고 있을 때 이귀율은 수하들마저 모두 떼어놓은 채 금지의 뇌옥에 와 있었다. 그리고 그곳에서 두 사제의 주검을 확인했다.

"아!"

이귀율은 그들의 죽음보다 거기 묶여 있어야 할 사부 위진 평이 사라졌다는 데에 큰 충격을 받았다.

위진평이 무슨 수단을 써서 두 사제를 죽이고 비파골을 꿰 뚫었던 쇠사슬을 끊었는지 알 수 없었다.

그가 살아서 달아났다면 자신의 소행이 만천하에 드러나게 될 것이라는 생각에 마음이 급하고 답답해졌다.

"그가 어떻게 무공을 회복했단 말인가?"

그런 의문도 그를 더욱 곤혹스럽게 했다.

그의 단전에 비수를 박아 넣은 건 바로 자신 아닌가. 누구도 단전이 파괴된 이상 신공을 회복할 수 없다.

하지만 눈앞의 상황은 위진평이 신공을 회복했음을 증명해 보여주고 있었다.

당황한 중에도 '대체 어떻게?' 하는 의문 때문에 답답했다.

죽어 있는 두 사제의 상태로 보아 위진평이 사라진 지가 벌 써 며칠이나 지났다는걸 알 수 있었다. 그렇다면 추격하기에 도 늦었다.

이귀율은 지금으로서는 자신이 할 수 있는 일이 없다는걸 깨달았다.

수하들에게 드러내 놓고 그를 찾으라고 할 수도 없으니 더 욱 그렇다.

“혹시 위 사매는 알고 있지 않을까?”

위진평이 탈출했다면 위서향에게 찾아가지 않았을 리가 없다고 생각한 이귀율은 다급해졌다.

급히 몸을 돌이켜 뇌옥을 나온 이귀율은 쏜살같이 숲을 가로질러 다시 위서향의 거처인 화정각으로 달려갔다.

“위 사매!”

크게 부르며 문을 박차고 들어갔지만 화정각은 텅 비어 있었다.

그녀가 운도와 함께 떠났다는걸 안 이귀율이 부드득 이를 갈았다. 눈에서 흉흉한 빛이 줄기줄기 쏟아진다.

“무슨 일입니까?”

이귀율의 심상치 않은 거동을 보고 뒤쫓아온 백풍산이 감히 화정각 안으로 들어오지는 못하고 뜰에 서서 물었다.

이귀율이 밖으로 나왔을 때 뜰에는 이미 그의 호위무사 노릇을 하고 있는 세 명의 초인이 서 있었다.

점창파의 백풍산과 하가보의 하군악, 그리고 을목장의 관후렴이다.

그들 모두는 이미 십천 중 사천의 무예를 극성으로 익히고 있었다.

십천의 일대 천주들보다 오히려 고강한 초인으로 거듭나 있는 것이다.

강호에서 그들 한 사람을 당할 수 있는 자가 거의 없다고 해도 과언이 아니다.

그들을 바라보는 이귀율의 얼굴에 자부심과 거만함이 살아났다.

그가 백풍산에게 명령했다.

"단운도가 위 사매를 유괴해 갔다. 얼마 가지 못했을 테니 쫓아가서 그를 잡고 위 사매를 데려와라. 여의치 못하면 그놈을 죽여도 좋다."

"존명!"

백풍산이 복명하고 성큼 몸을 돌렸다.

이유를 물을 필요가 없고, 의심할 필요도 없다. 주군의 명령인 것이다. 부모라고 할지라도 그가 죽이라면 죽이고 살리라면 살릴 뿐이다.

백풍산은 이미 이귀율의 조종을 받는 꼭두각시로 철저하게 변해 있었다.

그건 이귀율을 따르는 십천의 후예 모두가 그랬다. 오직 아미의 청향 사태만 아직 온전한 이성을 가지고 있었는데, 그건 깊은 그녀의 불심 때문이었다. 그래서 그녀는 홀로 이귀율을 떠나 아미산으로 돌아갈 수 있었지만 다른 사람들은 그렇지 못했다.

그 무렵, 운도는 이미 골짜기를 건너 폐허의 마을에 와 있었다.

아직도 미련을 다 떨치지 못한 위서향의 걸음이 느렸으므로 답답했지만 그녀의 마음을 아는지라 재촉할 수도 없었다.

"거기 서라!"

그때 한 소리 외침이 등 뒤에서 들려오는가 싶었는데, 머리 위를 지나가는 날카로운 바람 소리와 함께 백풍산이 십여 장 앞에 뚝 떨어져 내렸다.

운도는 이귀율이 사람을 시켜 제 뒤를 쫓게 하리라는 걸 예상하고 있었다.

크게 두렵지는 않았다.

그러나 그게 백풍산이라는 데에 조금은 당황할 수밖에 없었다.

풍사곡에서 처음 만났을 때부터 그에 대해서는 호감을 가지고 있지 않았던가.

그는 생긴 모습에 걸맞게 호방한 성격의 화통한 사내였다.

그러나 지금 무심한 얼굴로 날카로운 안광을 번쩍이며 앞을 가로막고 서 있는 백풍산은 그때의 그 백풍산이 아닌 것 같았다.

그가 건조한 음성으로 말했다.

"위 소저를 두고 가라. 그러면 곱게 돌려보내 주겠다."

"백 형."

운도가 안타까워하지만 백풍산의 눈길은 서늘하기만 했다.

"백 형은 이귀율의 종노릇하는 데에 만족하시오?"

백풍산의 눈길이 무서워졌다. 이글거리는 눈으로 운도를 노려본다.

"백 형은 그와 어울려서는 안 되는 사람이오."

"이놈!"

백풍산이 버럭 소리쳤다.

손이 검자루에 닿아 있다.

"나에게 옛정 따위는 없다. 마지막 경고다. 위 소저를 이리 보내라."

운도가 한숨을 쉬었다.

"백 형이 정 그렇게 나온다면 할 수 없구려. 나는 절대로 위 누이를 이귀율에게 보낼 수 없소."

"그렇다면 죽엇!"

휘익—

말과 함께 백풍산이 그대로 일검을 뽑아 후려쳤다.

십여 장의 거리를 한순간에 좁혀오는 검광은 싸늘하기 이를 데 없는 한 가닥의 검강이었다.

그것이 위잉, 하는 무거운 파공성을 내며 운도를 노리고 쇠 뇌처럼 날아왔다.

"헛!"

운도가 대경하여 헛바람을 들이켰다. 설마 백풍산이 다짜고 짜 검강을 쳐올 줄 몰랐던 것이다.

그가 급히 무형신보를 밟아 여덟 차례나 방위를 바꾸며 움 직였다. 눈에 보이지도 않을 만큼 재빠른 신법이었다.

쉬아앙—

아슬아슬하게 운도를 스쳐 지나간 검강이 등 뒤에 있던 전각 의 기둥 속으로 빨려들 듯이 사라졌다. 그러자 아름드리 기둥이 비스듬히 잘려 미끄러지며 뿌드득거리는 요란한 소리가 났다.

이 층 건물의 벽 한쪽이 천둥 치는 소리를 내며 무너졌고,

다시 한줄기의 검강이 뒤따라 쳐나왔다.

운도는 백풍산의 무공이 풍사곡에서 보았을 때와는 하늘과 땅만큼이나 달라져 있다는걸 깨달았다. 놀라지 않을 수 없다.

그가 괜히 십천의 후예이자 초인으로 불리는 사람이 아니라는 걸 절실히 느낀다.

그러나 백풍산의 놀람은 운도의 그것보다 배는 더했다.

'이놈이?'

보지 못한 지난 몇 년 동안 운도의 무공이 맨몸으로 자신의 검격을 상대할 만큼 발전했다는걸 믿기 힘들다.

콰르르르—

두 번째로 빗나간 검강이 이 층 건물을 완전히 무너뜨려 버렸다.

먼지가 구름처럼 피어올라 하늘과 땅을 뒤덮었다. 한밤중을 환하게 밝히던 달빛마저 가려져 사방이 칠흑의 어둠 속에 갇힌다.

그 속에서 백풍산이 세 번째 검격을 쳐냈고, 더 이상 경공신법에 의지해 피할 수 없다고 생각한 운도가 우뚝 멈추어 섰다.

후우웅—

그가 기력을 한껏 끌어모으자 주위의 어둠과 먼지구름이 웅장한 소리를 내며 소용돌이쳤다.

두 사람은 짙은 먹구름 속에 마주 선 천계의 신장들인 것 같았다.

그 놀라운 광경에 위서향은 비명조차 지를 수 없었다. 한껏 눈을 부릅뜨고 있는 그녀는 생전 처음 보는 이와 같은 무시무시한 싸움에 넋이 나간 사람처럼 보였다.

"이야압!"

운도의 입에서 굉렬한 기합성이 터져 나왔다.

그는 자신의 장력으로 백풍산의 검강에 상대하기로 작정한 것이다.

쿠르르르—

그가 천천히 우장을 밀어내자 한줄기 무겁고 두터운 장력이 철벽처럼 뻗어 나갔다.

십성의 구룡신공을 실어서 밀어낸 그 일장은 태산이라도 무너뜨릴 것처럼 위맹했다.

그것과 백풍산이 쳐낸 세 번째 검강이 충돌했다.

쿠콰쾅!

머리 위에서 수십 개의 벼락이 한꺼번에 터진 것 같은 굉음이 천지에 울려 퍼졌다.

"으음—"

운도와 백풍산이 동시에 무거운 신음성을 흘리며 쿵쿵거리고 물러섰다.

두 사람 모두 일시적으로 기혈이 역류하는 충격을 받았다.

그때 흰옷을 입은 자가 맹렬한 속도로 먼지구름을 뚫고 날아들었다.

"놀랍구나! 네가 백풍산과 동수를 이룰 줄이야!"

이귀율이었다.

“아!”

위서향이 깜짝 놀라 정신을 차렸을 때 그녀의 완맥은 이미 그의 손아귀에 단단히 붙잡혀 있었다.

“너! 그 손을 놓지 못해!”

운도가 억지로 고통을 눌러 참으며 버럭 소리쳤다.

“크하하하—”

광소에 가까운 이귀율의 웃음소리가 천둥 치듯 터져 나왔다.

그의 막중한 내력이 실린 웃음소리는 주위의 공기를 무섭게 진동시키며 해일처럼 밀려들었다.

“우욱!”

운도가 그 음파의 충격을 견디지 못하고 비틀거리며 두 걸음 물러섰다.

“이놈! 더 이상 너를 살려둘 수 없다!”

“안 돼!”

이귀율의 외침과 위서향의 절규가 동시에 터져 나왔고, 흑암의 먼지구름 속에서 한줄기 흰 빛이 번쩍, 하고 빛났다.

우르릉—

뇌성과 함께 이귀율의 장력이 곧장 운도의 가슴으로 밀려들었다.

운도가 이를 악물고 구룡신공을 십이성 끌어올려 다시 한번 장력을 쳐냈다.

그들 주위의 먼지구름이 미친 듯 요동을 치며 기파의 회오리가 사방을 폭풍처럼 휩쓸었다.

쿠앙!

이귀율이 쳐낸 달마신장과 운도의 구룡신장이 정면으로 충돌했다.

이귀율이 어깨를 움찔했고, 운도는 그대로 실 끊어진 연처럼 먼지구름 속으로 날려갔다.

그가 뿜어내는 피가 무지개처럼 허공에 걸렸다.

그는 지독한 충격에 이미 의식을 잃은 터라 비명조차 터뜨리지 못했다.

그때 누구도 예기치 못했던 검은 그림자 하나가 먼지구름을 뚫고 화살처럼 날아들었다.

날려가는 운도를 가볍게 낚아채더니 아무 말도 없이 날아올 때보다 더 빠른 신법으로 먼지구름을 뚫고 사라진다.

미처 누구인지 알아볼 수조차 없을 만큼 순식간에 벌어진 일이었다.

"잡아라!"

의외의 일에 놀란 이귀율이 버럭 소리쳤다.

갑작스런 이귀율과 흑의괴인의 등장에 어리둥절해 있던 백풍산이 "이놈!" 하는 고함을 터뜨리며 즉시 괴인이 사라진 방향으로 몸을 날렸다.

第三章
지독한 사랑

마룡의
후예

마룡의
후예

“크하하하—”

어둠 속에서 괴인의 광소가 들려온다.

백풍산이 그것을 따라 힘껏 도약했다.

소림사의 절정 경공신법인 불광비승(佛光飛昇)의 절기였는데, 백풍산에 의해 펼쳐지자 본래의 그것보다 몇 배는 더 위력적으로 보였다.

그가 쏜살처럼 지나간 자리에는 으르렁거리는 공기의 진동이 남았다.

차 한 잔 마실 정도의 시간이 지나고 나서 백풍산은 기어이 흑의괴인을 따라잡을 수 있었다.

‘저건?’

달빛 아래 드러난 괴인의 뒷모습을 본 백풍산이 눈살을 찌푸렸다. 괴인의 행색이 너무나 괴기했기 때문이다.

허리까지 늘어진 백발과 여기저기 찢어진 마의가 바람에 펄럭이고, 그 사이로 언뜻언뜻 몸을 칭칭 감고 있는 거무튀튀한 쇠사슬이 보였다.

쇠사슬로 온몸이 결박당해 있는 것 같은 형상이라 백풍산은 어리둥절해지지 않을 수 없었다.

그 괴인이 운도를 내려놓고 돌아섰다.

머리 위에 떠 있는 밝은 달 아래 시커먼 그림자를 드리우고 우뚝 서 있으니 한층 더 기괴해 보인다.

"너는 누구냐?"

백풍산이 검을 들어 가리키며 물었지만 괴인은 음소를 흘릴 뿐 대꾸하지 않았다.

백발이 얼굴을 온통 가린 채 바람에 흔들리는 모습이 마치 귀신 하나가 우뚝 솟아나 있는 것 같았다.

"네가 귀신이라고 해도 나를 막을 수 없을 것이다. 어서 그놈을 나에게 넘기고 돌아가라!"

백풍산이 위협적으로 으르렁거리지만 괴인은 여전히 낮은 음소를 흘릴 뿐이었다.

"이얏!"

가슴 저 깊은 곳에서 고개 드는 두려움을 떨치려는 듯 백풍산이 우렁차게 외치며 몸을 날렸다.

쉬잉—

몸과 검이 하나가 되어 허공을 단번에 접어가는 놀라운 어검술이 펼쳐졌다.

그 한 수만으로 보더라도 백풍산의 무공이 어떤 경지에 올라 있는지 알 수 있었다.

사부이자 십천의 천주 중 한 명인 점창파의 장문인 낙일검객 이풍룡이라고 해도 그와 같은 검술을 구사하지 못할 것이다.

경악으로 몸이 굳어질 일이지만 백발의 흑의괴인은 그렇지 않았다.

"으흐흐흐— 어린놈이 벌써 그 정도의 성취를 이루었다니 놀랍구나. 그렇기에 더욱 아까운 일이지."

검과 일체가 된 백풍산이 바로 앞에 쇄도해 오지만 보지 못한 것처럼 태연하기만 했다.

휙—

검이 그의 몸을 꿰뚫을 듯하자 비로소 괴인이 가볍게 움직였다.

미끄러지는 것처럼 서너 걸음 옆으로 비켜서며 한 바퀴 맴돌았을 뿐인데 부드럽게 백풍산의 어검술을 흘려보내는 것 아닌가.

"헛!"

괴인의 힘에 이끌린 것처럼 방향을 잃고 흘러간 백풍산이 놀란 외침을 터뜨렸다.

설마 괴인의 움직임이 이처럼 신묘할 줄 몰랐던 터라 등줄기가 서늘해진다.

그의 귓가에 쩌르릉, 하는 역거운 소리가 났다. 동시에 밤공기가 진동하는 게 느껴졌다.

후우웅, 하는 웅장한 소리를 내며 주위 십여 장 내의 공기와 기운들이 일제히 한곳으로 빨려 들어가고 있었던 것이다.

돌아본 백풍산이 눈을 부릅떴다.

사방의 기운을 빨아들이고 있는 괴인의 모습이 거대한 괴물처럼 보였다.

찢어질 듯 옷이 부풀어올랐고, 산발한 머리카락이 사방으로 뻗쳐 우산을 쓴 것처럼 되었으며, 아지랑이처럼 몽롱한 밤의 기운이 그에게로 무섭게 빨려 들어가고 있는 광경은 생전 처음 보는 것이었다.

"대체 저게 뭐냐?"

백풍산은 그 기이한 광경에 얼이 빠질 만큼 놀랐다. 저와 같은 무공이 있다는 말을 들어본 적이 없다.

"우흐흐흐—"

괴인의 스산한 음소가 다시 들려왔다.

백풍산이 정신을 차렸을 때 쉬잉, 하는 기음이 코앞에 닥쳐들었다.

"으헉!"

길고 검은 뱀처럼 꿈틀거리며 닥쳐들고 있는 것은 괴인이 몸에 두르고 있던 쇠사슬이었다.

크게 놀란 백풍산이 사문의 백운산보(白雲散步)를 밟으며 좌우로 신형을 움직여 형체를 흩쳤다. 그러자 그의 몸이 마치 증발하는 수증기처럼 아릿해지는 것 아닌가.

환상을 보는 것 같았고, 허깨비를 상대하는 것 같은 몽롱함이었다.

"흐흐흐, 네 사부 이풍룡의 백운산보를 극성에 이르도록 익혔구나. 대단하다."

그러나 괴인은 조금도 당황하지 않았다. 오히려 비웃음을 흘리며 다가서는 것 아닌가.

쩌르릉—

허공에 무거운 쇠사슬이 풀리고 부딪치는 소리가 요란하게 울려 퍼졌다.

백풍산이 제아무리 신묘한 보법을 극성으로 발휘해도 한순간에 방원 삼 장 안을 온통 휩쓸어오는 쇠사슬의 거무튀튀한 그림자에서 벗어날 순 없었다.

백풍산이 모든 내력을 검에 집중하여 사납게 휘둘렀다.

"이얍!"

날카로운 그의 기합성이 악마의 그물처럼 덮쳐 오는 쇠사슬의 그림자를 뚫고 치솟았다.

따당!

그의 검이 감아오는 쇠사슬을 후려치자 요란한 소리와 함께 불똥이 어지럽게 튕겼다.

보검에 그만큼의 내력을 실었으면 쇠기둥이라고 해도 단번에 잘라 버릴 만했다. 그러나 괴인이 휘두르는 쇠사슬은 요지

부동이었다.

잠시 주춤했을 뿐 더욱 맹렬하게 휘감아오는 것 아닌가.

백풍산의 낯빛이 창백해졌다.

이와 같은 무기를 상대해 본 적이 없고, 이처럼 막중한 내력을 지닌 자를 상대해 본 적이 없는 터라 당황스럽다.

괴인이 휘두르는 쇠사슬은 웅웅거리는 소리를 끊임없이 토해내며 허공을 온통 휘감아왔다. 그것이 미치는 범위의 모든 것을 지배한다.

"너는 누구냐!"

백풍산이 당황한 외침을 터뜨리며 미친 듯이 날뛰었다. 그러나 여전히 쇠사슬의 검은 그림자에서 벗어날 수 없었다.

쩌르릉—

그것의 왈칵 풀려 빳빳해지더니 창처럼 가슴을 찔러오는 걸 보면서 백풍산은 처음으로 절망이라는 걸 느꼈다.

쾅!

아차, 하는 순간에 쇠사슬 끝에 가슴을 맞았다. 그것에 실려 전해져 오는 무지막지한 힘은 그 종류를 알 수 없는 기이한 것이었다.

그것이 뼛속으로 파고드는 고통과 놀람 때문에 백풍산은 호랑이에게 목을 물린 사슴처럼 꼼짝할 수 없었다.

좌르르르—

그의 가슴을 때렸던 쇠사슬이 다시 꿈틀거리며 목을 휘감아왔지만 마혈이 부서진 백풍산은 손가락 하나 움직일 수 없었다. 무기력해진 채 두 눈만 찢어질 듯 부릅뜨고 있을 뿐이다.

차갑고 무거운 쇠사슬이 뱀처럼 그의 목을 칭칭 감고 매달
렸다. 그리고 백풍산은 비로소 눈앞에 다가와 있는 괴인을 마
주 볼 수 있었다.

먹이를 보는 독사의 그것처럼 번쩍이는 새까만 눈동자와 얼
굴.

"당신…… 당신은……."

백풍산의 눈이 경악과 불신으로 일그러졌다.

잊을 수 없는 얼굴.

한때 존경과 흠모의 대상이었던 근엄한 그 얼굴이 지금 자
기의 눈앞에 있다는걸 믿을 수 없었다.

풍사곡주.

검진삼협 위진평.

실종되었고, 죽었다고 알려진 사람.

그게 괴인의 정체라는 걸 안 순간 백풍산의 머릿속에는 죽
음에 대한 공포보다 '어떻게?' 하는 의문이 가득 찼다.

뿌드득—

제 목뼈가 바스러지는 소리를 아련히 들으면서 그가 무언가
말을 하기 위해 필사적으로 입을 열었다. 그러나 숨넘어가는
신음 외에는 아무런 소리도 흘러나오지 않았다.

'위 사숙…… 당신이 어떻게? 왜……?

머릿속에만 맴도는 그 질문은 이제 영원히 풀 수 없는 의문
이기도 했다.

털썩.

십천의 후예이자 초인 중의 초인으로 새롭게 탄생한 자들 중 한 명이 그렇게 쓰러졌다.

위진평이 백풍산의 목을 꺾어버린 쇠사슬을 풀어 다시 제 몸에 감고 천천히 돌아섰다.

그때 운도는 잃었던 의식을 회복하고 있었다. 위진평이 백풍산의 목을 꺾어버리는 걸 똑똑히 보았다.

지난 칠 년 동안 짐승보다 못한 꼴로 뇌옥에 갇혀 있으면서도 그가 죽지 않고 악착같이 살아 있었던 이유를 이제는 확실히 알 수 있었다.

그를 지탱케 해주었던 유일한 힘은 오직 복수심이었던 것이다. 그것이 그를 저와 같은 괴물이자 백풍산을 거침없이 해치울 만큼 무시무시한 존재로 변화시켰다.

뇌옥 안에서 새롭게 만들어낸 신공이 저와 같이 무시무시한 걸 보면서 운도는 사람의 집념이 얼마나 지독한지 깨달았다.

위진평은 이귀율은 물론 이제는 그의 수하가 되어버린 십천의 후예들 모두에 대한 증오심을 갖게 된 게 틀림없었다. 제 손으로 그들을 하나씩 죽여 없애 버림으로써 복수를 하려는 것이다.

최후에 그가 상대할 자는 이귀율이 될 것이다.

다가온 위진평이 불쑥 손을 뻗어 운도를 움켜쥐었다.

번쩍 들어 올려 옆구리에 끼더니 어둠 속으로 빨려들 듯이 사라져 버린다.

　음습한 동굴 안에는 퀴퀴한 냄새가 가득 차 있었다.

　머리 위에서 뚝뚝 떨어져 옷을 적시는 물방울을 상관하지 않고 위진평은 눅눅한 동굴 벽에 등을 기댄 채 앉아 있었다.

　반 시진 가까이 그렇게 꼼짝도 하지 않았고, 아무 말도 하지 않았다. 제 앞에 쓰러져 있는 운도를 까맣게 잊어버린 것 같았다.

　그는 운도를 위하여 어떠한 조치도 취하지 않았다. 네 스스로 내상을 치료하고 살아나던지, 아니면 그렇게 죽어도 상관없다는 듯하다.

　그건 마치 약한 자는 죽는 게 당연하다고 여기는 것 같은 태도였다.

　벌써 한 시진이 넘게 지나 새벽이 다가올 무렵이지만 운도는 아직도 내상을 극복하지 못하고 있었다.

　이귀율에게 당한 일장이 그처럼 지독했던 것이다.

　흩어진 내력을 다시 모으려면 한 달은 정양하면서 운기조식에 힘써야 할 것이다.

　서두르던 마음을 버린 운도가 가까스로 몸을 일으켜 위진평을 마주 보고 석벽에 기대앉았다.

　"위 누이를 끝까지 지키지 못해 죄송합니다."

　위진평이 비로소 눈을 뜨고 그를 물끄러미 바라보았다. 쓸쓸함과 회한이 깃든 그런 눈빛이었다.

"내력이 회복되는 대로 반드시 위 누이를 되찾아오겠습니다."

"걱정할 것 없다. 그는 위아를 해치지 못할 테니까."

그의 차가운 말에 운도는 서운한 생각이 들어 입을 다물고 말았다.

두 사람 사이의 무거운 침묵을 밀어내듯 동굴 입구에서부터 서서히 아침빛이 밀려들어 오고 있었다.

그때 가벼운 기척이 들리더니 동굴이 다시 캄캄해졌다.

누군가 입구에 서서 아침 빛을 막고 있었던 것이다.

자는 듯 고요히 있던 위진평이 번쩍, 눈을 떴다. 그가 내뿜는 지독한 살기에 운도 역시 깜짝 놀라 눈을 떴다.

"위 형, 들어가도 되겠소?"

의외의 음성이 동굴 밖에서 들려왔다.

운도는 단번에 그것이 누구의 음성인지 알아챘고, 위진평 또한 그랬다.

눈썹을 꿈틀거린 그가 이내 안색을 싸늘하게 가라앉히고 말했다.

"이미 왔으면서 들어오지 못할 건 또 뭐요?"

"하하, 나는 위 형을 무서워하지 않을 수 없지."

말하면서 동굴 안으로 천천히 들어오는 사람은 바로 화산의 무량자 이릉운이었다.

그는 여전히 깨끗하게 손질된 흰옷을 입고 있었는데, 그래서 짐승처럼 거친 행색을 하고 있는 위진평과 묘한 대조를 이루었다.

그를 본 위진평이 코웃음을 쳤다.

"흥, 언제부터 이 형의 취미가 남을 훔쳐보는 것이 되었는지 모르겠군."

"천만에. 나는 그저 위 형이 한바탕 신나게 노는 걸 방해하고 싶지 않았을 뿐이라오."

"흥."

운도는 그들의 대화 속에서 두 사람이 이미 만났었다는걸 짐작했다.

'역시 무량자는 위 누이를 잡기 위해 풍사곡에 와 있었어.'

운도는 이릉운이 나타난 걸 보고 그렇게 짐작했다.

기회를 엿보던 중에 위진평을 만났으리라. 그렇다면 이제 그는 위서향을 해치지 못할 것이다. 그렇기 때문에 그녀를 포기하고 위진평을 찾아온 게 아닌가, 하고 생각했다.

한편으로는 마음이 놓이면서 한편으로는 그의 등장에 불안해졌다.

"축하하오, 축하해."

이릉운이 운도에게는 눈길도 주지 않은 채 포권한 손을 절레절레 흔들었다. 위진평은 코웃음만 칠 뿐이다.

"위 형이 그와 같은 신공을 연성했으니 정말 놀라운 일이오. 이제는 누가 감히 위 형의 상대가 될 수 있겠소?"

"흥, 당신이 있지 않소?"

"천만에. 나는 과거에도 위 형의 상대가 되기에 부족했는데 지금에는 어찌 그럴 생각인들 품을 수가 있겠소?”

“웃기는 소리. 이 형이야말로 과거에도 그랬고 지금도 역시 나를 비웃는 사람일 뿐이지.”

“하하, 위 형을 위해 수고를 마다하지 않고 그들을 따돌려 준 사람에게 섭섭한 말을 하는구려.”

이릉운은 백풍산을 찾아온 자들을 유인해 멀리 떨어뜨리고 온 게 틀림없었다.

이릉운이 비로소 운도를 돌아보고 빙긋 웃었다.

“이 녀석아, 어떠냐?”

몇 가지 의미를 함축한 말이다.

운도가 낯을 찌푸렸다.

그는 아직 사부를 뵙는 예를 올리지 않았을뿐더러, 이릉운에게 사부라고 부르지도 않았다.

낯선 사람을 대하듯 하지만 이릉운은 크게 불쾌해하지 않는 것 같았다.

운도가 마지못한 듯 대답했다.

“그들은 제 생각보다 훨씬 강해져 있더군요. 그래서 저는 더욱 분발해야겠다는걸 느꼈습니다.”

“하하, 그렇게 느꼈다니 그나마 다행이다. 그건 그렇고, 부상은?”

“며칠 정양하면 회복될 것입니다.”

“어디 보자.”

운도의 말을 믿을 수 없다는 듯 이릉운이 서슴없이 완맥을 쥐었다. 자신의 내력을 천천히 흘려 넣어 운도의 기혈을 따라 순환시켜 보고 나더니 고개를 흔든다.

"틀렸다. 한 달은 운기조식에 힘써야 할 텐데 너에게 과연 그럴 만한 여유가 있을지 모르겠구나."

"한 달은 지루한 시간일지 모르나 송번 고성의 화랑촌에서 아무것도 모르는 철부지로 살았던 지난 십오 년을 생각하면 그야말로 눈 깜짝할 시간이겠지요."

비웃는 게 분명한 말이요, 말투였다.

이릉운이 살짝 눈살을 찌푸리더니 길게 탄식했다.

"나에게는 그 십오 년이 내 생애에 있어서 가장 한가롭고 행복한 날들이었느니라."

"흥."

운도가 코웃음을 치지만 이릉운은 상관하지 않고 다시 위진평을 향해 돌아섰다.

"위 형, 내가 저 아이를 데려가도 괜찮겠소?"

위진평이 미처 대답하기 전에 운도가 버럭 소리쳤다.

"나는 아무 데도 가지 않을 겁니다!"

이릉운이 '어째서?'라고 눈으로 물었다.

"위 누이가 이귀율 그놈에게 사로잡혀 갔는데 한가롭게 어딜 돌아다닌단 말입니까? 나는 그에게서 위 누이를 되찾아와야 합니다."

"지금 그 몸으로 말이냐?"

"한시라도 지체할 수 없습니다."

운도가 정말 그렇게 하려는 듯 억지로 몸을 일으켰다.

안 된다는걸 뻔히 알고 있지만 이릉운에 대한 반감이 오기를 불러일으켰던 것이다.

그가 이릉운에 대하여 그처럼 반발하는 건 어쩌면 아직 애정이 남아 있기 때문인지도 몰랐다. 그렇다면 그건 인자했던 사부를 그리워하는 마음이고 부성(父性)을 그리워하는 마음일 것이다.

위진평은 여전히 동굴 벽에 기댄 채 꿈쩍도 하지 않았고, 이릉운 또한 궁금하다는 듯 운도를 빤히 바라보기만 할 뿐 말리지 않았다.

동굴 벽을 짚고 비틀거리며 몇 걸음 옮기던 운도가 "아!" 하는 비명을 터뜨리며 털썩 주저앉았다.

가만히 있을 때는 몰랐는데 억지로 움직이자 다시 기혈이 역류하며 수많은 비수로 찔러대는 것 같은 고통이 엄습했던 것이다.

너무 고통스러워 숨조차 제대로 쉴 수 없었다.

새파랗게 질린 얼굴로 헐떡이는 운도의 모습이 불쌍해 보였던지 이릉운이 혀를 찼다.

"그 고집은 하나도 달라지지 않았구나. 어떠냐? 지금 이귀율에게 찾아가 너의 위 누이를 빼앗아올 수 있겠느냐?"

'너의 위 누이' 라는 말에 유독 힘을 주는 것은 운도를 비웃고 위진평을 떠보기 위한 것이다.

그러나 위진평은 무슨 생각을 하는 것인지 꿈쩍도 하지 않았고 운도는 분한 숨을 씩씩거렸다.

이릉운이 달래듯 말했다.

"너를 해치려고 하는 게 아니다. 나를 따라가는 게 너 혼자 운기조식하는 위험을 무릅쓰는 것보다 훨씬 안전할 것이다. 네가 회복된 다음에 떠나겠다면 붙잡지 않겠다."

마음이야 불에 덴 것처럼 급했지만 운도는 이릉운의 말을 인정할 수밖에 없었다.

그가 침묵하자 허락한 걸로 받아들인 이릉운이 위진평에게 포권했다.

"위 형, 그럼 다시 만날 때까지 보중하시오."

말을 마치자 위진평의 대답도 기다리지 않고 번쩍 운도를 안아 들더니 동굴 밖으로 쏜살같이 달려나갔다.

하루 사이에 산속을 오백여 리나 달려왔으니 이릉운의 신법은 가히 구름과 바람 같다고 해야 하리라.

게다가 무거운 운도를 안고 그렇게 달려왔으면서도 지친 기색 하나 없지 않은가.

운도는 이릉운의 내공이 제가 알고 있던 것보다 훨씬 더 심후하다는걸 느꼈다.

'사부는 자신의 무공을 나에게까지 숨기고 있었군.'

그런 생각이 들면서 이릉운에 대한 섭섭함과 두려움이 커졌다.

그런 생각은 또한 자신의 보잘것없음에 대한 자각과 통한을

가져다준 것이어서 운도는 제 자신에 대해 화가 나는 한편 절
망적인 심정이 되었다.

　'나는 구룡신공과 구룡신장을 십이성 연성한 걸로 됐다고
믿었다. 나의 신공이면 이제 당당히 내 앞을 헤쳐나갈 수 있다
고 믿었지만 이게 뭐냐?'

　운도가 피가 나도록 입술을 깨물었다.

　이귀율은 말할 것도 없고 십천의 후예인 백풍산과 겨우 동
수를 이루었을 뿐이니 이래가지고 어떻게 나 혼자서 강호를
헤쳐나갈 수 있을 것인가, 하는 회의를 견딜 수 없다.

　그가 이룬 성취는 하늘을 놀라게 할 만큼 커다란 것이 분명
했다. 그러나 백풍산을 가볍게 처리하던 위진평의 무서움을
보았고, 일 장으로 저를 이렇게 만든 이귀율의 무서움을 절실
히 느꼈다.

　사부인 이릉운 또한 얼마나 무서운 무공을 감추고 있는 사
람인지 모른다. 십천의 천주 중 한 명인 풍진걸개마저 그에 의
해 죽임을 당하지 않았던가.

　그런 생각들로 운도는 암울해졌다.

　자신의 이런 실력으로 어찌 이귀율을 물리치고 위서향을 구
해올 수 있을 것인가 하는 생각이 들었던 것이다.

　'나는 우물 안 개구리에 지나지 않았다.'

　그런 생각은 자괴감이기도 했다.

　그래서 운도는 내내 말이 없었고, 그를 어디론가 데려가고
있는 이릉운도 말이 없었으므로 두 사람은 낯선 동행처럼 서

먹서먹했다.

그날 저녁 이릉운은 비로소 산에서 내려와 운도를 데리고
마을로 갔다.

이제야 혹시 있을지도 모르는 이귀율과 그의 수신호위들의
추격에서 안심할 수 있다고 판단한 모양이다.

"오늘 저녁은 마음껏 먹고 마시자."

그가 유쾌하게 말했지만 운도의 마음은 유쾌해질 수 없었
다.

다른 사람도 아닌 사부 이릉운의 보호를 받는 신세가 되었
다는 게 분하기도 했던 것이다.

저녁을 먹고 객방을 빌려 들었을 때 운도가 비로소 입을 열
었다.

"대체 저를 어디로 데려가시는 겁니까?"

"너를 보고 싶어하는 사람이 있다."

"그게 누구지요?"

"가보면 안다. 그건 그렇고……."

이릉운이 탐색하듯이 운도를 바라보며 머뭇거리다가 말했
다.

"귀면옥패가 너에게 있다던데 정말 그러하냐?"

의외의 말에 운도가 흠칫, 놀랐다.

"그걸 어떻게 아십니까?"

의심과 의혹이 들지 않을 수 없다.

이릉운이 한숨을 쉬었다.

"설마 내가 그것을 강탈할까 봐 두려워하는 것이냐?"

"달라면 드릴 수밖에요. 제가 뭘 어쩌겠습니까?"

"이 녀석. 너는 끝내 나를 외면할 작정이냐? 어째서 사부라고 부르지 않는 거지?"

"제가 알고 있는 등 선생은 세상 어디에도 없고, 다른 사부는 모신 적이 없는데 어찌 사부라고 부를 수 있겠습니까?"

"아, 너는 나에 대한 한이 깊구나. 하긴, 내 스스로 자초한 일이니 너를 탓할 수만도 없지."

이릉운이 처연한 얼굴로 길게 탄식했으므로 운도의 마음이 흔들렸다.

이릉운이 거푸 한숨을 쉬고 나서 말했다.

"나에게는 그럴 수밖에 없는 사정이 있었느니라. 너는 어째서 나에게 말 못할 고충이 있었을 거라고는 생각하지 않는 것이냐?"

운도는 나를 이해해 줄 수는 없느냐는 듯 바라보는 이릉운의 눈길이 부담스럽기만 했다.

그가 외면하자 다시 한숨을 쉰 이릉운이 처연하게 말했다.

"좋다. 네 생각이 어떻든 나에게는 제자가 너 하나뿐이니 오늘은 서로 터놓고 말함으로써 오해를 풀어야겠다. 이런 기회가 또 찾아오지 않을지도 모르니까."

그의 말이 뜻밖이라 운도는 어리둥절해졌다.

잠시 침통한 표정으로 침묵하던 이릉운이 천천히 이야기하기 시작했다.

"내 말을 듣기 전에 내가 해주었던 무정무한이라는 말을 너
는 기억하고 있어야 할 것이다."

그의 첫마디가 무정무한(無情無恨)에 대한 것이었으므로 운
도는 더 어리둥절할 수밖에 없었다.

"중년의 나이였을 때에 나는 한 여인을 사랑했었느니라. 아
름답고 고결하며 천진한 아가씨였지. 그녀를 바라보고 그녀의
향기를 맡고 그녀의 숨결을 느끼는 게 그 시절 나의 최고의 행
복이었다. 하늘이 그녀를 낸 건 늦게나마 나를 축복하기 위해
서라고 믿어 의심치 않았지."

누구나 사랑을 한다. 사랑 앞에서는 잘나고 못나고의 차이
가 있을 수 없다. 미남이든 그렇지 않든, 미녀이든 그렇지 않든
아름답고 절실한 사랑을 할 권리는 누구에게나 있는 것이다.

그러므로 중년의 도사 이릉운이 뒤늦게 그런 사랑에 빠졌다
는 게 이상할 건 없었다.

"그러나 우리 사이에는 커다란 벽이 가로놓여 있었다. 그것
때문에 나는 늘 괴로워했지. 하지만 그녀를 보는 그 순간만큼
은 모든 걸 잊고 오직 그녀에게 매혹당해 황홀해했다. 그러면
서도 우리 앞에 가로놓인 넘을 수 없는 벽 때문에 내 마음을 솔
직하게 고백할 수 없었지. 그건 정말 참기 힘든 고통이었느니
라."

운도는 이릉운이 갑자기 자신의 과거를 이야기하는 데에 어
리둥절해졌지만 궁금증이 일기도 하는 것이어서 물었다.

"벽이라니요?"

"이루어질 수 없는 사랑이었다고나 할까? 표정이 왜 그런 거냐? 통속적이고 진부하다고 생각하기 때문이냐? 하긴, 다른 사람이 볼 때는 그렇게 여길 수도 있겠지. 하지만 그런 사랑을 하는 당사자들에게는 이 세상에서 그것만큼 절실하고 절박한 아픔이 없는 거란다."

간절히 원하는 사람을 그저 바라보기만 해야 하고, 뜨겁게 달아올라 제 영혼을 온통 태우고 있는 그 사랑을 표현하거나 전할 수 없다는 것.

그녀의 손을 잡기 위해 팔을 뻗으려다가 움찔, 놀라 움츠려야 할 때의 그 심정을 누가 알 것인가.

그러므로 그런 사랑은 지극한 행복이고 기쁨인 동시에 지극한 고통이고 번뇌일 수밖에 없다.

이룡운은 천국과 지옥 사이에 존재하고, 축복과 저주 사이에 존재하는 그런 사랑에 미친 듯 빠져들어 갔던 것이다.

한번 그렇게 움직인 마음을 통제할 수 있는 사람은 없다. 다 잡으려고 하면 할수록 오히려 더욱 거세고 빠르게 빠져들어 갈 뿐이다.

그녀는 청년 이룡운에게 있어서 제 영혼마저 빨아들여 버리는 거부할 수 없는 소용돌이였다.

자기 자신을 위해서 또 사랑하는 그녀를 위해서라도 멈추어야 한다는걸 알면서도 멈출 수 없는 사랑.

이룡운의 마음은 산꼭대기에서 굴러떨어지고 있는 눈덩이와도 같았다. 처음에는 작은 주먹만 하던 것이 갈수록 커져서 커다란 바위처럼 되어버리면 이제 아무것으로도 그걸 막을 수 없다.

천둥 치는 것 같은 굉음을 내며 무섭게 굴러떨어지기만 하는 그 눈덩이는 기어이 눈사태를 불러오고 그러면 온 산의 눈들이 걷잡을 수 없이 무너져 내려 세상을 뒤덮어 버리는 것이다.

무엇으로 그것을 막을 수 있을 것인가.

오직 파멸이 준비되어 있을 뿐인 그 눈덩이의 질주를 누가 멈추게 할 수 있단 말인가.

"그녀는 나의 사매였다. 그것도 한참 어린 사매였지."

이릉운의 얼굴이 온통 경련을 일으켰다. 운도를 바라보는 눈길이 애처롭게 떨린다. 아직까지도 그녀를 잊지 못하고, 그래서 고통스러워하는 것이다.

"나는 처음으로 내가 화산파의 도사라는 걸 원망했다. 청정지신을 지켜야 한다는 도문의 계율을 원망했고, 그녀가 내 사매라는 사실에 절망했다. 그녀와 나를 함께 묶어버린 사문을 증오했으며 어느덧 불혹을 넘겨 버린 내 나이가 나에게 주어진 저주라고 생각했다."

거기서 말을 멈춘 이릉운이 일그러진 얼굴을 이리저리 돌렸다. 어디에 눈길을 주어야 할지 알지 못한 채 오직 제 안에서 다시금 살아난 주체할 수 없는 고통에 괴로워하는 것이다.

"대체 지금 저에게 그런 이야기를 해주시는 이유가 뭡니까?"

운도가 조금은 짜증이 난다는 듯 퉁명스럽게 말했으나 허공을 멍하니 바라보고 있는 이릉운은 듣지 못한 것 같았다.

"그러나 인연이란 사람의 뜻대로 되지 않는 것. 하늘의 조화에 속해 있으니 내가 억지로 맺으려 해서 되는 게 아니고, 떼어놓으려고 해서 되는 것도 아니지. 아, 나는 이제야 그런 이치를 알게 되었으니 도사로서 하늘의 도를 사모했던 지난날들이 모두 허망한 것이었다."

이릉운의 가슴속에 평생 지울 수 없는 기억의 흔적을 남겨준 그 어린 사매는 다른 사람을 사랑하고 있었다.

자신의 곁에서 늘 맴돌며 그토록 지극한 사랑과 관심을 베풀어주었던 이릉운에 대하여 그녀는 사랑의 감정을 느끼지 못했으니 그것도 하늘의 뜻이요, 심술이라고 해야 하리라.

그녀에게 정인이 있다는걸 안 이릉운은 절망했고, 그 절망의 크기만큼 분노했다.

질투가 그의 눈을 가렸으며 사매를 유혹한 자에 대한 미움이 살기를 불러일으켰다. 그건 자신의 의지로 통제할 수 없는 지독한 질투였다.

이릉운은 배신감으로 치를 떨며 그자를 찾아갔다. 화산파의 도사로서, 청정도량에서 마음 수양에 매진하던 자신의 본분마저 잊은 채 오직 죽이기 위해 찾아갔던 것이다.

화산 기슭에서 어슬렁거리고 있던 그자를 만났다.

밝은 얼굴에 기품이 어려 있는 삼십대의 영준한 사내였다.

그는 느긋한 여유와 너그러움으로 이릉운을 대했다.

그건 자신감이었다.

화산파의 미래라고 불리는 도사이면서 머지않아 검선이 될 것으로 누구나 믿어 의심치 않는 화산의 기재 이릉운.

그의 명성이 이미 천하를 뒤덮고 있었는데 이름조차 알 수 없는 젊은 청년은 그런 이릉운을 조금도 두려워하지 않았다. 친한 친구를 대하듯 할 뿐이었다.

이릉운은 그런 그에게 더욱 거부감이 들었다. 그래서 화산파의 제자를 꾀어낸 죄를 추궁하며 망설임없이 검을 뽑았다.

파문을 당하는 한이 있더라도 눈앞의 미운 놈을 단번에 죽여 버리고 싶었던 것이다.

"그래서 그와 싸웠군요?"

운도가 호기심으로 눈을 반짝이며 물었다.

"죽였습니까? 만약 그랬다면 사매가 몹시 슬퍼하고 원망했을 텐데요?"

이릉운이 운도를 뚫어지게 바라보았다. 괴로움과 갈등이 점점 커지더니 기어이 땅이 꺼질 듯이 한숨을 쉬었다.

"나는 그와 일백 초를 싸웠다. 하지만 그를 죽일 수 없었다."

"아, 그자는 대단한 사람이었군요."

"대단했지. 대단했고말고."

이릉운이 다시 깊은 한숨을 쉬었다.

第四章

유일한 혈육(血肉)

마룡의
후예

“솔직히 고백하면 내가 그와 일백여 초를 싸웠다는 건 틀린 말이다.”

“……?”

“나 혼자서 일백 번 공격했고, 그는 일백 번 방어하고 피했을 뿐이니까.”

“그런 일이…….”

운도는 경악했다.

그는 당시에 이릉운의 무위가 어땠는지 짐작할 수 있었다.

머지않아 화산파의 검선으로 불리게 될 사람이고, 십천 중 하나가 될 인물 아니었던가.

사십대의 그는 이미 강호에서 독보적인 존재로 인정받고 있었다.

장차 그에 의해 화산파의 명성이 천하를 뒤덮을 것이라고 믿었던 사람.

그가 일백여 초나 일방적으로 공격했으면서도 이기지 못한 사람이 있었다는걸 누가 믿을 것인가.

그것도 상대는 반격조차 하지 않은 채 방어하고 피하기만 했을 뿐이라니 더욱 경악할 수밖에 없다.

"그가 누구입니까? 대체 그런 사람이 정말 있기는 한 겁니까?"

이룽운이 다시 뚫어지게 운도를 바라보다가 말했다.

"너는 충분히 짐작할 수 있을 텐데?"

"그럼……."

이 세상에 과연 그런 사람이 존재한다면 오직 한 명이 있을 뿐이다. 그리고 운도는 그 사람이 누구인지 잘 알고 있었다.

절대천마 풍약헌.

하늘 밖의 하늘이라고 불려야 마땅한 사람.

그가 아니고서야 누가 그렇게 할 수 있을 것인가.

깊이 좌절하여 사문으로 돌아온 이룽운은 칩거에 들어갔다. 마치 다시는 세상에 나오지 않을 사람처럼 깊고 긴 칩거였다.

문을 굳게 닫아걸고 봉인까지 해버린 자신의 거처에서 이룽운은 오직 사매에 대한 정을 끊기 위해 미친 듯이 무공 수련에 몰입했다.

자신이 겪었던 수치를 기억하고 피눈물을 흘리며 화산파의 비전 절기들을 뛰어넘기 위해 침식을 잊었던 것이다.

그러는 동안 이릉운은 일취월장하여 전날의 그가 아닌 다른 사람이 되어갔다.

그 결과 드디어 그는 초인의 길에 훌쩍 올라섰지만 그가 짝사랑했던 사매는 임신을 한 게 발각되어 사부의 호된 질책을 당하고 파문당했다.

화산파의 수치였던지라 누구도 그 일을 입에 올리지 못하도록 함구령이 내려졌다.

그녀의 낭군은 다시는 화산에 모습을 나타내지 않았고, 사매는 화산 기슭의 폐가에서 홀로 아이를 낳았다.

사내아이였다. 그리고 지독한 난산이었다.

그녀가 홀로 산고의 진통을 겪으며 생사의 경계를 오락가락하던 날 이릉운은 칩거를 깨고 밖으로 나왔다.

아무 말도 하지 않고 산에서 내려온 그가 찾아간 곳은 사매가 홀로 기거하고 있는 오두막집이었다.

그가 사매에게 무슨 말을 하려고 찾아갔던 건지는 모른다. 하지만 그는 그녀에게 아무 말도 할 수 없었다.

사매는 갓 태어난 아기를 품에 안은 채 죽어 있었던 것이다.

아무것도 모르는 핏덩이는 싸늘하게 식어가는 제 어미의 젖을 빨아대고 있었다.

하늘을 우러러 탄식한 이릉운은 겉옷을 벗어 아이를 둘둘 말아 안고 나왔다.

그리고 사매의 주검과 함께 불타고 있는 오두막집을 뒤로하고 화산을 떠났다.

그 후 그는 초인의 반열에 올라 당당히 십천의 천주 중 한 명이 되었지만 다시는 화산으로 돌아가지 않았다.

드문드문 강호에 모습을 보였을 뿐 홀연히 사라졌으므로 아무도 그가 어디에서 무엇을 하고 있는지 알지 못했다.

“아!”

거기까지 이야기를 들은 운도가 크게 놀라 소리쳤다.

“설마, 설마…… 제가 바로 그 아이는…… 아니겠지요?”

이룽운은 대답하지 않았다. 대신 애정과 원망과 회한이 깃든 눈으로 물끄러미 바라보았을 뿐이다.

“이건, 이건…….”

운도의 낯빛이 점점 창백해져 갔다.

사부는 제가 젖먹이였을 때부터 동냥젖을 얻어 먹이며 키웠고, 정착할 곳을 찾아 천하를 떠돌았다고 했었다.

그리고 세상과 단절된 것처럼 궁벽한 그 산골, 화량촌에 숨어 살았다.

“아!”

운도가 기어이 의식을 잃고 쓰러졌다.

갑자기 밀려든 커다란 충격을 견디기에는 그의 몸과 마음이 너무 지쳐 있었던 것이다.

그날 이후로 운도에게서는 말이 없어졌다.

내가 누구인지, 나의 태생이 어떤 것인지 알고 말리라.

그런 생각이 지금까지 운도를 지탱해 준 힘의 원동력이었
다.

나의 정체성을 찾는다는 것보다 절실한 일은 없었던 것이
다.

근본도 모르는 자라는 손가락질을 당해서야 어찌 큰 뜻을
품을 수 있을 것이며, 품었다고 한들 이룰 수 있을 것이고, 이
루었을지언정 흡족해할 수 있을 것인가.

그러므로 운도에게는 제가 누구인지를 밝혀내는 것이야말
로 그 어떤 것보다 간절한 소망이었다.

그것에 대한 집념이 오늘에 이르기까지 그를 몰아왔으며,
수많은 고난과 역경을 가져다주지 않았던가.

그것을 이제 알았다.

기뻐서 춤이라도 추어야 할 일인데 그렇지 않다는 게 운도
를 당혹스럽게 했다.

마음이 천근만근 무겁고 허탈해져서 커다란 쇳덩이를 안고
바다 속으로 뛰어든 것 같았다.

운도는 마차를 탔고, 이릉운이 등자에 앉아 손수 말고삐를
잡고 있었다.

그는 허름한 옷에 낡은 죽립을 눌러쓰고 있었으므로 영락없
이 마부 노릇을 생업으로 삼고 있는 촌로 같았다.

그렇게 닷새 동안 쉬지 않고 달린 마차는 점점 깊은 숲 속으
로 들어가고 있었다.

운도는 그가 저를 어디로 데리고 가는 것인지 묻지 않았다.

모든 걸 그의 처분에 맡겨둔 사람처럼 조용하기만 할 뿐이다.

더 이상 마차가 들어갈 수 없는 숲 속에 이르자 이릉운은 마차를 버리고 운도를 안아 들었다.

높은 삼나무 꼭대기로 훌쩍 뛰어올라 가지 끝을 밟고 서더니 이내 바람처럼 달리기 시작했다.

가녀린 나무 꼭대기의 가지를 밟고 달리는 것이 평지를 질주하는 것 같았다.

천신이 구름을 타고 훌훌 날아가는 것 같은 모습이었던지라 만약 누가 보았다면 신선을 보았다고 떠들어댔을 것이다.

그러나 인적이 닿지 않은 깊은 산속이었다.

몇 겹의 높고 험한 산이 둘러 있는지 모를 그 깊은 산속은 그것이 생성된 이래 한 번도 사람의 발길이 닿지 않았을 것이다.

그렇게 한나절을 쉬지 않고 달린 이릉운이 비로소 운도를 내려놓았다.

운도는 내내 눈을 꼭 감고 있었으므로 그가 도대체 자기를 어디로 데리고 온 건지 알 수 없었다. 이제는 관심도 없다.

"너는 묻지 않을 셈이냐?"

이릉운이 오히려 궁금하게 여겼다.

"나를 누군가에게 데려간다고 하셨으니 그렇게 하겠지요."

"그게 누구인지 알고 싶지 않단 말이냐? 왜 내가 너를 누군가에게 데려가는 것인지 정말 궁금하지 않단 말이냐?"

"……"

어쩔 수 없다는 듯 한숨을 쉰 이룽운이 말했다.

"너는 지금 너의 생부에게 가고 있는 중이다."

"엇!"

비로소 운도가 눈을 휘둥그레 뜨고 낯선 사람을 보듯 이룽운을 바라보았다.

"그는…… 그분은 죽지 않았습니까?"

절대천마 풍약헌은 이미 죽었다고 알려진 사람이었다.

이룽운이 빙그레 웃었다.

"내가 아직 이렇게 살아 있는데 그가 벌써 죽었다면 말이 안 되지."

"하지만 어떻게……."

"이제는 그를 만나보고 싶은 마음이 생겼느냐?"

"그렇습니다! 나는 그분을 보기 원합니다!"

운도가 저도 깜짝 놀랄 만큼 갑자기 소리쳤으므로 이룽운이 어리둥절했다가 껄껄 웃었다.

*   *   *

아들아.

얼마나 불러보고 싶었던 말이었던가.

그러나 풍약헌은 그 말을 할 수 없었다.

아버지.

얼마나 애타게 찾던 존재인가.

그러나 운도는 그를 그렇게 부를 수 없었다.

그저 멍하니 바라보고 또 바라보는데, 현실이라고 느껴지지 않는다는 그런 눈길이었다.

절대천마 풍약헌.

얼마나 위대한 이름이던가.

가슴속에 지울 수 없는 위대한 영웅으로 자리 잡고 있던 이름이다.

그런 사람이 지금 이렇게 제 눈앞에 있다는걸 믿기 힘들었다.

두 사람 사이의 침묵은 영영 깨지지 않을 것 같았다.

그러나 그것을 바라보는 이릉운은 지루해하지 않았다.

만감이 교차하는 얼굴로 우두커니 앉아서 풍약헌을 바라보고 운도를 바라본다.

"이 형……."

한참 만에 풍약헌이 부른 건 운도가 아니라 이릉운이었다.

운도는 넋이 나간 듯이 풍약헌의 얼굴을 바라기만 하고 있었는데, 망부석이 된 사람 같았다.

풍약헌이 탄식하고 나서 웅얼거리듯 말했다.

"이 형의 노고에 대해서 정말 뭐라고 치하해야 할지 모르겠구려."

이릉운 또한 탄식했다.

"그럴 필요 없소. 나는 할 일을 했을 뿐이라오."

"좋소. 이제 이 형이 약속한 일을 모두 이루었으니 나 또한 약속을 지켜야겠지."

풍약헌이 안으로 들어가더니 오동나무 함을 안고 나왔다. 운도는 그것이 일대 쾌도왕 전풍의 칼이 든 함이라는 걸 금방 알아보았다.

이릉운이 풍진결개를 시켜서 그것을 가져오게 했던 게 풍약헌에게 주기 위해서라는 걸 이제 알았다.

그것을 풍약헌이 다시 이릉운에게 주고 있으니 의아할 뿐이다.

이릉운이 손을 저어 함을 사양하며 말했다.

"그 칼에 새겨진 문양이 천마비동의 위치를 가르쳐 주는 지도라는 걸 아니 내게는 이제 필요없소이다."

풍약헌이 의아한 얼굴로 바라본다. 이릉운이 빙긋 웃었다.

"나는 그 칼을 운도에게 선물하겠소. 대신 풍 형이 그곳을 가르쳐 주면 되지 않겠소?"

풍약헌은 이미 천마비동에 들어가 본 적이 있는 사람 아닌가. 힘들게 칼에 새겨진 도형의 비밀을 푸는 수고를 할 필요가 없는 것이다. 그에게서 직접 들으면 된다.

풍약헌이 그럴 줄 알았다는 얼굴로 빙그레 웃고 고개를 끄덕였다.

"좋소, 보물이 이제야 임자를 제대로 찾아가게 되는 모양이군."

겸양하지 않고 오동나무 함을 운도에게 내밀었다.

"받아라. 이제부터는 네 것이다. 너와 만난 기념으로 주는 선물이라고 생각해도 좋겠지."

말을 마치더니 얼떨결에 오동나무 함을 받아 드는 운도에게 불쑥 손을 내밀었다.

"귀면옥패를 다오."

그것이 원래 홍안적성의 물건이었으니 내주는 게 당연한 일이다.

운도가 이유를 묻지 않고 품에 지니고 있던 귀면옥패를 내밀었다.

풍약헌이 그것을 받아 한동안 들여다보더니 한숨과 함께 이릉운에게 건넸다.

"받으시오. 이 물건이 단지 천마비동의 암호를 풀기 위해 필요한 것이 아니라는 걸 기억했으면 좋겠소."

이릉운이 엄숙한 얼굴로 귀면옥패를 받았다.

"물론이오. 이것에는 염 매의 한과 피눈물이 배어 있으니 어찌 소홀히 대할 수 있겠소? 내가 죽더라도 이 물건만은 반드시 무덤 속까지 가지고 갈 것이오."

이릉운의 말을 들으며 운도는 그와 염 부인 사이에 말 못할 또 하나의 사정이 숨겨져 있다는걸 눈치챘다. 그게 무엇인지 모르나 그것 또한 무정무한이라는 말로 설명할 수 있는 일일 것이라고 짐작한다.

사랑의 함정이고 덫이었던 게 분명했는데, 그건 아마도 이릉운이 아니라 염 부인에게 해당되는 말일 것이다.

"이제 한 가지 물건이 남았소."

풍뢰경(風雷鏡)이다.

이릉운이 잔뜩 긴장하여 그를 바라보았다.

"풍뢰경은 열쇠요. 그것이 없이는 천마비동 안으로 한 발짝도 들어갈 수가 없지."

"그것을 가지고 있소?"

이릉운이 급히 묻지만 풍약헌은 엉뚱한 소리를 했다.

"이 형은 정말 그곳에 들어가 천하제일의 고수가 되기를 원하오?"

"그렇소."

"그렇게 된 다음에는 무엇을 할 작정이시오? 그때면 이 형은 더욱 늙어 육탈할 때가 가까워졌을 텐데 천하제일이라는 명예가 쓸 데 있겠소?"

"나는 내 한을 스스로 풀고자 할 뿐이니 풍 형은 신경 쓸 것 없소이다."

"그렇군그래."

풍약헌이 씁쓸한 미소를 짓고 나서 말했다.

"이 형은 이미 득도하여 신선과 같아진 사람인데 아직도 사랑의 굴레에서는 벗어나지 못했으니 안타까울 뿐이오."

"……."

"그대가 천하제일인이 된들 이미 죽은 운 사매가 다시 살아날 수 있겠소? 이 형은 아직까지도 운 사매가 이 형 대신 나를 택한 게 천하제일이라는 명성과 명예에 매혹되어서라고 믿는 것이오?"

“쓸데없소!”

이릉운이 무섭게 풍약헌을 노려보았다. 살기마저 은은히 내비친다.

한숨을 쉰 풍약헌이 손뼉을 쳤다.

그러자 잠시 후 한 사람이 왈칵 문을 밀치고 들어서는 것이어서 운도는 물론 이릉운도 흠칫 놀라 바라보았다.

그자는 키가 크고 체구가 건장한 장한이었는데, 밝게 쏟아져 들어오는 햇살을 등지고 선 탓에 얼굴을 금방 알아볼 수 없었다.

그러나 이내 눈이 적응되면서 그자를 알아본 이릉운과 운도가 동시에 “억!” 하고 커다란 놀람의 외침을 터뜨렸다.

그리고 두 사람의 입에서 동시에 하나의 이름이 터져 나왔다.

“쾌도왕!”

그는 바로 쾌도왕 갈포참이었다. 아무리 눈을 비비고 다시 봐도 역시 쾌도왕 갈포참이다.

“당신, 당신이 어떻게?”

운도가 떨리는 손을 들어 가리키며 더듬더듬 말했다.

쾌도왕은 그런 운도는 물론 이릉운에게조차 눈길 한 번 주지 않았다.

오직 공손하게 풍약헌 앞에 손을 모으고 서서 꼼짝하지 않을 뿐이다.

풍약헌이 말했다.

"그에게 주어라."

쾌도왕이 멈칫거린다. 이릉운을 노려보는 눈이 무서웠다. 그러나 어쩔 수 없다는 듯 품에서 비단 주머니 한 개를 꺼냈는데 여전히 머뭇거리며 망설이는 손길이었다.

"받으시오."

그가 공경하는 빛이라고는 하나도 없이 비단 주머니를 불쑥 이릉운에게 던졌다.

이릉운 역시 쾌도왕의 그런 태도에 대해서 노여워하거나 불쾌하게 여기는 기색도 없이 재빨리 비단 주머니를 받아 열어 보기에 바빴다.

그 안에서 나온 것은 한 개의 손바닥만 한 구리거울이었다. 잘 닦여진 표면이 영롱하게 반짝거린다.

구름 문양으로 둘러싼 테두리를 보석으로 장식했고, 손잡이 또한 상아를 깎아 만들었는데, 정교한 솜씨가 예사롭지 않아 보이는 물건이었다.

그 자체로도 세상에서 흔히 볼 수 없는 귀물이다.

풍약헌이 말했다.

"부디 이 형의 소망을 이루시기 바라겠소이다. 하지만 조심해야 할 것이오. 보물이 이제 모두 이 형의 손에 들어갔으니 사람은 죄가 없으되 지닌 보물이 죄라는 말을 어찌 잊을 수 있겠소?"

"고맙소. 하지만 그건 나의 일이니 풍 형이 상관할 게 아니외다."

　말을 마치고 뚫어지게 풍약헌을 바라본다. 아직 그가 천마비동이 있는 곳을 가르쳐 주지 않고 있었던 것이다.

　풍약헌이 빙긋 웃었다.

　"그곳은 신강 땅에 있다오. 곤륜산 남쪽 이백 리 아래 화염산이라고 불리는 암봉이 있는데, 바로 그곳이오."

　"아! 청해에 있는 게 아니었단 말이오?"

　"사람들은 그렇게 알고 있지. 하지만 그들의 말을 믿든 내 말을 믿든 그건 이제 이 형이 결정할 일 아니겠소?"

　잠시 생각하던 이릉운이 굳은 얼굴로 포권했다.

　"고맙소. 그럼 나는 이제 가오. 부디 보중하시오."

　포권하고 난 그가 운도를 돌아보았는데 회한이 가득한 얼굴이었다. 그 눈길에 안타까움과 한이 복잡하게 뒤섞여 어지럽다.

　무언가 말을 할 듯하던 그가 끝내 한숨으로 대신하고 돌아섰다. 훌쩍 몸을 던지더니 쾌도왕을 스쳐 바람처럼 사라진다.

　"이게 대체 어떻게 된 일이지요?"

　운도가 비로소 정신을 차리고 묻자 풍약헌이 슬픈 얼굴로 그를 바라보았고, 쾌도왕도 그랬다.

　"당신이, 당신이 정말 절대천마 풍약헌인가요?"

　"그렇다. 한때 세상 사람들이 나를 그렇게 불렀지."

　"그리고 당신이, 당신이……."

　운도는 차마 다음 말을 하지 못했다.

　쾌도왕이 성큼 다가서며 대신 말했다.

"그렇다. 이분이 바로 네 생부이시다."

"아!"

짐작하고 있던 일이었지만 쾌도왕을 통해 확인하자 아찔한 현기증이 밀려들었다. 운도가 비틀거리자 쾌도왕이 그를 붙들었다.

"이제는 우리가 왜 네 주위를 맴돌았는지, 왜 목숨을 걸고 너를 보호했던 건지 알겠지?"

"하지만 나는 아직 알 수 없는 게 있소."

"좋다. 무엇이든 다 말해주마."

"그렇다면 어째서 나를 지옥곡으로 밀어 넣었던 거지요?"

"네 스스로 원하지 않았느냐?"

"진작 이와 같은 일을 말해주었더라면 그 끔찍한 곳을 경험하지 않아도 되었을 것 아닙니까?"

쾌도왕의 눈길이 엄숙해졌다.

"그랬다면 지금의 너도 없겠지."

"으음—"

운도가 침음성을 흘렸다.

쾌도왕의 말을 인정하지 않을 수 없었던 것이다.

지옥곡의 경험을 통해 자신이 철부지 소년에서 어른으로 훌쩍 자랐다는걸 부정할 수 없다.

쾌도왕이 다시 말했다.

"우리는 네가 그곳에서 살아남아 천마비동에 들기를 원했다. 그래야 우리 홍안적성의 비전 무공이 사라지지 않게 되기 때문이지."

"나를 또 한 명의 절대천마로 만들려고 했군요?"

확인하듯 묻자 침묵하고 있던 풍약헌이 그 대답을 했다.

"뿐만 아니라 십천지주로 만들려고도 했지. 우리는 너를 정사마를 통합하고 뛰어넘는 고금제일의 초인으로 탄생시킬 준비를 하고 있었던 것이다."

"그래서 사부가 저를 가르쳤고, 풍사곡으로 보내 십천지주의 후보로서 경쟁하게 했던 것이군요. 그 모든 게 당신의 계획이었군요."

운도는 이 모든 일들이 죽었다고 알려졌던 절대천마 풍약헌이 이룡운을 내세워 암중에서 꾸미고 계획한 일이라는 걸 알았다.

자기 한 명을 위해서 지난 이십여 년 동안의 세월을 온통 헌신한 것이라고 해도 과언이 아니다.

운도가 풍약헌을 여전히 당신이라고 호칭하자 쾌도왕이 눈을 부라렸다.

"너는 왜 그렇게 부르는 것이냐?"

"하지만……."

운도는 여전히 풍약헌이 자신의 생부라는 사실이 낯설고 어색하기만 했다.

쉽게 받아들이기에는 그동안의 세월이 너무 오래 지났고, 갑작스러운 일이었던 것이다.

"휴— 내버려 두어라. 내가 어찌 그 아이에게서 아비 소리를 들을 수 있겠느냐?"

풍약헌이 긴 탄식과 함께 그렇게 말했다.

그의 탄식 소리가 운도의 가슴을 무너뜨렸다. 비통해하는 그의 마음이 고스란히 전해져 오는 것이어서 운도는 한순간에 자신이 품어왔던 서운함을 잊어버렸다.

"아버님!"

그가 털썩 무릎을 꿇으며 울부짖듯 그렇게 불렀다.

"아!"

풍약헌이 벼락을 맞은 것처럼 깜짝 놀라더니 몸을 부르르 떨었다.

운도를 바라보는 얼굴에 놀람과 기쁨, 회한이 마구 뒤섞여 복잡한 표정이 되었다. 그대로 멍하니 바라보기만 할 뿐 아무 말도 하지 못한다.

한동안 그렇게 넋이 나가 있던 풍약헌이 와락 운도를 끌어안았다.

운도 또한 풍약헌을 힘껏 끌어안았으므로 두 사람은 서로를 녹여 하나로 만들려는 것 같아 보였다.

따뜻하다.

풍약헌은 그게 다른 사람이 아니라 바로 제 유일한 혈육의 체온이라는 데에 더할 수 없이 커다란 감동을 받고 있었다.

운도 또한 그토록 원했던 아버지의 체온을 제 온 영혼 속으로 받아들이며 감동과 감격으로 몸을 떨었다. 주체할 수 없이 눈물이 흘러내려 볼을 적시고 앞가슴을 적셨다.

그것이 그대로 풍약헌에게로 옮겨든다.

풍약헌의 눈에서도 뜨거운 눈물이 소리없이 흘러내렸다.

이 세상에서 단 하나뿐인 혈육이기에 두 사람이 서로를 느끼는 뜨거움은 용광로의 불길보다 더 강렬했다.

그것을 바라보던 쾌도왕이 슬며시 외면했는데, 그의 눈에도 눈물이 가득 담겨 일렁이고 있었다.

*　　　*　　　*

운도는 풍약헌이 쾌도왕을 이곳으로 불러온 이유를 알게 되었다.

"그럴 수는 없습니다!"

강력하게 버티지만 뒤통수를 철썩 후려치는 쾌도왕의 호쾌함 앞에서 그만 고개를 숙이고 말았다.

"이놈아, 나는 원래 수호사자야. 우리 십대천마가 다 그래. 그럼 뭘 수호하느냐? 바로 홍안적성의 정통성이지. 그래서 과거에는 천마를 수호했고 지금은 너를 수호하는 거야."

"하지만……."

"하지만은 개뿔. 앞으로도 백 년은 이곳을 발견할 놈이 없을 것이다. 그러니 이곳은 그야말로 세외도원인 셈이야. 이런 곳에서 천마를 모시며 느긋하고 한가롭게 살다가 여생을 마칠 수 있다면 그거야말로 하늘의 복이 아니겠느냐? 그러니 강호의 귀찮고 짜증나는 일들은 이제 네가 다 알아서 해라. 나는 말년의 복락을 누리련다. 우허허허―”

그러더니 다짜고짜 운도의 마혈을 눌러 버렸다.

운도는 아버지의 그에 대한 처사가 가혹하다고 생각했다. 하지만 쾌도왕이 이처럼 호쾌한 걸 보니 조금은 마음에 위안이 되기도 했다.

“자, 정신 차려라, 들어간다!”

운도를 등 뒤에서 안듯이 한 쾌도왕이 버럭 외치더니 명문에 장심을 붙였다.

이내 한줄기 뜨거운 내력이 둑 터진 물처럼 일제히 쏟아져 들어오기 시작했다.

그 뜨겁고 강렬한 기운은 운도의 혈관을 터뜨리고도 남을 것 같은 무지막지함이었다.

이체전공의 비법으로 쾌도왕은 자신의 모든 내공을 운도에게 넣어주려는 것이다. 풍약헌이 원하는 게 바로 그것이었다.

그는 운도가 본래의 내공을 회복한다고 해도 그것만으로는 절대 십천지주를 이길 수 없다는걸 잘 알고 있었다.

그래서 생각해 낸 게 자신의 명령을 받고 이곳에 찾아온 쾌도왕이었다.

쾌도왕은 절대천마가 살아 있었다는 데에 감격의 눈물을 흘렸다. 그리고 그가 한 말을 듣더니 자신의 희생을 요구하는 풍약헌의 말을 망설임없이 받아들였다.

풍약헌이 죽으라고 한다면 당장 그렇게 할 수 있는 쾌도왕인 것이다. 더구나 다른 사람이 아닌 운도를 위한 일이라니 망설일 이유가 없었다.

쾌도왕의 엄청난 내력이 도도하게 운도의 혈맥 속으로 흘러 들었다.

이미 임독양맥이 타통된 운도에게 있어서 그것은 또 한 번의 기연이나 다름없었다.

충격을 받고 폐쇄되었던 기혈들이 거침없는 쾌도왕의 내력에 의해 하나씩 뚫려 나갔다.

꼬박 하루를 그렇게 하고 나더니 쾌도왕은 탈진하여 쓰러졌고, 운도는 도도히 흐르는 자신의 내공을 이끌어 운기하느라고 몰아지경에 빠져 모든 걸 잊었다.

쾌도왕은 한 줌의 내력마저 아끼지 않고 운도에게 모두 쏟아부어 준 결과 이제는 속 빈 강정처럼 되어버렸다.

그러나 그는 후회하지 않았다.

가부좌를 틀고 앉아 운기 삼매경에 빠져 있는 운도를 바라보며 기쁨의 눈물을 뚝뚝 떨어뜨렸다.

“수고했다. 너에게 몹쓸 짓을 했으니 나를 원망해 다오.”

풍약헌이 그의 어깨를 두드려 주었다.

그 또한 오래전 백도십천과의 싸움 이후 내공을 모두 잃어버린 몸이었다.

여전히 절세적인 절기들을 지니고 있으나 쓸 수가 없다. 그저 평범한 한 사람의 노인으로 변해 있었던 것이다.

이제는 쾌도왕 또한 그와 같이 되고 말았다.

쾌도왕이 주먹으로 눈물을 훔치고 나더니 기쁜 얼굴로 말했다.

"이곳에서 주공을 모시고 한가롭게 여생을 마칠 수 있게 되었으니 저에게는 오히려 커다란 축복입니다. 내공을 쓸 일이 없을 텐데 아까울 게 있겠습니까?"

운도는 그날로부터 열흘 동안을 꼼짝하지 않고 운기조식에만 몰두했다.

잠시 음식을 먹는 시간을 제외하고는 오직 내공을 북돋우는 데에 온 정신을 다 쏟았던 것이다.

그리하여 본래의 내공을 되찾았음은 물론, 쾌도왕의 엄청난 내공까지 자신의 것과 동화시키는 데 성공했다.

본래 운도의 내공이 천마심공에서 나온 것이라 쾌도왕이 쌓아온 내공과 근본이 같았다. 그러므로 별 거부감 없이 두 개의 서로 다른 내공이 하나로 합쳐질 수 있었던 것이다.

第五章
하늘과 땅을 두루 얻다

마롱의
후예

　내공을 되찾은 건 물론 이전보다 또 한 단계 높은 성취를 이
룬 운도의 마음은 급하기만 했다.

　무공을 회복했으니 당장에라도 이귀율에게 찾아가 위서향
을 구해내고 싶었던 것이다.

　그러나 풍약헌은 허락하지 않았다. 원래 한 달을 계획했으
니 그 기간 동안은 이곳에 머물러 있어야 한다고 말했던 것이
다.

　운도 또한 비로소 찾게 된 아버지와 오랫동안 함께 있고 싶
었다. 하지만 위서향이 괴롭힘을 당할 일을 생각하면 마음이
편치 않았다.

　그래서 이러지도 못하고 저러지도 못해 불안해하는데, 그런

운도의 마음을 안 풍약헌이 엄숙하게 말했다.

"너는 이제 비로소 십천지주라는 그 아이와 싸울 만한 내력을 지니게 되었다."

"모든 게 아버님과 쾌도왕의 은덕인 줄 압니다."

"그렇다면 너는 더욱 우리들의 기대를 저버릴 수 없겠구나."

"기대라고 하시면……?"

"나는 네가 본래의 내공과 쾌도왕의 내공을 하나로 합쳤듯이 십천과 천마비동의 무공을 한 몸에 지녀서 고금제일의 절대적인 존재가 되기를 여전히 바라고 있느니라."

풍약헌의 말에 운도가 어리둥절한 얼굴을 했다.

"천마비동의 모든 비밀은 사부님인 무량자가 가지고 떠났으니 어찌 제가 그것을 얻을 수 있겠습니까? 또한 십천의 무공은 이미 이귀율에게 전해지지 않았습니까?"

혹시 그런 사실을 잊으신 건 아닌가 해서 의아하게 바라보자 풍약헌이 빙긋 웃었다.

"내가 여기 있는데 따로 천마비동에 찾아갈 필요가 있겠느냐?"

"아!"

운도가 제 머리를 두드렸다.

절대천마 풍약헌이 바로 천마비동의 무공을 익힌 사람 아니던가.

비록 무공을 펼칠 수는 없지만 그의 머릿속에는 여전히 천마비동의 절세무학들이 고스란히 남아 있는 것이다.

"천마비동 안의 무공은 워낙 종류가 많고 심오해서 그 안에 백 년을 들어가 있어도 한 사람이 다 배울 수는 없다. 이릉운도 마찬가지야. 그가 몇 가지의 절기들을 제 것으로 만들어 가지고 나올지 알 수 없으나 내가 그 안에서 익혔던 것들보다 많지는 못할 것이다. 그러니 너는 나에게서 배우는 것만으로도 충분하다."

운도의 가슴이 쿵쾅거리며 뛰었다.

풍약헌이 또 말했다.

"너는 이미 쾌도왕과 장왕의 절기를 익혔다. 벌써 두 가지를 얻었으니 나머지는 더 쉽고 빠르게 익힐 수 있겠지."

"아, 십대천마의 무공도 모두 천마비동에서 나온 것이군요?"

"그렇다."

"그렇다면 십천의 절기는 어떻게 익힌단 말입니까?"

"너는 이미 세 가지를 얻었지 않느냐?"

"사부로부터는 풍운검법을 배웠을 뿐이고 풍사곡에서는 기초가 되는 무공들을 수련했을 뿐입니다."

"풍진걸개의 봉법은?"

운도는 풍약헌이 이미 저에 대한 모든 걸 파악하고 있다는 걸 알았다.

"비급을 아직 완전히 익히지 못했습니다."

"됐다. 그거면 충분하지. 십천지주가 된 이귀율이라는 아이도 십천의 무공을 모두 익히지는 못했다. 흑풍객과 풍진걸개와 이룡운의 무공이 빠졌으니 일곱 가지를 연성한 데에 지나지 않아."

"그것만으로도 그는 고금제일의 무위를 지녔습니다."

"그건 그렇지. 십천의 무공 중 일곱 개를 한 몸에 지닌 자가 어찌 고금제일의 소리를 듣지 않을 수 있겠느냐?"

"그러면 저는……."

운도의 얼굴이 문득 어두워졌다.

풍약헌이 빙그레 웃었다.

"너는 잊은 게냐? 내가 모악산 천궁봉에서 홀로 십천의 천주들 모두와 싸웠다는 것을?"

"아!"

운도의 머릿속에 하나의 생각이 번갯불처럼 번쩍이고 스쳐 갔다.

"그들은 최고, 최강의 절기로 각기 나와 열 번 싸웠다."

"그리고 모두 패했지요!"

"내 머릿속에는 아직도 그들이 펼쳤던 열 개의 절기가 생생하게 남아 있다."

"아!"

"천마심공을 충분히 익혔겠지?"

"그렇습니다."

"너는 이미 그 안에서 너만의 신공을 얻었을 줄 안다."

"그렇습니다. 저는 그것을 구룡신공이라고 이름지었습니다."

“장하다.”

크게 머리를 끄덕인 풍약헌이 엄숙하게 말했다.

“천마비동의 모든 무공들 중에서 가장 중요한 게 바로 그 천마심공이다. 그것이야말로 우리 홍안적성의 오백 년 힘이 축약된 신공비결이기 때문이다. 천마심공을 대성하지 못한다면 천마비동의 절학들을 뒷받침할 수 있는 내공심법을 이룰 수 없느니라.”

“그래서 아버님은 그것을 염 부인에게 주어 장차 저에게 전해주도록 안배했던 것이군요?”

“그렇다. 염 매는 그 일을 아주 잘해냈지.”

귀염후 염매방이 병든 몸으로 끝까지 화랑촌의 외떨어진 집에 머물러 있었던 건 풍약헌으로부터 받은 밀명을 지키기 위해서였던 것이다.

그녀는 남몰래 이릉운을 사랑하고 있었으면서도 한마디도 그런 말을 꺼내지 못했고, 표현하지 못했다.

그 아픔을 참고 지켜본다는 게 몸을 점점 갉아먹는 병보다 더 견디기 힘들었을 것이다.

그런 사정을 생각하는 풍약헌의 얼굴에 회한과 안타까움이 가득했다.

“그 결과 너는 천마심공을 얻었고, 그 안에서 너만의 신공절학을 만들어내 대성했으니 모든 준비가 끝났다고 할 수 있지.”

“그러면 아버님께서 소자에게 천마비동의 절기와 십천의

절기들을 모두 전해주시겠다는 겁니까? 하지만 너무 오랜 시간이 걸리지 않겠습니까?"

운도의 초조해하는 마음을 안다는 듯 풍약헌이 다시 빙긋 웃었다.

"일백 개의 절기를 지니고 있다 한들 무슨 소용이겠느냐? 승리를 가져다주는 건 결국 한 개의 절기요, 한 개의 초식에 불과할 텐데 말이다."

"그 말씀은……."

"더 이상 새로운 절기를 익힐 필요가 없단 말이다. 이미 네가 익히고 있는 그 몇 가지의 절기만으로도 너는 천하제일을 다툴 자격이 있다."

"그러나 그것만으로는 이귀율의 상대가 될 수 없을 것입니다."

그래서 당신의 절기들을 모두 전해주려는 게 아니냐는 듯 빤히 바라보지만 풍약헌은 의미심장한 미소를 지을 뿐이었다.

"나는 지난 이십여 년 동안 이곳에서 덧없이 세월을 보내고 있었던 건 아니다."

"하오면?"

"나의 절기와 십천의 절기들을 수없이 머릿속으로 되풀이하고 점검하고 비교해 왔지. 그 결과 하나의 새로운 길을 볼 수 있게 되었다."

"아, 그것들을 모두 섭렵한 후 새로운 절학을 하나 창안하셨군요?"

십천과 천마비동의 절학들에 두루 능통하게 되었으니 그것들의 장점만을 추려내 하나로 융합할 수 있었으리라.

그러나 그 하나를 다시 깎고 다듬어 완전한 것으로 만들어 낸다는 건 어렵기 짝이 없는 일이다.

수십 가지의 귀한 약재를 섞어 즙을 짜냈으나 그것을 약으로 정제해 내는 일은 역시 어려운 것과 마찬가지이다.

서로 상충되는 약리작용을 해소해야 하고, 극성을 다스리고 최상의 배합을 찾아냄으로써 더 높은 약효를 발휘하도록 하는 일이 어찌 쉬울 것인가.

수많은 재료를 구하고 버무리는 것보다 열 배는 더 어렵고 힘들 것이다.

운도는 풍약헌이 지난 세월 동안 이곳에서 바로 그와 같은 일을 해왔다는걸 짐작했다.

그리고 드디어 완성한 것이다.

운도는 이 세상에서 그렇게 할 수 있는 사람이라면 역시 절대천마 풍약헌 한 사람밖에는 없을 것이라고 생각했다. 그이기에 가능한 일이었던 것이다.

"배우겠느냐?"

거절할 이유가 있을 리 없다.

"나는 천하제일으로 꼽혔을 때에도 강호를 손에 넣을 생각은 조금도 없었다. 오직 자유롭게 살기를 원했을 뿐이지. 지금도 그렇다."

"소자 또한 강호의 제패 따위는 원하지 않습니다. 강호는 누구 한 사람이 차지할 수 있는 곳이 아닙니다."

"그렇다면 너는 어떠해야 한다고 생각하느냐?"

"어울리고 더불어 사는 게 가장 이상적이라고 생각합니다. 군이 정사마를 가를 필요 또한 없습니다. 내가 지닌 능력과 재주를 옳은 일에 쓰느냐 그렇지 않느냐를 따져야 할 뿐이지요."

"그렇다. 네 말이 옳다."

풍약헌이 매우 흡족하다는 얼굴로 크게 고개를 끄덕였다.

"그 생각이 바로 나의 생각이었고, 우리 홍안적성이 꿈꾸던 바였다. 하지만 그들은 우리를 마교로 몰아 탄압했지. 무엇 때문이었겠느냐?"

"소자는 그때의 일을 알지 못합니다."

"그들은 두려웠던 것이다. 자신들이 누리고 있었던 권력과 부와 명예를 나누어 갖고 싶지 않았던 것이다. 그래서 홍안적성의 힘이 커지고 나의 능력이 세상에 알려지자 잔뜩 긴장했던 것이지. 자기가 가진 열 개 중 한두 개를 갖지 못한 자에게 내준다고 해도 그에게는 불편한 게 없을 텐데 그들은 그 한두 개를 내주는 것마저 수치이고 치욕이라고 생각했던 것이다."

"지독한 오만이자 이기심이었군요."

풍약헌의 얼굴에 은은한 노여움이 떠올랐다.

"그게 백도를 표방하는 자들의 속 좁은 생각이었다. 지금이라고 해도 다르지 않다. 겉으로는 화평을 내세우면서 뒤로는 하나라도 남보다 더 갖기 위해 수단과 방법을 가리지 않는다."

"그렇게 배타적이고 이기적인 무리가 바로 그들이라는 것을 소자도 알고 있습니다."

"그렇다. 그런 자들이니 나와 홍안적성이 자신들의 영역에 들어오는 것조차 싫어했던 거지. 그러나 혼자서는 당해낼 수 없다는걸 알기에 더욱 두려워했고, 그래서 연합하여 홍안적성을 마교로 몰았던 것이다."

"소자가 무엇을 하길 원하십니까?"

운도는 풍약헌이 비분강개하여 그러한 일들을 말하는 게 자기에게 시킬 일이 있기 때문이라고 짐작했다.

풍약헌이 결연하게 말했다.

"홍안적성의 힘을 만천하에 알려라. 그리고 패자가 아니라 공생하는 자가 되기 위해 왔다는 것을 증명해 보여라."

"명심하겠습니다."

"십천의 천주들이 모여 십천지주를 만들어내겠다고 한 것은 나의 부활을 경계하고 대비하기 위해서라고 한다."

"……."

"흥, 핑계에 불과하지. 그들은 마교의 위협을 들먹여 강호를 불안하게 만들고 십천지주를 내세워 자신들이 강호를 지배하려고 했던 것이다. 그들이 늘 해왔던 짓이지."

잠시 말을 멈추었던 풍약헌이 다시 코웃음을 쳤다.

"흥, 하지만 제 발등을 찍은 꼴이 되었지. 이귀율이라는 녀석을 잘못 판단했던 것이다. 그래서 지금은 오히려 저희들이 만들어낸 십천지주에 의해 지배당하는 꼴이 되고 말았다. 더 이상 통제할 수 없게 된 거야. 그건 그 녀석의 힘이 그만큼 커졌다는 것이기도 하지."

운도의 눈에서 매서운 빛이 와르르 쏟아졌다. 이귀율이라는 이름만 들어도 이가 갈리는 것이다.

풍약헌이 한스럽다는 듯이 말했다.

"나는 과거에 나란히 서서 경쟁할 만한 자가 없었다. 그래서 늘 쓸쓸하고 외로웠지. 하지만 너에게는 경쟁할 자가 있으니 하늘의 축복이라고 해야 할 것이다."

'이귀율…….'

운도가 어금니를 지그시 악물었다.

그의 소행을 생각하면 치가 떨린다. 아무도 그의 흉악한 내면의 모습을 알고 있지 못하다는 게 더 가증스럽다.

"그자가 강호의 패자가 된다면 그 피해는 백도의 무리가 늘 떠들어대는 마교에 의한 피해보다 열 배는 더할 것이다. 그들은 자신들이 마교로부터 강호를 지킨다는 명분하에 실은 가장 위험한 대마인을 만들어냈다. 그 사실마저 모르고 있다는 게 더 끔찍한 일이다."

풍약헌은 인적이 닿지 않는 곳에서 꼼짝하지 않고 있었지만 강호의 정세에 대해 손바닥 들여다보듯 훤히 알고 있었다. 이 룡운을 통해서 그동안의 모든 일들을 듣고 있었던 게 틀림없다.

"너는 어떤 일이 있어도 그자를 막아야 한다. 네가 실패한다면 다시는 그자를 막을 사람이 나오지 못할 것이다."

이귀율이 강호의 패자가 된다면 저에게 위험이 될 만한 것들을 모조리 찾아 제거해 버릴 것 아닌가.

운도가 비장한 얼굴로 말했다.

"반드시 그렇게 하겠습니다."

거듭 다짐한다.

"신명을 다 바쳐서 그자를 타도하고 왜곡된 강호의 질서를
바로잡은 다음에 이곳으로 돌아오겠습니다."

풍약헌이 어리둥절해져서 운도를 바라보았다.

"돌아와서 쾌도왕과 함께 아버님을 모시고 한가로운 삶을
살겠습니다."

"명예와 공명을 다 버리겠단 말이냐?"

"그까짓 게 무슨 소용이겠습니까? 사내로 태어나 대의를 이
루었으면 되었지요. 그 대가로 세상의 부귀영화를 누리고 사
람들의 칭송을 받기 원한다면 저와 이귀율이 다를 게 뭐가 있
겠습니까?"

"하하하, 네 말이 통쾌하구나."

풍약헌이 손뼉을 치며 즐거워하였다.

그날부터 운도는 풍약헌이 가르쳐 주는 구결을 외고, 그가
가르쳐 주는 초식을 익히는 데 온 힘을 기울였다.

그것은 일초 삼식의 수법이었다.

장법이면서 권법이기도 하고, 검법이면서 도법이며 또한 창
과 곤, 편을 두루 포함한 기이한 한 초식의 절기였다.

나뭇가지 하나를 손에 쥐면 그대로 신병이기가 되었고, 허

공에 손짓을 하면 그대로 절세의 장법이요, 지법이 되는 절기.

풍약헌은 천하 모든 절기들의 원리와 비법을 그 한 초식의 수법 속에 집어넣어 용해시킨 것 같았다.

비록 일초 삼식에 불과하지만 그 안에 깃들어 있는 비결을 풀어 쓴다면 몇 권의 책이 될 것이다.

부웅—

운도가 아무렇게나 허공에 내뻗은 주먹에서 웅장한 바람 소리가 났다.

더 이상 커질 수 없을 만큼 커진 내력을 한껏 실어 허공을 후려치자 우르릉거리는 뇌성과 함께 쿠앙! 하는 폭음이 터져 나왔다.

허공이 급작스럽게 팽창하더니 장력의 압력을 견디지 못하고 터져 버린 것이다.

"흐읍—"

숨을 깊이 들이마신 운도가 "이얏!" 하는 기합성과 함께 십여 장 밖에서 호수를 향해 일장을 후려쳤다.

쿠아앙—

그 순간 엄청난 굉음이 천지를 뒤흔들었다. 하늘 높은 곳에서 일만 근의 바윗덩이가 떨어진 것처럼 호수의 물이 높이 솟구쳐 오르고, 그 충격의 여파로 호수 전체가 태풍을 만난 것처럼 요동을 쳤다.

칼을 잡았다.

일대 쾌도왕 전풍의 애병이었던 뇌전도다.

보도 중의 보도로 불리는 그것은 다시 보게 된 햇빛과 바람을 좋아하는 것 같았다.

운도의 손에 착 달라붙어서 떨어지려고 하지 않는다.

수많은 생령의 피를 빨아들여 지독한 마기를 갖게 되었던 그것이지만 운도의 극강한 내력과 정기 앞에서는 얌전한 종이 되었다.

그것이 허공에 번쩍이는 빛을 뿌렸다.

운도는 호흡을 생각하고 박자를 생각하고 방위와 힘을 생각했다.

풍약헌으로부터 전해 받은 일초 삼식의 수법을 풀어내는 구결이면서 비결이기도 한 것이다.

그것의 변화는 단순한 것 같았지만 자유자재로 풀어지는 것이었다. 하나가 열이 되고 백이 되고 천이 되는 게 자유롭다.

그러므로 그것은 초식이되 초식이 아니었다. 하나이되 무한이기도 한 그 무엇이다.

운도는 점점 그 무한한 변화와 자유 속으로 몰입해 들어갔다.

이것은 장왕 진사곤의 무형장법에 깃들어 있던 자유의 정신과 통한다고 생각했다.

일정한 틀과 형식이 없으면서 그 모든 게 틀과 형식에서 벗어나는 법이 없지 않던가.

바로 그러한 것이 아직 이름도 없는 이 일초 삼식의 수법을 지배하는 정신이었다.

"나는 이것을 건곤귀합신공이라고 부르겠다."

운도는 그 초식에 그런 이름이 적당하다고 생각했다.

건공귀합신공(乾坤歸合神功).

그것보다 적당한 이름은 없다고 확신한 그가 풍약헌에게 말하자 풍약헌이 크게 웃었다.

"하하, 하늘과 땅이 하나로 합해졌으니 과연 천하무적이겠구나. 좋도다, 좋아. 그 이름이 내 마음에 꼭 든다."

사흘 후 운도는 뇌전도를 등에 지고 비림(秘林)을 나섰다.

풍약헌은 호숫가에 앉아 낚싯대를 드리우고 있었다. 돌아보지 않았다. 눈물을 흘리고 있는 건지도 모른다. 그런 자신의 모습을 보이고 싶지 않아서일 것이다.

운도가 절을 올리자 한마디를 건넸을 뿐이었다.

"싸움의 요령을 가장 잘 아는 사람은 나도 아니고 바로 쾌도왕이다. 너는 그에게서 어떻게 싸워야 하는 건지 잘 배웠을 것이라고 믿는다. 그러면 된다. 잊지 말거라."

두려워하지 않는다.

인정을 두지 않는다.

항상 내가 한 호흡 앞선다.

운도는 바로 그 세 가지가 쾌도왕의 무서움이라는 걸 그와 동행하면서 절실히 보고 느끼지 않았던가.

풍사곡의 무리들에게 포위당했던 황피령(黃陂嶺) 아래의 억새 숲에서 쾌도왕은 자신의 모든 걸 아낌없이 보여주었다.

운도는 그때 처음으로 그의 칼이 얼마나 무섭고, 그가 얼마나 끔찍한 존재인지를 뼛속에 새겼다.

"명심하겠습니다. 소자가 모든 일을 마무리 짓고 돌아올 때까지 보중하소서."

운도가 손등으로 눈물을 훔치고 돌아섰다.

십 리 밖까지 따라 나온 쾌도왕이 운도의 등짝을 철썩 때렸다.

"이 녀석. 이무기가 되어서 왔다가 이제야 비로소 용이 되어 돌아가는구나. 세상은 너를 두고 마룡의 후예가 나타났다고 떠들어대겠지. 그 꼴들을 구경할 수 없는 게 원망스럽다. 하하하—"

'마룡의 후예……'

운도는 쾌도왕의 그 말이 가장 적절하다고 생각했다.

세상은 절대천마 풍약헌을 마룡이라고 여기지 않았던가. 그의 후예가 되어 다시 강호로 나가는 길이니 쾌도왕의 그 말보다 적합한 표현은 없다.

"아버님을 잘 부탁해."

"걱정 마라. 네 일이나 똑바로 해. 우유부단하게 이것도 저것도 못하고 어물거렸다가는 내가 그냥!"

즉시 쫓아가 목을 쳐버리겠다는 듯 눈을 부라린다.

운도가 밝게 웃었다.

쾌도왕의 손을 굳게 잡아준 운도가 돌아섰고, 그의 모습이 보이지 않게 될 때까지 쾌도왕은 우두커니 서서 바라보았다.

　드디어 천천히 걸어 멀어지던 운도가 바위를 돌아 보이지 않게 되자 쾌도왕이 하늘을 바라보았다.

　그런다고 흘러내리던 눈물이 다시 눈 속으로 들어갈 리가 없다. 기어이 굵은 눈물이 귓불을 타고 뚝뚝 떨어져 발등을 적셨지만 쾌도왕은 꼼짝도 하지 않고 한껏 고개를 뒤로 젖힌 채 하늘만 노려보고 있었다.

＊　　　＊　　　＊

　반란이 일어났다.

　무림이 온통 그 일로 들끓었는데, 더러는 혼란스러워했지만 무림맹의 무리들은 오히려 신나 하는 분위기였다.

　혼란스러워하는 자들은 반란의 주체가 가지고 있는 묘한 신분 때문이었다.

　―반란의 괴수가 십천의 천주 중 한 명인 흑풍객 장하륜의 제자라더라.

　그 말이 삽시간에 강호에 퍼졌다.

　실종되어 오랫동안 소식이 없고, 죽었다고 알려지기도 한 그 흑풍객 장하륜의 제자가 갑자기 나타났다는 것도 이상하려니와, 그가 무림맹을 상대로 전쟁의 깃발을 들었다는 것도 어리둥절하기만 한 일이었다.

더구나 그가 십천의 후예 중 한 명이면서 어찌 '타도 십천'
이라는 명분을 내세웠는지 더욱 알 수 없었다.

그러나 그건 사실이었다.

저 멀리 호북과 사천의 경계에 있는 구룡산의 끝자락인 귀
모봉(龜貌峰)에서 표사군이라는 자가 흑풍객의 제자임을 내세
우며 반란을 일으킨 것이다.

그러자 그에게 동조하는 자들이 강호 곳곳에서 일어나 표사
군에게로 모여들었다.

그중에는 이귀율에 의해 멸문지화를 당한 강호의 유력한 문
파, 방회의 생존자와 그들과 친분이 두터운 자들도 있었다.

이귀율과 무림맹에 대하여 반감을 가질 수밖에 없는 자들이
니 타도 십천의 깃발 아래 모여서 칼을 뽑아 든 것은 당연했
다.

그들의 기세가 욱일승천하여 당장에라도 무림맹과 십천의
후예들은 물론, 십천지주인 이귀율마저도 도륙을 내버릴 것만
같았다.

강호의 사람들은 더욱 동요했다.

전쟁이라고 할 수 있는 대격변이 일어나고 있는데, 반란의
무리가 마교가 아니라 십천의 한 갈래라는 사실에 더욱 골치
가 아팠다.

처음 표사군의 무리가 귀모봉에서 십천 타도를 외쳤을 때
무림맹과 십천의 후예들은 코웃음을 쳤다.

세상 물정 모르는 하찮은 산적 나부랭이가 허세를 부린다고

여겼던 것이다.

그러나 그들에 의해서 백종문이 괴멸당하고 연이어 증가보와 천왕방이 무너지자 생각을 달리할 수밖에 없었다.

더욱이 천왕방주인 백응신검 엄두소가 반란의 괴수인 표사군의 회초리에 맞아 죽었다는 데에 경악했다.

백응신검 엄두소는 호북 무림의 강자로 오래전부터 이름 높은 절정고수였다. 그런 그가 이름도 처음 들어보는 자의 십 초를 견디지 못하고 목이 잘려 죽었다는 건 하나의 충격이기도 했다.

그가 사용한 수법이 흑풍객의 독창적인 탈명오경(奪命五勁)이라는 걸 안 사람들은 더 이상 표사군이 흑풍객의 전인이라는 걸 의심하지 않았다.

"죽여라."

보고를 받은 이귀율이 냉정하게 말했다.

그 임무를 맡은 자는 하군악이었다. 산동 하가보의 하가신창으로 불리는 창법 절기가 흑풍객의 탈명오경과 상극이기 때문이다.

십천의 후예로서 이제는 이귀율의 수족 같은 존재가 된 하군악이 급히 하북으로 달려갔다.

그리고 풍사곡에서 오십여 리 떨어진 채모령을 넘을 때에 한 사람과 마주쳤다.

달빛이 괴괴한 밤이었다.

열 명의 무림맹 소속 고수들의 호위를 받으며 채모령을 넘던 하군악은 커다란 바위 아래에서 걸음을 멈추고 말았다.

달빛 아래 아직도 핏물이 뚝뚝 떨어지고 있는 수급 두 개가 놓여 있었던 것이다.

"억!"

그것을 본 자들이 모두 놀람의 비명을 터뜨렸다.

자신들보다 십여 리 앞서 길을 열어가던 일행의 목이었다.

순간 긴장이 감돌았다.

하군악이 데리고 나온 무림맹의 고수들은 하나같이 뛰어난 자들이었다.

죽은 두 사람은 그들 중에서도 특출한 자들이었기에 첨병으로 내세웠는데 누가 그들을 죽였고, 보란 듯이 목을 길 복판에 던져 놓은 것이다.

무림맹의 고수들이 즉시 경계에 들어가며 긴장하여 사방을 두리번거렸지만 하군악은 코웃음을 칠 뿐이었다.

어떤 놈이 이런 대담한 짓을 했는지 모르지만 상대를 잘못 골랐다고 생각하며 비웃음을 흘린다.

"저쪽이다!"

누군가 그렇게 외치고 벼락치듯 북쪽을 향해 몸을 날렸다.

바라보니 과연 커다란 소나무 그늘 아래 괴인 한 명이 서 있었다.

늘어진 장발과 온통 몸을 가린 헐렁한 장포 때문에 용모를 알아볼 수 없다.

낡은 옷자락과 머리카락을 밤바람에 펄럭이며 서 있는 괴한
에게서 스산한 기운이 느껴졌다. 마치 귀신이 불쑥 솟아나 노
려보고 있는 것 같다.

무림맹의 고수들은 괴한을 에워싸고 있었지만 머리끝이 곤
두서는 느낌에 섣불리 달려들지 못하고 있었다. 하군악의 명
령을 기다리는 것이기도 하다.

"죽여 버려! 누구든 우리 앞을 가로막는 자에게 자비는 없
다!"

하군악이 싸늘하게 외쳤다.

"이얏!"

그 순간 날카로운 기합성을 터뜨리며 괴한의 전면과 좌우에
서 세 명이 동시에 검을 휘둘러 들이쳤다.

쉬잉, 하는 파공성을 내며 허공을 가르고 쳐나가는 검기에
주위의 공기가 싸늘하게 얼어붙는다.

그들의 검에는 한 점의 인정도 실려 있지 않았다.

그리고 그 앞에 온몸이 고스란히 노출되어 있는 괴한에게서
는 한 점의 두려움도 찾아볼 수 없었다.

그는 목전에 닥친 죽음을 알지 못하고 있는 것 같기도 했다.

세 자루의 날카로운 검이 일제히 괴인의 몸을 찌르고 베었
다.

그 순간 카카캉! 하는 쇳소리가 들렸다. 검들이 부러질 듯이
크게 휘면서 튕겨져 나가고, 그 반탄력에 세 명의 검수가 한순
간 휘청, 하고 흔들렸다.

그리고 괴인의 광소가 터져 나왔다.

"크하하하—"

두 손을 번쩍 들자 쩌르릉, 하는 쇳소리가 뒤따르고, 이어서 무서운 잠력이 사방으로 쏟아져 나갔다.

그건 철의 기운이라고 해야 마땅할 엄청난 잠력이었다. 그기의 폭풍 앞에서 세 명의 검수는 허깨비나 다름없었다.

"크아악!"

처절한 비명과 함께 허공에 붉은 피가 뿌려졌다.

산산이 조각나고 짓이겨진 육편들이 후두둑거리며 사방으로 뿌려진다.

그 끔찍한 광경에 다들 넋이 나갔다. 그리고 괴인이 그들 속으로 유령처럼 파고들었다.

쩌르릉—

그가 손발을 움직일 때마다 듣기 역겨운 쇳소리가 났다.

"그만둬!"

그것을 지켜보던 하군악이 버럭 소리치며 두 자루의 단창을 뽑아 들고 몸을 날렸다.

그러나 팔방을 향해 거의 동시에 후려치는 괴인의 장력은 가깝고 그는 아직 멀리 떨어져 있다.

쿠앙!

허공에 온통 요란한 폭음과 쩌르릉거리는 쇳소리가 가득해졌다.

그리고 남아 있던 무림맹의 일곱 고수들이 비명조차 제대로 지르지 못한 채 앞서의 세 명처럼 참혹한 주검이 되어 허공에 피와 살을 흩뿌렸다.

"지독하다!"

하군악이 노성을 터뜨리며 그대로 괴인을 들이쳤다.

"크하하하! 지독하다고? 나에게 그 말을 할 자격이 있는 자가 누구냐?"

괴인이 광소와 함께 두 팔을 어지럽게 휘둘러 허공을 밀고 쓸었다.

우르릉거리는 웅장한 파공성이 하군악의 고막을 먹먹하게 했다.

'이자의 내력은 상상 이상이구나. 대체 어디에서 이런 괴이한 자가 튀어나왔단 말인가?'

하군악은 그게 의아했다.

자신의 온몸을 족쇄처럼 옭아매 오는 괴인의 장력에 경계심이 부쩍 일었다.

그러나 그는 십천의 무예 중 네 가지를 한 몸에 지닌 초인이었다. 과거의 천주들을 뛰어넘는 극강의 고수인 것이다.

"나를 원망하지 마라!"

외친 하군악이 하가보의 자랑인 불마쌍창(佛魔雙槍)의 절기를 펼쳤다.

좌수의 단창이 웅장한 기상과 함께 광명하고 두터운 초식을 풀어내 괴인을 압박하면서 우측의 단창은 기기묘묘하고 신랄하며 악독한 초식을 풀어낸 괴인을 꼼짝 못하게 했다.

두 자루의 단창으로 그처럼 성격이 다른 두 종류의 초식을 동시에 쏟아내니 괴인은 두 명의 극강한 초인을 상대하는 것과 같았다.

어지럽게 몸을 움직여 물러서고 정신없이 맴도는 괴인의 입에서 빠드득, 하고 이 가는 소리가 끊임없이 들려왔다.

대여섯 번을 회피하는 동안 가뜩이나 넝마 같던 괴인의 겉옷이 갈가리 찢기고 구멍이 뚫려 이제는 입으나 마나 한 것으로 변했다.

"응?"

하군악이 매섭게 단창을 휘둘러 괴인을 쫓아 들어가다가 눈을 부릅떴다. 찢어진 장포 사이로 괴인의 몸에 둘둘 말려 있는 쇠사슬을 본 것이다.

"이제 알겠다! 네가 바로 백 사형을 죽인 그 마인이로구나!"

백풍산이 쇠사슬에 맞아 죽었다는걸 알고 있는 하군악은 괴인에 대한 살기를 극한으로 끌어올렸다.

쉬앙—

그의 단창에서 한층 예리한 파공성과 함께 살갖을 저미는 살기가 와르르 쏟아져 나왔다.

괴인은 감히 그것을 마주 받지 못하고 몸을 틀어 그림자처럼 미끄러지며 쇠사슬을 풀었다.

촤르르르—

그것이 뱀처럼 괴인의 몸에서 풀려 나오는 소리가 끔찍하게 허공에 울린다.

쾅!

하군악의 단창과 그것이 처음으로 부딪쳤다.

커다란 바위가 쪼개지는 것 같은 굉음이 터져 나왔다.

"우욱!"

괴인과 하군악이 동시에 신음을 흘리며 물러섰다. 하군악이 한 걸음 물러선 데 비해 괴인은 어깨를 들썩이며 반 보 밀려났으니 내공 면에 있어서 괴인이 하군악보다 한 푼쯤 높다는 게 드러났다.

"이놈!"

제가 밀려났다는 데에 수치를 느낀 하군악이 치를 떨며 더욱 맹렬하게 쌍창을 휘두르며 쳐들어갔다.

윙윙거리는 바람 소리가 귀청을 찢는다.

그 속에서 괴인이 쇠사슬을 넓게 쥐고 물러서며 맹렬하게 휘둘렀다. 양 끝으로 늘어졌던 쇠사슬이 두 자루의 채찍이 된 것처럼 정신없이 하군악을 들이쳤다.

쾅, 쾅, 쾅!

그것과 하군악의 쌍창이 부딪칠 때마다 벼락치는 소리가 났다.

온 산이 쩡쩡 울리는 어마어마한 굉음 속에서 하군악은 거듭 충격을 받았다. 두 팔이 저려오고 묵직한 통증이 가슴에 밀려든다.

얼굴을 뒤덮은 괴인의 장발이 요란한 움직임에 흩어지더니 언뜻 얼굴이 드러났다.

"당신!"

처음 괴인과 맞닥뜨렸을 때, 백풍산이 놀랐던 것처럼 하군악 또한 괴인의 얼굴을 보고 크게 놀라 가슴이 오그라들었다.

그가 익히 알고 있고, 잊을 수 없으며, 가슴 깊은 곳에 존경과 은은한 두려움으로 존재하고 있던 바로 그 사람이었기 때문이다.

검진삼협 위진평이다.

크게 놀라 정신이 흩어진 순간 괴인의 쇠사슬이 그대로 하군악의 머리통을 후려쳐 왔다.

부웅—

머릿속이 온통 흔들리는 굉장한 소리에 하군악이 정신을 번쩍, 차렸지만 이미 피할 수도 없는 지경이었다.

퍽!

그의 머리통이 산산조각 나는 순간 하군악은 한 가지 의문을 떠올리고 있었다.

'왜? 도대체 위 곡주님이 왜?'

그러나 그 의문은 꺼져 가는 의식 속에 파묻혀 버렸고, 하군악은 머리통을 잃어버린 끔찍한 주검으로 변해 버렸다.

"크헉!"

괴인, 위진평이 하군악의 뇌수와 피로 범벅이 된 쇠사슬을 끌고 물러서다가 고통스런 신음을 터뜨렸다.

신음성과 함께 울컥, 울컥, 선혈를 토해내는 것이 무리한 기력의 운용으로 인해 가볍지 않은 내상을 입은 게 틀림없었다.

백풍산과의 싸움에서 내상을 입더니 하군악과의 싸움에서 다시 내상을 입은 것이다.

그러나 위진평은 후회하지 않았다.

오히려 더욱 차갑게 번쩍이는 눈으로 사방을 둘러보는데, 그 모습이 끔찍하기 짝이 없었다.

"우흐흐흐, 이제 네 놈 남았다. 그런 다음에는 이귀율, 바로 네놈의 머리통을 이렇게 부수어놓고 말 테다."

쇠사슬을 끌며 비틀비틀 멀어지는 그의 뒷모습이 왠지 초라해 보였다.

그는 이귀율의 심복이 된 십천의 후예들을 모조리 처단할 작정이었다.

여섯 명 중에서 백풍산과 하군악을 죽였으니 이제 네 명만 더 죽이면 된다. 그런 다음에 이귀율마저 죽여 자신의 한을 풀려는 것이다.

"하지만……."

위진평이 걸음을 멈추고 음울한 얼굴로 하늘을 노려보며 중얼거렸다.

"과연 가능할까? 하늘이 나에게 그것을 허락할까?"

백풍산과 하군악을 상대해 본 결과 그들의 무공이 결코 자신보다 크게 뒤처지지 않는다는걸 확인한 그였다.

이전의 자신이었다면 백풍산의 검에 벌써 목숨을 잃었을 것이라고 생각하자 암담해졌다. 하군악의 쌍창도 감당하지 못했을 것이다.

뇌옥 속에 갇혀 있으면서 지독한 한과 복수심으로 마공에 가까운 무공을 연성하지 않았던가.

그것을 대성했을 때 위진평은 더 이상 자신의 상대가 될 자는 없을 것이라고 자신했다.

그러나 현실의 벽은 그의 생각보다 높았다.

애송이에 지나지 않았던 십천의 후예들도 어느덧 과거의 천주들보다 한 단계 더 높은 초인으로 변해 있었던 것이다.

십천의 무공을 대성하고 십천지주가 된 이귀율은 그들보다 배는 더 강한 자가 되어 있을 것이다.

그 생각이 위진평을 절망하게 했다.

그래서 위진평은 동귀어진을 각오했다.

그놈과 함께 죽을 수 있다면 열 번이라도 그렇게 하겠다는 다짐으로 입술을 악문다.

第六章
소금

마룡의
후예

"왜 이렇게 늦는 거지?"

웅얼거리는 듯한 묵직한 음성이 넓은 청당 안에 웅웅 울렸
다.

성도 외곽에 있는 대장원이었다.

울창한 숲에 둘러싸여 있어서 밖에서 보았을 때는 그 위로
삐죽 솟아 있는 고루의 지붕이 보일 뿐이지만 안으로 들어가
면 누구나 그 엄청난 규모에 입을 딱 벌렸다.

세 개의 독립된 정원과 전각들이 있으니 마치 세 개의 장원
을 합쳐 놓은 것 같았다.

"곽삼!"

묵직한 음성이 밖을 향해 소리치자 늙수그레한 초로의 노인

이 잰걸음으로 청당 안으로 들어왔다.

깨끗한 옷을 입은 청수한 인상의 노인이었는데, 얼핏 보기에는 학식이 높은 재야의 선비 같았다. 누구도 그가 종이라는 걸 눈치채지 못할 것이다.

하지만 그는 이 장원의 일을 총괄하는 집사였다.

주인을 하늘같이 떠받드는 심복이기도 하다.

곽삼이라고 불린 노인이 허리를 굽혔다.

"하명하소서."

"도대체 왜 아직까지 소식이 없는 것이냐?"

"팔방으로 사람을 보내 알아보고 있는 중입니다. 조만간 좋은 소식이 올 것이니 주인께서는 조금만 더 기다리십시오."

"벌써 열흘이 지났다."

짜증기 묻어 있는 음성으로 투덜거리는 자는 비대한 몸집의 사내였다. 서른 살이 되었을까 말까 한 젊은이인데, 그 넓은 청당을 독차지하고 홀로 거만하게 앉아 있었다.

"그녀는 뭘 하고 있기에 나를 이렇게 혼자 있도록 하는 거지?"

젊은 주인이 다시 물었다. 곽삼의 얼굴에 희미한 웃음이 번진다.

"주인의 조급증을 한시라도 빨리 해소해 드리기 위해 몸소 종들을 독려하고 있는 중입지요."

"밖으로 나갔느냐?"

"그렇습니다."

“위험하지 않겠어?”

젊은 주인의 말투에 진심 어린 걱정이 가득 깃들어 있다. 곽삼의 얼굴에 떠올라 있는 미소가 더욱 짙어졌다.

“염려 마십시오. 삼청랑이 보좌하고 있으니 안주인께서는 안전하실 것입니다.”

“그래? 어쨌든 그만 돌아오라고 해라. 나는 심심하단 말이다.”

“존명.”

곽삼이 다시 인사하고 조심스럽게 물러났다. 비대한 몸집의 젊은 주인을 진심으로 공경하는 모습이었다.

그가 나가자 젊은 주인이 투덜거렸다.

“쳇, 그녀는 아직도 그 녀석을 생각하고 있군. 내가 모를 줄 알아?”

그러더니 고개를 갸웃거렸다.

“하긴, 나도 그 친구가 보고 싶기는 해. 그런데 그 녀석은 안 그런가 보지? 왜 이렇게 꾸물거리는 거야?”

그가 그토록 애타게 기다리고 있는 사람은 바로 운도였다.

쾌도왕으로부터 그가 사천으로 향하고 있다는 기별을 받은 게 사흘 전이었다. 그러니 지금쯤은 적어도 사천 가까이에는 와 있어야 하는 것이다.

지금 운도는 저를 그렇게 목 빠지도록 기다리고 있는 사람이 있다는 사실을 까맣게 모른 채 천천히 북쪽으로 향하고 있는 중이었다.

＊　　　＊　　　＊

“무사하셨군요!”

운도가 한껏 반가운 마음이 되어 소리쳤다.

소나무에 등을 기대고 앉아 있던 괴인, 위진평이 흘러내린 머리카락을 쓸어 넘기고 그를 바라보았다.

그동안 그의 안색은 안타까울 만큼 초췌해져 있었다. 광대뼈가 두드러지고 두 눈이 퀭해서 마치 다른 사람 같아 보였다.

위진평이 손짓을 했다. 운도가 급히 언덕 위로 달려 올라가 포권했다.

“곡주님을 뵈옵니다.”

“치워라. 낯간지럽다.”

낯을 찌푸린 위진평이 말없이 제 옆자리를 두드렸다.

운도가 거기 앉자 거친 손을 뻗어 그의 손을 잡는다.

운도는 마음이 짠해졌다. 위진평의 손을 마주 쥐며 걱정스럽게 물었다.

“아직도 이곳을 떠나지 못하고 계셨군요.”

위진평은 여전히 광문산을 떠나지 못하고 있었던 것이다. 풍사곡에 대한 미련 때문이다. 그러나 차마 곡 내로 들어가지는 못하고 광문산 기슭을 배회하고 있었다.

“여기서 두 놈을 죽였다. 다른 놈들도 반드시 이리로 찾아올 거야. 내가 여기 있다는걸 이제는 모두 알았을 테니까.”

십천의 후예들을 가리켜 말하는 것이다. 운도가 걱정스런 얼굴을 했다.

"제가 도와드릴까요?"

"흥."

위진평이 힐끗 운도를 바라보더니 코웃음을 쳤다.

"너는 지난 한 달 동안 부상에서 깨끗이 회복되었음은 물론 그전보다 몇 배는 더 좋아졌구나?"

"아직 멀었습니다."

운도가 겸양하자 위진평이 다시 낮게 코웃음을 치고 말했다.

"풍약헌을 만났겠지. 그래서 그의 모든 걸 얻은 게 틀림없어. 그렇다면 이제는 네가 이대 절대천마가 되었겠구나?"

"아!"

이대 절대천마라는 말에 운도가 깜짝 놀랐다. 아직 그렇게는 생각해 보지 않았는데 과연 그 말이 옳구나, 하는 생각과 함께 위진평이 어떻게 저의 사정을 알고 있을까? 하는 의문이 함께 떠올랐다.

위진평이 낄낄거리고 웃었다.

"놀랄 것 없다. 너보다 먼저 무량자를 만났으니까. 그에게서 다 들었지."

"사부님이 이곳을 거쳐가셨군요?"

"호호, 이제는 그를 사부라고 부르는구나? 그에 대한 원한은 다 잊은 게냐?"

“……”

운도가 대답을 하지 못하자 위진평이 탄식했다.

“사람이란 누구에게나 다 말 못할 사정이 있는 법이지. 나만 해도 그렇지 않으냐? 이릉운 또한 그런 사정이 있었으니 네가 그것을 몰랐을 때에는 그를 원망했을 테지만 이제는 그의 사정을 알았으니 그렇게 하지 못할 것이다. 내 말이 틀렸느냐?”

“그렇습니다.”

“이릉운은 원래 모질지 못한 사람이다. 정이 많고 고요한 사람이지. 그런 그가 지난 세월 동안 혼자서 그 큰 비밀을 떠안고 살아오느라고 얼마나 마음고생이 심했겠느냐? 너는 그것을 생각해야 할 것이다.”

운도는 이릉운이 위진평에게 그간의 모든 일들을 말해주었다는걸 알았다.

운도를 지그시 바라보던 위진평이 다시 탄식하고 말했다.

“진작 알았더라면 나는 너에게 나의 모든 걸 물려주었을 것이다. 그러면 지금쯤은 이귀율이 아니라 네가 십천지주가 되어 있겠지.”

“위 사숙께서는 저에게 충분히 잘해주셨습니다.”

“정말 그렇게 생각하느냐?”

“그렇습니다.”

“그렇다면 다행이다. 하하하—”

위진평이 모처럼 활짝 웃었다. 정말 기쁜 듯 운도의 등을 두드려가며 큰 소리로 한동안 웃더니 정색하고 운도를 바라보았다.

"나는 장차 서향이를 너에게 맡길 셈인데 네가 나를 미워한다면 곤란한 일이지. 그런데 이제는 안심하고 그 아이를 너에게 맡길 수 있게 되었구나."

"위 사숙, 그 말씀은……."

"이 녀석, 무얼 그리 놀라는 척하는 게냐? 네가 서향이를 좋아하고 그 아이 또한 그렇다는걸 이미 다 알고 있었느니라."

운도가 얼굴을 붉힌 채 고개를 푹 숙였다.

위진평이 아쉽다는 듯 말했다.

"이제는 나의 절기라는 게 너에게는 소용없을 테니 아쉽구나. 서향이를 맡기면서 너에게 줄 예물이 아무것도 없으니 말이다."

운도가 벌떡 일어서더니 정중하게 포권하고 허리를 굽혔다.

"감사합니다. 위 누이를 제게 맡기신다는 그 말씀이 저에게는 이 세상의 어떤 귀한 예물보다 크고 고마운 것이니 사숙께서는 걱정하지 마십시오."

"정말이냐? 과연 그럴까?"

"……?"

운도가 의아해하자 위진평이 흐흐, 웃었다.

"천마비동보다도 정말 서향이가 크고 중요하단 말이냐? 맹세할 수 있느냐?"

"천마비동!"

운도가 크게 놀라 소리쳤다.

“위 사숙께서도 그것을 알고 계셨군요?”

“흐흐, 이미 알 만한 사람은 다 아는 사실이지. 마교의 힘이 바로 그곳에서 나왔고, 절대천마 풍약헌의 힘 또한 그곳의 일부분이라는 건 이제 더 이상 강호의 비밀도 아니다.”

“아니, 제 말은 그게 아니라…….”

“흐흐, 이릉운이 그곳을 열기 위해 서둘러 갔다는걸 내가 어떻게 아느냐 그거지?”

“그렇습니다. 그 일은 이 사부와…….”

“풍약헌 간의 비밀이겠지.”

“그렇습니다.”

“흐흐, 너는 이릉운이 과연 혼자서 천마비동을 열 수 있을 것이라고 믿느냐?”

“그건…….”

“그가 아무리 십천의 천주 중 한 명이라고 해도 혼자서 천마비동을 열기는 어려울 것이다. 마교에서 허락하지 않을 테니까. 그것을 수호하는 자들이 어디 한둘이겠느냐?”

운도는 과연 그럴 것이라고 생각했다.

홍안적성에서 천마비동을 방치해 두고 있을 리가 없지 않은가.

풍약헌은 다만 그곳의 위치를 가르쳐 주었을 뿐이지 그곳에 무사히 들어가느냐, 그러지 못하느냐 하는 건 오로지 이릉운 개인의 일이었다.

천마비동에 들어가기 위해서 이릉운은 먼저 그곳을 지키는 수호령들을 물리쳐야 할 텐데 그건 어려운 일일 것이다.

"이룽운도 그걸 이미 짐작하고 있지. 그래서 나에게 도움을 청했었다."

"그 일 때문에 사부가 위 사숙에게 들르셨던 거로군요."

"그렇다. 그러나 나는 할 일이 있어서 그와 동행할 수 없었다."

운도는 그가 할 일이라는 게 무엇인지 짐작하고 있었다.

그는 자신의 한을 풀기 전에는 세상의 그 어떤 것에도 관심을 두지 않을 것이다.

오직 모든 정신과 힘을 쏟아서 자신의 한을 푸는 일에만 집중하는 것이다.

운도는 위진평의 그런 집념을 충분히 이해할 수 있었다.

"너는 먼저 네 사부를 도와야 할 것이다."

"그렇지 않습니다. 저는 당장 위 누이를 구하러 가야 합니다."

"흐흐, 너 혼자서 무림맹을 상대하겠다는 거냐?"

"그렇습니다."

"좋다. 그 패기와 자신감은 과거의 절대천마 풍약헌보다 오히려 높구나. 좋은 일이다. 젊음이란 역시 좋은 거야."

은근히 비웃는 것이어서 운도는 어리둥절해졌다. 위진평이 오히려 즉시 위서향을 구해오라고 다그쳐야 옳은 일이기 때문이다.

위진평이 혀를 찼다.

"쯧쯧, 하지만 젊은 녀석들에게는 대체로 앞뒤를 따져보고 심사숙고해 보는 진득함이 없지. 매사를 제 기분대로 처리하려고 한다."

"제가 어떻게 해야 한다고 보십니까?"

"이 녀석아, 서향이는 안전해. 이귀율 그놈이 아무리 짐승보다 못한 놈이지만 세상의 눈을 두려워하지 않을 수는 없지. 그 녀석은 오히려 서향이를 가장 안전하게 잘 보호해 줄 것이다."

위서향의 존재는 이미 강호는 물론 무림맹에 완전히 드러나 있다. 그러니 이귀율이 그녀를 함부로 대하지 못할 거라는 위진평의 말은 일리가 있었다.

"지금 너에게 급한 건 천마비동이 십천의 손에 들어가지 못하도록 막는 일이다. 그런 다음에 서향이를 찾아도 늦지 않아."

"아! 십천의 천주들이 그 사실을 알고 있단 말입니까?"

"흐흐, 이룽운의 행적이 드러났으니 그들이 바보가 아닌 이상 짐작했겠지. 지금쯤은 죽어라고 그의 뒤를 쫓고 있을지도 몰라. 아니, 어쩌면 그를 붙잡아 핍박하고 있을지도 모르겠군."

운도의 마음이 불에 덴 듯 급해졌다.

이룽운이 그들에게 해를 당하도록 할 수 없는 건 물론, 천마비동의 비밀이 그들의 손으로 넘어가도록 방치할 수 없는 것이다.

위진평이 왜 이곳에서 움직이려고 하지 않는지도 알게 되었다.

이귀율 역시 소식을 들었을 것이고, 그러면 이룡운으로부터 천마비동의 비밀을 빼앗으려고 할 게 틀림없다.

체면상 자신이 직접 나서지는 않을 것이다. 우선 십천의 후예들 중 한두 명을 급히 보내지 않겠는가.

그들이 무림맹을 나와 사천으로 가려면 광문산을 지나지 않을 수 없다. 그러니 위진평은 지금 길목을 지키고 있는 셈이었다.

운도가 걱정스런 얼굴로 위진평을 바라보았다.

그가 과연 혼자서 해낼 수 있을지 걱정하지 않을 수 없었던 것이다.

백풍산과 하군악처럼 일대일의 싸움이라면 그들을 죽일 수 있을지 모르지만 두 명만 되어도 상대하기 벅찰 게 틀림없다.

"흐흐, 이 녀석. 감히 나의 능력을 의심하는 것이냐?"

눈치를 챈 위진평이 음충맞은 웃음을 흘렸다.

그러더니 숨을 크게 들이마시며 은근히 주변의 기운을 끌어모으기 시작했다. 그러자 장포 속에 두르고 있던 쇠사슬이 진동하며 쩔그렁거리는 소리를 냈다.

쏴아아—

바람처럼 주변의 기운들이 위진평의 숨을 따라 빨려 들어갔다.

위진평의 장포가 부풀어오르고 머리카락들이 올올이 곤두서기 시작했다.

"아, 과연 위 사숙의 그 신공은 위용이 대단하군요."

운도는 진심으로 감탄하지 않을 수 없었다.

자연의 기운을 흡입해 자신의 힘으로 바꾸어 쓴다는 이와 같은 신공절학은 듣지도 보지도 못한 것이었다.

위진평이 뇌옥 속에서 절치부심하며 그와 같이 희한한 신공을 만들어냈다는 게 거듭 놀랍기만 하다.

"내가 이곳에서 버티고 있는 한 그놈들은 쉽게 지나갈 수 없을 것이다. 그러면 너에게 시간을 벌어줄 수 있게 되지."

"저를 위해서라는 말씀인가요?"

"흐흐, 어찌 꼭 너를 위해서라고 할 수 있겠느냐? 내 한을 풀기 위해서이고 서향이의 장래를 위해서라고 해야겠지. 그리고 무엇보다도 십천의 수중에 천마비동이 넘어가지 못하도록 하는 일이 중요하기 때문이다."

"잘 알겠습니다. 반드시 그렇게 하도록 하겠습니다."

운도가 포권했다.

더 이상 위진평과 함께 시간을 보낼 수 없다는 게 아쉽지만 지금은 그럴 때가 아니라는 걸 운도 역시 잘 알고 있었다.

이룡운이 십천주들에게 해를 당하기 전에 그를 찾아야 하는 것이다.

아쉬운 눈으로 위진평을 바라보던 운도가 몸을 날려 떠나갔다.

그가 사라진 허공을 멍하니 바라보던 위진평이 한숨을 내쉬었다.

자신의 처지가 갑자기 쓸쓸하고 초라하게 느껴졌던 것이다.
그래서 그의 탄식은 살아 있을 날이 얼마 남지 않은 노인의 그
것처럼 공허했다.

*　　　*　　　*

상왕이 부활했다고 한다.
위진평과 헤어져 강호에 나온 운도를 가장 놀라게 한 건 바
로 그 소식이었다.
사람들이 상왕(商王)이라고 부르는 그 사람이 황준보가 아
닌 건 틀림없었다. 젊은 청년이라고 했기 때문이다.
그가 대륙의 상권을 빠르게 장악해 가고 있는 중이라는 말
들이 저자에 무성했다.
"황 대인이 사라진 자리를 누군가가 대신하는 건 당연한 일
이지."
운도가 씁쓸한 미소를 지었다.
그러고 보면 상계(商界)의 생리도 강호의 그것과 다르지 않
다는 생각이 들었다.
한 지역을 장악하고 있던 강자가 사라지면 누군가가 재빨리
그 자리를 꿰차고 다시 군림하지 않던가.
강호에 위엄과 영향력을 행사하던 영웅이 사라지면 새로운
영웅이 등장해 빈자리를 재빨리 메운다.
그러므로 강호에는 언제나 패자와 영웅이 존재했다. 그들

간에 서로의 명성과 영역을 높이고 넓히기 위한 싸움이 늘 존재하는 것이다.

먹고 먹히는 약육강식의 세계나 다름없다.

그런 강자존의 법칙이 상계에도 엄연히 존재한다는 건 그리 놀랍거나 새로운 일이 아니다.

상계뿐 아니라 서로 간의 경쟁이 있는 세계라면 어디나 같을 것이다.

그리고 사람들이 어울려 사는 이 세상은 그런 경쟁의 토대 위에 서 있다.

그러므로 이 세상 전체가 강자존의 비정한 세계이면서 약육강식이 지배하는 야성의 세계라고 해도 틀린 말이 아닐 것이다.

개인과 개인 간의 관계 또한 다르지 않다.

그런 생각들을 하며 천천히 거리를 걷는 운도의 가슴에 쓸쓸하고 적막한 감회가 밀려들었다.

자신 또한 그런 세상 속에 뚝 떨어져서 어쩔 수 없이 경쟁하고, 승리하기 위해 투쟁하며 살아가야 한다는 데에 회의가 들었던 것이다.

성도를 향해 나아가고 있는 운도는 서두르지 않았다.

이룡운이 지금 어디에 있는지, 어디쯤 가고 있는지 알 수 없는 그로서는 사람들의 말에 귀를 기울이고, 그의 자취를 찾기 위해 세심하게 주의를 기울여야 했기 때문이다.

주루에 들어가면 주변 사람들의 시끄럽게 떠들어대는 소리를 하나도 놓치지 않고 유심히 들었다.

그들이 무의식중에 하는 말 한마디 속에서도 제가 원하는 단서의 실마리를 찾아낼 수 있을지 모르는 것이다.

풍약헌은 천마비동이 청해가 아니라 곤륜산 아래에 있다고 했다. 저 먼 신강의 사막 끝에 있는 것이다.

그러므로 이릉운은 반드시 사천을 통과해서 갈 것이다. 성도가 북쪽이나 서쪽으로 오가는 길목이고 대상들의 거점인 탓이다.

운도는 십천주들도 그런 생각을 할 것이라고 믿었다. 그렇다면 적어도 그들 중 일부는 성도에 도착했거나 아니면 이 근처에 있을 것이다.

그러나 그들에 대한 단서가 될 만한 소식은 좀체 들려오지 않았다.

하긴, 그들이 어떤 사람인데 일반 백성들의 눈에 띌 것인가.

대신 운도는 곳곳에서 상왕에 대한 소식을 들을 수 있었다. 사천 지역에서는 이미 모든 사람이 상왕의 존재를 알고 있었던 것이다. 그에 대한 화제가 어디를 가든 끊이지 않았다.

그에 대한 말들을 들을 때마다 운도는 마음이 혼란해졌다. 황준보를 추억하지 않을 수 없기 때문이다. 그와 동행했던 일들을 잊을 수가 없었다.

성도에 들어서자 운도는 그 상왕이라는 자에 대한 구체적인 정보를 얻어들을 수 있었다.

그가 젊으면서 뚱뚱한 사람이고, 그 곁에 꽃보다 아름다운

미녀가 늘 붙어 있다는 데에 이르러서 운도는 고개를 갸웃거렸다.

그리고 기어이 상왕의 이름이 마풍산이라는 걸 듣고는 저도 모르게 "억!" 하고 놀란 외침을 터뜨렸다.

마풍산.

어찌 그 이름을 잊을 수 있을 것인가.

지옥곡에서 그와 헤어지던 때를 지금도 생생하게 기억한다.

그는 악검패의 주검을 품에 안고 넋이 나간 듯 앉아 있었다.

그 곁에서 훌쩍이며 울던 작은 계집애 묘화.

악검패를 묻어주고 돌아섰을 때 마풍산과 묘화는 따라나서지 않았다. 그 끔찍하고 지긋지긋한 지옥곡에 남겠노라고 하지 않았던가.

그들을 두고 곡을 벗어난 지 벌써 십여 년이 되어간다.

그동안 한 번도 그들을 잊은 적은 없었으나 다시 만나보지 못했다.

지금도 지옥곡에서 살아가고 있을 것이라고는 생각하지 않았다. 그러나 갑자기 그가 상왕이라는 거창한 이름으로 불리는 자가 되어 불쑥 나타났다는 게 사뭇 혼란스럽기만 하다.

'연운장.'

운도는 그의 거처가 연운장(戀雲莊)이라는 걸 알고 마음이 급해졌다.

과연 상왕이 지옥곡의 그 마풍산인지, 아니면 동명이인인지 직접 확인하지 않고서는 궁금증 때문에 한 발짝도 떠날 수 없을 것 같았다.

즉시 길을 나선 운도는 걸음을 빨리해 사천성 북쪽 청명산 기슭으로 향했다.

*   *   *

"그가 오고 있습니다."

"틀림없느냐? 그가 틀림없는 거지?"

"수하들이 벌써 다섯 번이나 확인했습니다."

"그래그래, 잘했다. 묘화에게는?"

"전서구를 보냈습니다. 한 시진 뒤에는 아시리라고 봅니다."

"그래그래."

엉덩이를 들썩거리는 비대한 청년, 마풍산의 얼굴에 온통 기쁨과 초조함이 가득했다.

이대 상왕으로 불리며 사천의 상권을 장악하고 있는 그는 과연 지옥곡의 그 마풍산이었다.

"내가 어떻게 해야 하지? 어떻게 해야 좋지?"

마풍산이 안절부절못하며 묻자 공손히 서 있는 늙은 집사 곽삼이 미소 지었다.

"그와의 인연은 들어서 잘 알고 있습니다. 매우 특별한 것이라지요?"

"그래그래, 특별하지. 이 세상에 그것보다 특별한 인연은 없을 거야."

"그렇다면 그냥 아무 말씀 하지 않으셔도 됩니다."

"아무 말도 하지 말라고?"

"반가운 사람이라면 활짝 웃으며 여러 가지 기쁘고 좋은 말로 맞이해야 하겠지요."

"그렇지."

"하지만 특별한 인연을 맺은 더욱 특별한 사람이라면 그런 말이 무슨 소용이 있겠습니까? 그럴 때는 기쁜 마음을 전할 수 있는 게 침묵밖에는 없답니다."

곽삼의 말에 마풍산이 머리를 끄덕였다.

어떤 말로, 어떤 감회를, 어떻게 전할 수 있을 것인가.

사흘 밤낮을 지새며 떠든다고 해도 지옥곡에서의 그 일들과 그 특별한 감정을 다 말할 수 없을 것이다.

그렇다면 역시 침묵만이 최선의 방법이었다. 때로는 그것이 열 마디, 백 마디의 말보다 더 정확하고 간절하게 마음을 전하는 법이지 않던가.

그래서 마풍산은 초조하고 급한 마음을 억지로 누르며 기다리고 있었다.

그리고 반 시진 후에 드디어 그가 찾아왔다.

第七章
별 하나 지다

말없는 시간이 물처럼 흘러갔다.

탁자에 놓인 차가 다 식어 싸늘해졌지만 마풍산도 운도도
아무 말을 하지 않았다.

무슨 말을 할 수 있을 것인가. 무슨 말을 해야 할 것인가.

두 사람은 모두 목이 메어 입을 열지 못하고 있을 뿐, 가슴
속으로는 무수히 많은 말들을 쏟아내고 있는 중이었다.

—악검패는?

운도의 눈이 그렇게 물었다. 마풍산의 눈에 아픔이 실린다.

—매년 그의 무덤에 찾아갔다. 편히 잘 쉬고 있어.

운도의 눈꼬리가 파르르 경련을 일으켰다.

칼처럼 날카롭게 생긴 미소년.

언제나 목검 한 자루를 보검처럼 소중하게 품고 있던 녀석.

반드시 이곳에서 살아나가 천하제일의 고수가 되겠노라고 입술을 깨물던 그의 모습이 눈에 선하다.

"휴—"

한참 만에야 운도가 길게 한숨을 쉬고 주먹을 들어 눈을 씻었다.

그것을 본 마풍산도 두 줄기 뜨거운 눈물을 주르륵 흘렸다. 닦을 생각도 하지 않는다.

눈물을 흘리고 나니 이제 속 시원하다는 듯 피식 웃은 그가 손을 내밀었다.

"잘 왔다. 늘 기다리고 있었어. 나도 묘화도."

그 몇 마디 말속에 마풍산의 모든 마음이 담겨 있었다.

운도가 손을 뻗어 마풍산의 두터운 손을 움켜쥐었다.

뜨거운 체온과 꽉 쥐는 그 열정으로 말을 대신했다.

그때 바깥이 시끌벅적해지더니 한 사람이 대전 안으로 뛰어들면서 높고 날카롭게, 비명을 지르듯이 소리쳤다.

"오빠! 정말 운도 오빠야? 오빠가 온 거야?"

묘화였다.

짤그랑거리는 패옥 소리가 요란하게 났다.

훅, 끼쳐 오는 지분 냄새.

그리고 와락, 운도의 가슴으로 무너지는 늘씬한 몸뚱이.

그녀는 여전히 한 마리 작은 사슴 같았다.

아니, 이제는 완연한 아가씨가 된 사슴이다.

뭉클, 하고 온몸에 부딪쳐 오는 그녀의 질감을 느끼고 운도는 당황했다.

"묘화야."

"오빠, 정말 오빠구나! 운도 오빠야! 꺄악!"

운도의 뺨을 감싸 쥐고 얼굴을 들여다보던 묘화가 비명을 지르더니 그의 목을 꽉 끌어안았다. 다시는 떨어지지 않겠다는 듯 매달려서 어쩔 줄을 몰라 한다.

운도는 난처했다. 저도 모르게 마풍산의 눈치를 보게 된다.

마풍산은 웃고 있었다.

질투나 경계의 웃음이 아니다. 순수한 기쁨이고 즐거움이며 넘치는 애정을 주체하지 못하는 그런 웃음이었다.

한번 힘껏 묘화를 안아준 운도가 그녀를 떼어놓으려고 했다.

"싫어, 싫어!"

마구 도리질하며 더욱 매달리는 그녀를 떼어놓기가 힘들다.

밤이 깊었다. 거대한 장원이 칠흑 같은 어둠에 잠겼으나 한 곳, 마풍산과 묘화의 거처인 연운당에서만은 밤새 불이 밝혀져 있었다.

운도와 마풍산, 묘화 세 사람은 그동안의 이야기들을 하느라고 날이 밝는 것도 모르고 있었다.

운도에게 있어서 마풍산과 묘화가 부부가 되었다는 건 그다지 놀랄 만한 일이 아니었다.

그러나 마풍산이 황준보의 뒤를 이어받아 이대 상왕이 되었
다는 건 놀라운 일이었다.

그가 이제는 십대천마의 한 사람이 되었기 때문이다.

그리고 이처럼 버젓이 강호에 나와 상왕으로서 행세하고 있
는 건 홍안적성이 아직 건재하다는 증거였다.

마풍산과 묘화에게는 운도가 쾌도왕을 만났고, 절대천마이
차 교주인 풍약헌을 만났다는 게 가장 놀라운 일이었다.

그리고 운도가 그들의 모든 걸 물려받았다는 사실에 벌어진
입을 다물지 못했다.

"그럼 이제 오빠가 천하제일인이 된 거야?"

묘화의 성급한 말에 운도가 얼굴을 붉혔고, 마풍산은 껄껄
웃었다.

운도가 정색을 하고 말했다.

"무림맹에 십천지주인 이귀율이라는 자가 있잖아."

묘화가 당장 눈을 흘긴다.

"쳇, 그자가 천하제일인이라고? 나는 인정할 수 없어."

노려보듯 운도를 바라보며 재촉했다.

"말해봐. 오빠가 바로 그 사람이지? 틀림없어. 이대 절대천
마로 불려야 할 사람이잖아. 이 세상에 절대천마보다 뛰어난
사람은 없어."

고개를 갸웃거리더니 다시 말했다.

"그럼 이제 풍운도가 된 거야? 그렇게 불러야 해?"

'풍운도……'

운도는 제가 이제는 아버지의 성을 받아야 한다고 생각했
다. 당연히 그래야 할 것 아닌가.

그러자 사랑하던 사매를 빼앗기고, 그녀가 낳은 핏덩이를
살리기 위해 화산을 떠나야 했던 사부, 이룽운의 아픔이 느껴
졌다.

젖을 찾아 울어대는 저를 안고 천하를 떠돌던 때의 사부의
심정이 어떠했을까, 하고 생각하자 숙연한 마음까지 된다.

사부는 저를 키우면서 내내 자신과의 지독한 싸움을 했을
것이라는 생각에 더욱 그랬다.

어찌 보면 원수의 자식 아니던가. 곁에 두고 볼 때마다 사매
가 생각나고, 그녀를 빼앗아갔으며, 자신을 절망하게 한 풍약
헌이 생각났을 것이다.

죽이고 싶은 충동이 어찌 일지 않았을 것인가.

하지만 사부는 한 번도 그런 자신의 마음을 내보인 적이 없
었다.

어디까지나 근엄하고 자애로운 스승으로서, 때로는 아버지
로서의 역할을 다했다.

'사부……'

그를 생각하는 운도의 눈가에 다시 이슬이 맺혔다.

한때는 그런 사부를 오해하여 미워하기도 했다. 불과 얼마
전까지도 사부에 대한 미움이 커서 그를 사부라고 부르지도
않았다.

그때에 사부의 마음이 얼마나 아팠을 것인가. 찢어지는 것

같았으리라. 그러면서도 나무라는 말 한마디 하지 않았던 사부에 대한 정이 솟구쳐 미칠 지경이 되었다.

그 사부가 지금 어쩌면 생사의 기로에 서서 홀로 고난을 겪고 있을지도 모른다고 생각하자 불에 덴 듯 급해졌다.

아무리 마풍산과 묘화를 만난 게 기쁘고 반갑지만 제가 여기서 이렇게 한가롭게 노닥거리고 있을 때가 아니라는 자각이 든다.

"가야겠어."

운도가 벌떡 일어섰다.

"어디로?"

묘화가 운도의 팔을 꽉 붙들었다. 마풍산은 묵묵히 바라보기만 한다.

"사부를 찾아야 해. 그가 위기에 처해 있다."

"나도 같이 가."

묘화가 따라 일어섰고, 마풍산은 빙긋 웃으며 말했다.

"네 사부가 어디 있는지 알고는 있느냐?"

"찾아봐야지."

"날이 이미 밝았다. 하루 더 머물러 있다가 어두워지면 떠나라."

"그때는 이미 늦을지도 모르잖아. 나는 지금 한시가 급하다."

"내 말을 들어. 너는 네 사부를 반드시 만나게 될 것이다."

"응?"

운도가 눈을 크게 뜨고 마풍산을 바라보았다.

"너는 알고 있구나?"

마풍산이 소리없이 웃었다.

비대한 몸을 의자에 더욱 기대며 손짓을 한다.

"내가 네 일을 방해할 사람이냐? 나를 믿어."

그 말에서 운도는 다시 황준보를 떠올렸다.

그는 언제, 어떤 상황에서도 여유가 있었다. 그리고 이미 모든 걸 다 준비하고 계획해 놓지 않았던가.

그의 머릿속에는 앞일에 대한 예견이 늘 환하게 그려지고 있었던 것이다. 그러면서도 미리 말해주려고는 하지 않았다. 그저 믿고 따르면 된다는걸 은연중에 강요했던 것이다.

마풍산이 황준보의 그런 면까지 물려받았는지도 모른다고 생각하자 마음이 놓였다.

그래도 다짐을 받아놓지 않을 수 없다.

"어떻게 아는 거지? 만약 일각이 늦어서 돌이킬 수 없는 일이 벌어진다면 너에게 그 책임을 물을 테다."

마풍산이 히죽 웃었다.

"천하에 상인들이 없는 곳이 없고, 가지 않는 곳이 없다. 그들 모두가 나의 눈이고 귀인데 무엇을 그리 걱정한단 말이냐?"

"아, 그렇다면 너는 이미 이 일을 감시해 오고 있었구나?"

"내가 단지 돈을 벌기 위한 일에만 매달려 있다면 상왕이라고 불릴 자격이 없지."

"너는 강호의 일에마저 영향력을 행사할 셈이냐?"

과거의 황준보는 그러지 않았다는 의미의 말이다.

마풍산이 다시 빙긋 웃었다.

"지금의 상황은 그렇게 할 수밖에 없지. 우리 홍안적성은 더 이상 음지에 숨어 있지 않을 테니까."

"그럼?"

"곧 강호에 나올 것이다. 나는 그들보다 한 걸음 앞서 나와 그때를 대비해 길을 닦는 역할을 하고 있는 것이지."

운도의 얼굴에 긴장이 번졌다.

"그렇다면 무림맹과 다시 일전을 벌일 셈이구나?"

정사대전으로 불리는 커다란 전쟁이 될 것이다. 얼마나 많은 사람들이 죽게 될 것인가. 강호가 또 한 차례 피에 잠기게 될 것이다.

마풍산의 눈빛이 무겁고 칙칙해졌다. 착 가라앉은 음성으로 말한다.

"이제 절대천마가 부활했으니 강호는 우리에게 과거의 빚을 갚지 않을 수 없을 것이다."

"아!"

운도는 그들이 저를 기다리고 있었다는걸 알았다.

아니, 꼭 제가 아니더라도 풍약헌의 진전을 물려받은 이대 절대천마의 강림을 기다리고 있었던 것이다. 그리고 그게 머지않았다는 확신을 가지고 있었던 게 틀림없다.

"어쩔 셈이냐?"

운도의 그 한마디 물음에는 많은 뜻이 담겨 있었다.

마풍산은 그것을 죄다 알아들었다. 그래서 역시 한마디로
대답했다.

"네가 결정하기에 달려 있는 거지."

*   *   *

'피할 수 없는 일이다.'

운도는 저 멀리 보이는 검은 산과 깊은 골짜기를 내려다보
면서 그렇게 생각했다.

이귀율과의 싸움이 곧 무림맹과 홍안적성과의 싸움으로 커
지겠지만 그걸 피할 수 없는 건 제 운명이라고 생각했다.

몇 조각 구름덩이가 발아래로 빠르게 지나간다.

운도는 열기구에 타고 있었다.

십여 년 전, 쾌도왕과 함께 풍사곡의 추격을 따돌릴 때 황
대인, 황준보가 타고 왔던 그 열기구와 같은 모양이었다.

황준보로부터 그때의 얘기를 들은 마풍산이 직접 만들었다
고 하니, 그에게는 황준보 못지않게 타고난 손재주도 있었던
게 틀림없다.

황준보가 달리 그를 탐냈던 게 아니었던 것이다.

마풍산이 저녁때에 떠나라고 했던 게 바로 이것 때문이라는
걸 알았을 때 운도는 그의 치밀한 계획에 많이 놀라기도 했다.

열기구를 움직이는 자는 장원에 있던 중년의 검은 옷 장한
이었다.

묘화가 따라가겠다고 난리를 쳤지만 마풍산과 운도가 가로막는 데에는 어쩔 수 없었다.

화가 난 그녀가 마풍산에게 달려들어 그를 마구 때리고 걷어찼다. 마풍산은 그저 허허, 웃을 뿐이었다.

그 여유로움과 너그러움마저 황준보를 빼 닮아 있었다.

그를 생각하면 그래서 마음이 푸근해졌다. 안심이 되고 위안이 된다.

"거의 다 왔습니다."

흑의장한의 말에 정신을 차린 운도가 아래를 내려다보았다.

달빛이 밝다고 하나 저 아래의 높은 산과 깊은 골짜기는 어둠에 잠겨 어디가 어디인지 분간하기 힘들었다.

그러나 장한은 한눈에 알아보는 것이, 이곳의 지리에 대해서 제 손바닥 들여다보듯 하는 자가 틀림없었다.

그런 자를 길잡이로 보낸 마풍산의 세밀함에 대해서 다시 한 번 감탄하게 된다.

마풍산은 이릉운이 지금 적성령을 넘고 있는 중이라고 했다.

그 아래의 목가촌에 있던 보상(步商)이 이릉운을 알아보고 긴급 연락망을 통해 보고해 온 게 떠나기 직전이었다.

한 시진쯤 걸렸을 테니 지금쯤 이릉운은 적성령을 거의 내려가고 있을 것이다.

그리고 다른 보상 조직을 통해서 긴급한 연락이 또 날아들었다. 역시 연운장을 떠나기 직전이었다.

암호로 기록된 보첩(報諜)의 서한을 읽은 마풍산이 운도에
게 그 내용을 말해주었다.

"역시 예측대로다. 십천주들이 사방에서 빠르게 명사평으
로 향하고 있다는구나."

"명사평?"

"적성령 아래의 고산지 평원이다. 금하가 가운데를 흐르고
있지."

"그렇다면 그들은 사부님이 적성령을 넘고 있다는걸 알고
있었군."

"왜 안 그렇겠어? 그들이라고 사방에 보첩들을 깔아놓지 않
았겠느냐?"

"무림맹은?"

"그들은 아직 사천 땅에 들어오지 않은 게 틀림없어. 그렇기
에 아무런 보고가 없는 거지."

운도는 그렇다면 지금쯤 그들은 광문산에서 위진평과 대치
하고 있는 것이리라고 짐작했다. 하지만 마풍산에게는 말해줄
수 없었다.

어찌 위진평의 참담해진 지금의 모습을 떠들어댈 수 있단
말인가.

그래서 급히 떠나려고 하자 마풍산이 열기구를 꺼내놓았던
것이다.

"저 아래 보이는 것이 금하입니다."

달빛에 반사되어 하얗게 반짝이는 강물이 굽이굽이 흐르고

있었다. 실낱처럼 보인다. 그 주변이 어두운 강을 따라 울창한 숲이 펼쳐져 있기 때문일 것이다.

운도가 그곳을 가리켰다.

장한이 불길을 조절하자 열기구가 천천히 하강하기 시작했다.

아직 땅에서 이십여 장 높이에 있을 때 운도가 훌쩍 몸을 날렸다.

새처럼 허공을 날아 내리더니 이내 금사강의 반짝이는 물결을 따라 하강하여 숲 속으로 사라져 보이지 않게 되었다.

열기구는 다시 천천히 하늘로 올라가 사라졌고, 느릿느릿 흐르는 한줄기 강가에서 운도는 홀로 우뚝 서 있었다.

*   *   *

"지독한 괴물."

소림사가 배출한 불세출의 고수.

십천의 후예 중 한 명이면서 이귀율의 호법 중 한 명이기도 한 젊은 중 상허(常虛)가 이를 갈았다.

저쪽에 쓰러져 있는 무당의 젊은 도사 청학(靑鶴)을 보고 나서 다시 이를 간다.

그는 진양자의 제자이면서 십천의 후예 중 한 명이자 평소 교분이 두터운 친구이기도 했다.

그런 청학이 지금 피투성이가 되어 죽어 있다는걸 상허는 아직도 인정할 수 없었다.

광문산 북쪽의 이름없는 골짜기를 지나갈 때 그를 만났다.

말도 없고, 왜 그러는 것인지에 대한 이유도 없었다. 그가
대뜸 쇠사슬을 휘둘러 쳐들어왔는데 미친놈 같기만 해서 어이
가 없었다.

"우리는 무림맹의 사람들이다! 죽기 싫으면 그만두고 썩 꺼
져!"

스무 명의 호위대를 통솔하는 우두머리 삼양검객 양하진이
그렇게 소리쳤지만 괴인은 막무가내였다.

두 사람을 호위해 온 무사들이 일제히 괴인을 향해 몸을 날
렸다.

그때 청학 도장이 급히 소리쳤다.

"그만둬!"

그는 광문산에 기거하고 있는 괴인이 그동안 두 명의 동료
를 죽였다는걸 떠올렸던 것이다.

"멈춰! 그는 너희들의 상대가 아니다!"

거의 동시에 상허 화상도 버럭 소리쳤다. 그러나 상황은 이
미 그들의 통제를 벗어나 있었다.

콰르릉―

허공에 웅장한 쇳소리가 가득해졌고, 무거운 쇠사슬이 시커
먼 뱀처럼 꿈틀거리며 사방을 휩쓸어갔다.

그것에 부딪친 검들이 수수깡 부러지듯 했다.

그리고 사방에서 참혹한 비명성이 터져 나오기 시작했다.

괴인의 힘은 여태까지 보고 들은 그 어떤 것보다 무시무시
했다.

게다가 쇠사슬을 채찍처럼 휘둘러 치는 그런 수법은 처음
대하는 것이었다.

무사들은 당황하여 어떻게 대처해야 할지를 모르고 우왕좌
왕했다.

그들의 머리 위로 시커먼 그림자를 드리우며 쇠사슬이 그물
처럼 떨어졌다.

다시 터져 나오는 비명 소리.

두 번 그렇게 합창을 하듯 도검 부러지는 요란한 소리와 비
명성들이 터져 나오고 나자 이내 조용해졌다.

더 이상 괴인 앞에 살아 서 있는 자가 없었던 것이다.

다들 으깨지고 터진 끔찍한 주검이 되어 사방에 즐비하게
널브러져 있었다.

눈 깜짝할 사이에 벌어진 믿지 못할 참극이었다.

"이놈! 이 잔인무도한 놈!"

괴인이 보여준 그 끔찍하고 무시무시한 위력에 놀란 상허
화상이 치를 떨었고, 청학 도장은 검을 뽑아 들고 그를 향해 달
려들었다.

이미 초인을 뛰어넘는 성취를 이룬 청학이고 상허였다. 강
호에 자신들의 상대가 될 만한 자라면 십천의 일대 천주들이
있을 뿐이라고 여겼다.

그런 자부심과 자신감으로 청학은 태허삼식을 펼쳐 곧장 괴인의 가슴을 노리고 쳐들어갔다.

그가 비록 백풍산과 하군악을 죽인 전력이 있는 자라고 해도 그때는 그들이 방심했기 때문에 어이없이 당했을 것이라고 생각했다.

그러나 자신은 다르다.

그런 생각으로 살기를 한껏 북돋운 채 쳐들어가는 청학 도장의 검은 과연 여태까지의 그 누구와도 달랐다.

괴인, 위진평이 "흐흐―" 하고 낮은 음소를 흘리며 휘돌았다.

씨잉, 하는 날카로운 바람 소리를 내며 검봉이 여섯 번이나 아슬아슬하게 스쳐 지나간다.

위진평의 교묘한 신법에 청학 도장이 흠칫, 놀랐다. 하지만 위축되기는커녕 더욱 전의를 불태우며 달려든다.

"우흐흐흐―"

쩌르릉, 하는 쇳소리가 귀를 따갑게 하며 허공에 가득하고, 그 속에서 괴인의 음소가 뚜렷하게 들려왔다.

청학은 어금니를 악물어 흔들리려는 마음을 다잡았다.

"너는 누구냐!"

그가 잔뜩 화가 나 소리치며 검을 더욱 매섭게 휘둘러 치고 베었다.

청학과 상허는 광문산에 미친 괴인이 있다는 건 알았지만 아직 그의 정체가 무엇인지에 대해서는 알지 못하고 있었다.

그의 진면목을 보았을 백풍산과 하군악이 죽었으니 그렇다.

"서두르지 마라!"

뒤에서 그들의 싸움을 냉정하게 지켜보고 있던 상허 화상이 소리쳤다.

아무래도 괴인의 무위가 위험스러워 보였고, 청학 도장이 분노에 사로잡혀 서두르고 있는 것 같았다.

그가 검진삼협 위진평이라는 걸 알았다면 두 사람이 협공을 했을 텐데 그렇게 하지 않는 건 자존심 때문이었다.

자신은 물론 청학이 이 넓은 천하에서 다섯 손가락에 꼽히는 극강한 자라는 오만한 자부심 때문이기도 하다.

청학 도장 또한 그랬다. 그래서 칠 초가 지나도록 괴인을 죽이지 못하자 더욱 분노해 날뛰었다.

이제는 청학 도장이 미치고 괴인은 멀쩡한 사람처럼 보일 지경이었다.

"이얍!"

청학이 우렁찬 기합성을 터뜨렸다. 그러자 검법이 돌변하여 무겁고 더욱 신랄해졌다.

콰르릉―

요란한 뇌성과 함께 한 가닥 차갑고 흰 검강이 쭉, 뻗어 나갔다.

"흐흥, 과연 소문대로 무서운 놈이구나. 그래서 나는 더욱 너를 죽여야만 하겠다."

그것을 본 괴인이 음침하게 말하며 가볍게 움직이던 것을 멈추고 역시 한껏 기운을 끌어모았다.

우와앙, 하는 굉장한 소리와 함께 소용돌이가 일었다.

주위의 암흑지기가 온통 괴인의 몸속으로 빨려드는 것 같은 엄청난 광경이었다.

"으헉!"

그것을 본 상허 화상이 비로소 크게 놀라 몸을 날렸다.

본능적으로 청학 도장이 위험하다는걸 느꼈던 것이다.

쩌르릉—

그 어떤 때보다 크고 웅장한 쇳소리가 허공에 걸렸다.

철주(鐵柱)처럼 변한 쇠사슬이 곧장 청학 도장의 정수리를 노리고 떨어졌다.

청학 도장의 검강이 그것을 끊어간다.

쿠앙!

그 두 개의 극강한 기운이 부딪친 순간 천지를 뒤흔드는 굉음이 터져 나왔다.

사방으로 쏟아져 나가는 기파가 태풍 같았다.

아름드리나무가 중동이 꺾여 우지끈거리며 쓰러지고, 어지간한 바위 또한 뿌리째 뽑혀 굴러 내렸다.

돌 부스러기와 흙먼지가 용솟음치더니 사방에 가득해져 눈을 뜰 수 없을 지경이었다.

콰쾅!

그 속에서 다시 한 차례의 격돌음이 굉렬하게 터져 나왔다.

두 사람은 조금도 양보하거나 피할 생각이 없었다.

있는 힘껏, 온몸의 기운을 남김없이 끌어올려 정면으로 부딪칠 뿐이다.

쩌르릉―

용이 울부짖는 것 같은 쇳소리가 다시 들려왔고, 자욱한 흙먼지 속에서 세 번째로 쿠앙! 하는 폭음이 터져 나왔다.

"우욱!"

그리고 참담한 비명과 함께 한 사람이 줄 끊어진 연처럼 훌훌 날려 격렬한 충돌의 권역 밖으로 떨어져 뒹굴었다.

청학 도장이었다.

그의 몰골은 참혹하기 이루 말할 수 없었다.

온몸의 뼈마디가 다 부수어진 것처럼 흐느적거렸고, 반쪽이 뭉텅 으깨어져 사라진 머리통에서는 선혈과 뇌수가 꾸역꾸역 흘러내려 땅을 적시고 있었다.

아직도 손에 굳세게 쥐고 있는 검은 이미 자루밖에 남지 않았다.

"청학 사제!"

상허 화상이 부르짖었다.

미처 손써 볼 새도 없이 벌어진 이 일을 믿을 수 없었다.

그가 노여움으로 부들부들 떨며 괴인, 위진평을 바라보았다.

그는 술 취한 사람처럼 비틀거리고 있었는데, 쩔그렁거리며 땅에 끌리고 있는 쇠사슬에는 청학 도장의 살점과 피가 묻어 뚝뚝 떨어지고 있었다.

긴 머리카락이 마구 휘날리고, 찢어진 장포 자락이 펄럭일 때마다 흰 뼈가 보일 정도로 쩍쩍 벌어진 맨살이 드러났다. 그 끔찍한 모습은 사람의 형상이 아니었다.

지옥에 있다는 나찰, 야차가 현신했다면 바로 저런 모습이 아닐까 싶다.

위진평은 비록 청학 도장을 죽였지만 그 또한 무사할 수 없었다.

백풍산과 하군악을 맞아 싸웠을 때와 마찬가지로 내상을 입었는데, 이번에는 외상마저 심각했다.

청학을 죽이기 위해 제 몸을 미끼로 내준 결과였다.

"우흐흐흐—"

두 발에 힘을 주어 가까스로 중심을 잡고 선 위진평이 흩어진 머리카락 사이로 상허 화상을 노려보며 음침한 소성을 흘렸다.

그는 짐작하고 있었다, 오늘이 자신의 마지막 날이 되리라는 것을.

그러나 이대로는 죽지 않을 것이라고, 죽을 수 없다고 되뇌었다. 저놈마저 저승으로 끌고 가야 조금이나마 위안이 될 것이다.

휘우우우—

위진평이 주위의 기운을 빨아들이기 시작했다.

허공에서 은은한 휘파람 소리가 난다.

"아미타불—"

　격해진 마음을 가라앉히려고 불호를 왼 상허 화상이 그런 위진평을 향해 힘껏 일장을 쳐냈다.

　천궁일위(天宮一位)라는 것으로써 소림사가 자랑하는 달마 신장 중 가장 위맹한 장법이다.

　콰르릉, 하는 소리와 함께 한줄기 맹렬한 경력이 쇠뇌처럼 위진평의 가슴으로 쏘아져 나갔다.

　금강석이라도 가루로 만들어 버리고 말 것 같은 장력이었다.

　"끼야아—!"

　위진평이 벼락 치는 것 같은 괴성을 터뜨리며 그 장력을 향해 힘껏 몸을 날려 부딪쳐 갔다.

　스스로 목숨을 버리려는 것 같았다.

　쿠앙—

　그가 불쑥 내민 가슴에 상허 화상의 장력이 그대로 꽂혔다.

　그 순간 폭약을 터뜨린 것 같은 굉음이 터져 나왔고, 위진평이 아주 잠깐 동안 흠칫, 하고 몸을 떨었다.

　그러나 달려온 힘이 지나치게 맹렬했던지라 여전히 그는 상허 화상에게로 부딪쳐 가고 있었다.

　그의 가슴에 어린아이의 주먹 하나가 드나들 만큼의 구멍이 뻥 뚫린 게 언뜻 보였다.

　좌르르르—

　쇠사슬이 풀린다.

　상허 화상은 위진평의 그 지독함에 질렸다. 눈에 언뜻 두려움의 기색이 떠올랐다.

그가 급히 만종보(卍從步)를 밟아 어지럽게 방위를 바꾸며 그 쇠사슬의 첨단을 피하려고 했다.

좌르르르—

그러나 끝까지 남김없이 풀린 긴 쇠사슬은 영사(靈蛇)처럼 꿈틀거리며 상허 화상을 좇았다.

그것에는 위진평의 마지막 공력과 한이 모두 실려 있었다.

단 한 번의 기회를 위해 자신의 목숨마저 내버린 그 지독한 집념 앞에서 상허 화상은 당황할 수밖에 없었다.

제아무리 다섯 손가락 안에 꼽히는 초절정의 고수라고 해도 아직 싸움의 경험이 부족한 그이기에 더욱 그렇다.

"이얍!"

쇠사슬 끝을 피할 수 없다고 느낀 상허 화상이 한 소리 기합성과 함께 온몸의 내력을 끌어올려 일장을 후려쳤다.

쩡!

그것이 쇠사슬의 중동을 후려치자 한겨울에 두터운 얼음장 깨지는 것 같은 소리가 났다.

굵고 단단한 쇠사슬이 그 충격을 견디지 못하고 기어이 끊어지고 말았다.

그러나 그것은 상허 화상이 경황 중에 저지른 최악의 실수였다.

앞섰던 쇠사슬이 휘어지며 뜻하지 않았던 방위에서 날아들어 옆머리를 호되게 후려쳤던 것이다.

쾅! 하는 요란한 소리가 날 정도의 충격에 상허 화상이 잠깐 의식을 잃고 휘청거렸다.

그리고 잘라진 다른 한 끝이 그대로 쏘아져 들어와 그의 가슴을 꿰뚫고 등 뒤로 빠져나왔다.

"끄으으―"

상허 화상의 눈동자가 찢어질 듯 커졌다.

"으흐흐흐―"

귓전에 위진평의 스산한 웃음소리가 아득히 들려왔다.

흐려지는 시선 때문에 울컥울컥 피를 토해내며 서서히 무너지고 있는 괴인이 멀게만 보였다.

제 가슴을 관통한 채 늘어져 땅에 끌리고 있는 쇠사슬을 붙잡은 상허 화상이 비틀비틀 몇 걸음 물러섰다.

"대체 왜……?"

간신히 그 말을 했을 뿐 다음 말을 하지 못했다. 그의 목에서도 끊임없이 검붉은 피가 솟구쳐 올라와 입을 열 때마다 왈칵 쏟아졌기 때문이다.

쿵!

상허 화상이 무릎을 꿇었다. 빠르게 생기가 꺼져 가는 눈으로 멍하니 위진평을 바라보더니 고개가 천천히 숙여졌다.

"미안하다……."

꺼져 가는 의식 속에서 위진평이 가까스로 그 한마디를 중얼거렸다.

눈앞에 환하게 웃고 있는 위서향의 얼굴이 가득했다.

그리고 역시 환하게 웃고 있는 천진스런 운도의 얼굴이 함
께 떠올랐다.
풍사곡에 있던 때의 소년의 그 얼굴이었다.
“미안…… 하다…….”
다시 중얼거린 위진평도 모로 쓰러져 누웠다.
숨이 끊어졌지만 여전히 눈을 부릅뜨고 있었다.
그 눈에서 뜨거운 눈물이 흘러내려 뺨을 적시고 핏물에 섞
여 사라져 갔다.

第八章
절대천마(絶對天魔)의 재림(再臨)

마룡의 후예

“이대로는 갈 수 없소!”

검자루에 손을 올려놓은 채 노성을 터뜨린 자는 무당의 진양자 담옥천이었다.

그는 십천의 천주라는 막중한 지위에 걸맞게 언제나 입이 무겁고 진중한 사람이었다.

그러나 지금 진양자 담옥천은 초조해하는 사람에 지나지 않았다.

화가 나서 얼굴을 붉히며 소리치는 것이 어색해 보이기만 하다.

그와 조금 떨어진 곳에는 점창파의 낙일검객 이풍룡이 부리부리한 눈을 번쩍이며 묵묵히 이릉운을 노려보고 있었다.

그 두 사람 앞에서 이룽운은 태연했다.

비록 낯빛이 싸늘하게 변했지만 뒷짐을 지고 선 채 오연히 하늘을 바라볼 뿐, 그들을 상대하려 하지 않았다.

"어떻게 하겠소? 내 말을 따르는 게 그대에게도 이롭지 않겠소?"

진양자가 노기를 애써 억누르고 달래듯 부드럽게 말했다. 그러나 그의 손은 여전히 검자루에 닿아 있었다.

이룽운이 하늘에 시선을 둔 채 무심하고 차갑게 말했다.

"내 품 속의 물건이 탐이 난다면 나를 죽이고 가져가면 그뿐이오. 괜한 말로 스스로를 구차하게 만들 필요 없소."

"이 형!"

진양자가 다시 노성을 터뜨렸다.

그는 확실히 초조해하고 있었다.

"머지않아 나머지 천주들도 당신을 찾아올 것이오. 그때는 후회해도 소용없소."

이룽운이 비웃음을 띠고 말했다.

"다들 똑같은 생각을 가지고 있을 테니 담 형에게는 오히려 잘된 일 아니겠소?"

"이 형, 정말 내 마음을 모르신단 말이오?"

"알지. 하지만 받아들이고 싶지 않다오."

"당신이 아무리 화산의 무량자 이룽운이라고 해도 혼자서는 그들을 당할 수 없을 것이오."

"그럴지도 모르지."

"운이 좋아 그들을 따돌리고 달아날 수 있다고 해도 또한 혼자 힘으로는 천마비동에 들어갈 수 없을 것이오. 이 형도 그런 사실을 잘 알고 있지 않소?"

이릉운이 비로소 천천히 진양자 담옥천을 바라보았다.

"저기 있는 낙일검객과 담 형, 두 사람과 손을 잡는다고 해서 그 상황이 나아질까?"

"이 형 혼자 해결하는 것보다는 훨씬 나을 것이오."

"그럴지도 모르지."

이릉운이 천천히 고개를 끄덕였다.

십천의 천주들 중 남은 자는 이제 저를 포함해서 여섯 명뿐이었다.

흑풍객과 풍진걸개가 죽었고, 위진평은 이 일에 상관하지 않을 것이니 그렇다. 아미의 적운 사태도 이미 십천의 일에 상관하지 않고 칩거에 든 지 오래되었다.

그러므로 낙일검객 이풍룡, 진양자 담옥천과 손을 잡으면 이쪽이 세 명, 즉 반수가 된다.

나머지 세 명을 충분히 상대하면서 천마비동까지 무사히 갈 수 있을 게 틀림없다.

그러나 이릉운에게는 그들과 손을 잡고 싶은 마음이 조금도 없었다.

그는 십천의 천주들이 모두 늑대와 같은 자라는 걸 잘 알고 있었다. 그 속에 자기 자신도 포함된다는걸 부정하지 않았다.

그들이 무엇 때문에 이토록 평소의 체통이나 자존심마저 내

버리고 아귀처럼 달려드는지도 안다.

천마비동의 힘을 빌어 이귀율의 손에서 벗어나려는 것이다.

이제야 자신들이 호랑이 새끼 한 마리를 키웠다는걸 깨달았으니 어리석기 짝이 없는 자들이다.

이릉운은 그들이 닦았던 높은 도와 덕이 모두 소용없게 되었다는걸 알고 있었다.

달이 차면 기울고, 여름이 가면 가을이 오듯이 그들의 전성기는 빠르게 지나가고 있었다.

‘그 속에 나도 있다.’

그런 생각을 하지 않을 수 없었다. 그래서 이릉운은 그들과 함께 자기 자신의 이런 모습도 가엽게 여겼다.

그들 또한 자신과 마찬가지로 천마비동에 들어가 천하제일의 고수가 되어 거듭나기를 원하고 있었다.

그때는 단지 이귀율을 타도하는 것만이 아니라 스스로 강호에 군림하려 할 것이다.

그건 제가 오직 풍약헌보다 뛰어나다는 말을 듣기 원하는 것과 크게 다르지 않다고 생각했다.

천하제일인이라는 말과 명예 속에는 역시 군림천하의 욕망이 감추어져 있지 않은가.

탄식을 뱉어낸 이릉운이 담담하게 말했다.

“역시 당신들은 가지 않는 게 좋겠소. 지금이라도 원래 있던 곳으로 돌아가 세상을 등지고 살면 명예와 천수를 누릴 수 있을 것이오.”

"무엇이?"

기어이 점창의 검신 낙일검객 이풍룡이 버럭 소리쳤다.

"그대가 우리 십천을 위해서 그동안 공헌한 게 뭔가? 저 혼자만의 안위를 위해 십천을 외면하고 몰라라 하더니 끝까지 그렇게 하는구나!"

이릉운이 담담하게 이풍룡을 바라보았다.

"천주들로서 당신들이 강호에 공헌한 건 무엇이오?"

"우리는 힘을 모아 마교의 준동을 억제함으로써 강호의 안위를 지켜왔다!"

"그래서 탄생한 게 이귀율과 지금의 무림맹이오?"

이릉운의 싸늘한 비웃음에 이풍룡이 새파랗게 질린 얼굴로 이를 악물었고, 진양자 담옥천은 "으음—" 하고 신음을 흘렸다.

이풍룡이 발악하듯 소리쳤다.

"좋다, 인정한다! 때문에 우리 손으로 그 일을 다시 해결하려는 것이다! 그러니 너는 천마비동의 비밀을 넘겨라!"

이릉운이 코웃음을 쳤다.

"흐흥, 이귀율 그놈이 과연 그것을 허락할까? 당신들은 먼저 그의 허락을 받아야 하는 것 아니오?"

"이놈!"

이릉운의 비웃음을 더 참지 못한 이풍룡이 고함과 함께 검을 뽑아 들고 몸을 날렸다.

쉬아앙—

그의 신형이 이르기도 전에 한줄기 막강한 검기가 뻗어 나와 이릉운을 친다.

십천의 천주들은 누가 높고 낮다고 할 수 없었다. 이미 지극한 경지에 올라 있었으므로 그의 무공이 무엇이 되었든 고하를 가릴 수 없게 된 것이다.

이릉운이 감히 소홀히 하지 못하고 신중하게 일장을 뻗어 쏟아져 오는 검기를 마주 후려쳤다.

쿠앙!

천번지복의 굉음과 함께 태풍 같은 기파가 사방으로 터져나갔다. 우지끈거리며 주위의 나무들이 꺾이고, 바위 조각이 어지럽게 하늘로 날아올랐다.

그 순간 이릉운의 신형이 먼지구름 속으로 치솟아올랐다. 구름을 뚫고 날아오르는 한 마리의 선학과 같은 모습이었다.

그가 설마 몸을 뺄 줄 몰랐던 이풍룡이 힘껏 솟구쳐 이릉운을 뒤쫓았고, 의외의 일에 어리둥절해하던 담옥천도 급히 숨을 들이마시며 절정의 경공신법을 발휘해 날듯이 달려갔다.

"으하하하—"

이릉운의 웃음소리가 이미 까마득히 먼 곳에서 들려오고 있었다.

맨몸으로 천 길 바위 봉우리를 걷어차고 뛰어오르거나 달려 내려가며 수련하는 선인등봉(仙人騰峰)이라는 화산파의 경공절기는 절세적인 것으로 오래전부터 강호에 이름이 자자했다.

이릉운에 의해 그것이 펼쳐지자 "과연!" 하는 감탄성이 절로 터져 나올 만큼 신묘했다.

이풍룡의 무위가 절정이고, 담옥천의 무당파 경공신법 또한 강호의 일절로 불리기에 손색이 없었다. 하지만 이릉운에 의해 펼쳐지는 선인등봉의 절기와 비교하기에는 확실히 차이가 있었다.

쫘르릉―

저 앞쪽 우거진 삼나무 숲에서 벽력성이 쉬지 않고 울려왔다.

어깨를 나란히 하고 이릉운을 추격해 가던 이풍룡과 담옥천이 서로를 마주 보았다.

쫘르릉―

다시 한 차례의 벽력성이 들려왔다. "으하하하―" 우렁찬 웃음소리도 들려온다.

"늦었다!"

분하게 외친 이풍룡이 땅을 구르고 더욱 빠르게 달려갔다.

강가에서 세 사람이 뒤엉켜 싸우고 있었는데, 누가 누구인지 알아볼 수 없을 만큼 쾌속하게 움직이고 있었다.

검고 누렇고 흰 옷자락만 펄럭일 뿐, 그림자조차 따르지 못할 만큼 빠르고 맹렬하게 움직이며 장과 권각을 쳐내고 병장기를 휘두르는 것이, 마치 귀신들의 싸움과 같았다.

그 속에서 오가는 장력과 권풍의 바람 소리에 고막이 먹먹해질 지경이었고, 번쩍이는 병장기의 살기가 낙뢰처럼 사방으로 떨어졌다.

우르릉거릴 때마다 풀이며 나뭇가지, 돌 조각들이 어지럽게 날아올랐다. 먼지마저 자욱해지더니 기어이 그들의 모습을 삼켜 버린다.

회오리치며 이리저리 옮겨다니는 그 거센 폭풍 속에서 끊이지 않고 기합 소리와 우르릉거리는 소리가 들려왔다. 경기의 폭풍이 갈수록 거칠어지고, 그것이 만들어내고 있는 회오리의 범위가 갈수록 넓어지고 있었다.

"하운봉과 관패호다!"

이풍룡이 그 안의 소리들만으로도 누구인지 대뜸 알아채고 소리쳤다.

십천주의 한 명이며 하가신창으로 불리는 산동 하가보의 보주 하운봉과 역시 십천주의 한 명인 호남 을목장주 관패호가 틀림없었다.

그들이 이룡운을 붙잡고 무시무시한 싸움을 하고 있었던 것이다.

무당의 진양자 담옥천이 신광이 번쩍이는 눈으로 살펴보았지만 끼어들 틈을 찾을 수 없었다.

그들 세 사람의 격전은 경천동지라는 말로도 부족할 만큼 격렬했으며, 그 신랄함과 쾌속함이 가히 전광석화 같았다.

"지독하구나. 저놈은 대체 어찌 된 건가? 보지 못한 동안 더 무서워졌다. 아니면 그동안 우리에게 제 본래의 실력을 삼 푼쯤 감추고 안 보여주었던 것인가?"

그들의 싸움을 눈도 깜빡이지 않고 지켜보던 이풍룡이 혀를 내둘렀다.

그가 말하는 건 이릉운이었다.

그 말에 동의하는 듯 담옥천도 굳은 얼굴을 끄덕였다.

이릉운이 같은 십천의 천주 둘을 상대해서 저토록 용맹하고 끈질기게 싸울 줄은 몰랐던 것이다.

그렇다면 그가 십천주들 중 가장 높은 무공을 소유한 자라는 의미가 되는데, 이풍룡이나 담옥천은 그걸 인정할 수 없었다.

"이얍!"

회오리바람 속에서 우렁찬 기합성이 터져 나왔다. 이어서 따당! 하는 요란한 쇳소리와 펑! 하고 장력이 충돌하는 답답한 소리가 쏟아졌다.

회오리바람이 걷히고, 아직도 주위를 뒤흔들어대고 있는 기파의 요동 속에서 세 사람의 모습이 서서히 드러났다.

하가신창 하운봉이 비틀거리며 세 걸음 물러섰고, 을목장주 관패호 역시 가슴을 움켜쥔 채 세 걸음을 쿵쿵, 물러서고 있었다.

이릉운은 비록 그 자리에 버티고 서 있었지만 흰 수염이 피로 물들고 안색이 창백해진 것이 심상치 않아 보였다.

하운봉이 떨리는 손으로 단창을 들어 이릉운을 가리키며 소리쳤다.

"이놈! 그게 무슨 장법이냐? 설마 그것도 화산파의 절기라고 하지는 못하겠지?"

그를 본 담옥천이 "아!" 하고 놀란 외침을 터뜨렸다.

하운봉이 양손에 나누어 쥐고 있는 두 자루의 단창 가운데 왼쪽의 것이 반 토막 나 있었기 때문이다.

누가 하운봉의 손에 있는 단창을 부러뜨릴 수 있단 말인가.

이릉운이 맨손으로 그렇게 했다는걸 담옥천은 믿을 수 없었다.

이풍룡이나 관패호 또한 그런 사실을 믿을 수 없었음은 물론, 인정하고 싶지도 않았다.

하운봉의 질타 앞에서 이릉운은 대답하지 않았다. 여전히 입을 꾹 다문 채 숨을 고르는 데에 온 신경을 집중하고 있을 뿐이다.

몇 번 심호흡을 해서 기혈을 가라앉힌 관패호가 나섰다. 아직 한 손으로 제 가슴을 누르고 있다.

"이 형, 당신의 장법이 그토록 악랄하고 현묘하다니 참으로 놀랍소. 그동안 당신은 새로운 신공절학을 창안했던 모양이니 경하해야 할 일이 아니겠소?"

듣기에 좋은 말 같으나 실은 신랄하게 비꼬는 말이었다.

그는 생전 처음 접하는 이릉운의 장력에 적지 않은 내상을 입었다.

봄바람 같은 잠력 한줄기가 손목을 타고 흘러드는 순간 '아차!' 하고 급히 운기하여 기문을 폐쇄하려 했으나 소용없었다.

마른 솜에 부어진 한 잔의 물처럼 그 부드러운 장력은 급속하게 몸 안에 퍼져 갔던 것이다.

지독한 면장(綿掌)이었다. 그리고 그것에 실려 있는 음유한 내력은 더 지독했다. 독과도 같았다.

을목신장으로 불리는 장법의 최고수인 관패호조차 속수무책으로 당할 수밖에 없을 만큼 이릉운의 면장은 독특하고 악랄했다.

하운봉은 이릉운의 면장이 부딪쳐 오자 그것의 불길함을 느끼고 재빨리 있는 힘껏 단창을 휘둘러 막았다.

그러자 부드럽던 이릉운의 장력이 그 무엇보다 강력한 것이 되어 단번에 그의 단창을 두 토막으로 만들어 버렸던 것이다.

"이제 알겠어."

하운봉이 부드득 이를 갈고 말했다.

"그것은 결코 화산파의 절기가 아니다. 또한 이 세상에 그와 같은 장법이 있다는 말을 들어본 적이 없다. 그렇다면 결론은 하나지."

이릉운은 대답하지 않았고, 그곳에 있던 사람들의 눈길이 일제히 하운봉의 창백하게 변한 얼굴에 쏠렸다.

하운봉이 다시 이를 갈고 나서 분한 듯 소리쳤다.

"너의 그 장법은 천마비동에서 흘러나온 것이다! 그렇지?"

"어헉! 이 형, 그게 사실이오?"

하운봉의 말에 담옥천이 경악하여 소리쳤지만 이릉운은 여전히 입을 굳게 다물고 있었다.

그는 그 장법을 풍약헌에게서 배웠다. 그와 함께 있던 동안 풍약헌이 감사의 뜻이라며 한 가지 면장의 비결을 전해주었던 것이다.

사악한 기운은 없었지만 그것이 감추고 있는 음흉하고 지독한 위력은 과연 마교의 장법으로 불려야 마땅한 것이었다.

그러나 이릉운은 사양하지 않고 그것을 배웠다. 풍약헌의 절기를 접하고 배울 기회가 언제 또 있을 것인가, 하는 생각에서였다.

그리고 그 장법으로 해남도에서 풍진걸개를 죽였으며, 오늘은 두 사람의 천주를 맞아 그들에게 부상을 입힐 수 있었으니 과연 무시무시한 장법이었다.

이릉운은 그런 일을 결코 입 밖에 꺼내 말할 수 없었다.

그를 바라보는 사람들의 눈길에 주체할 수 없는 탐욕이 실려 이글거렸다.

*　　　*　　　*

그 시각, 운도는 한 사람을 맞이하고 있었다.

백미가 귀 아래에까지 늘어지고 붉은 가사를 걸친 인자해 보이는 노승이었다.

십천의 천주 중 가장 존경을 받고 있는 소림사의 탕마무불(蕩魔武佛) 각원 선사(覺元禪師)였다.

선사의 뒤에는 사대금강으로 불리는 네 명의 젊은 화상이 합장하고 서 있었는데, 신광이 번쩍이는 눈으로 뚫어지게 바라보고 있었다.

운도의 일거수일투족을 감시하는 것이다.

그들은 모두 건장하기가 청동의 나한상을 옮겨다 놓은 것 같은 자들이었다.

운도를 바라보는 각원 선사가 보일 듯 말 듯 눈을 찌푸렸다.

"젊은 시주가 이릉운 도제의 제자이면서 또한 마교와 관계가 깊은 그 단운도란 말인가?"

"그렇습니다."

"자네에 대한 이야기는 많이 들었지. 무용이 뛰어나서 십천의 후예들 중 한 명과 능히 겨룰 만하다더군."

"그렇습니다."

존장이 그런 말을 하면 겸양을 해야 당연한 일이건만 운도는 뻣뻣하고 당당하게 그렇다고 대꾸했다.

각원 선사는 물론 그의 뒤에 서 있던 사대금강이 모두 눈살을 찌푸렸다.

각원 선사가 여전히 온화한 음성으로 다시 말했다.

"자네가 내 앞길을 가로막고 있는 건 무슨 까닭인가?"

"선사께 산으로 돌아가시라는 말씀을 드리려는 것이지요."

"응?"

"청정한 도량에서 속세의 일을 잊고 수양을 계속하신다면 성불하는 데 아무 탈이 없을 것입니다."

"이놈!"

발칙하기 짝이 없는 운도의 말에 사대금강이 한목소리로 호통을 쳤다.

운도는 눈썹 하나 까딱하지 않았다. 여전히 당당하게 서서 각원 선사를 마주 볼 뿐 사대금강에게는 눈길도 주지 않는다.

"네 사부를 보호하기 위해서 온 거라면 쓸데없다. 목숨이 온전할 때 네 갈 길로 가거라."

각원 선사가 이룽운을 이야기하자 운도는 마음이 급해졌다. 지금쯤 그가 위기를 맞고 있는지도 모르지 않는가.

"흥! 소림사의 명성이 선사의 손에 의해 끊어지겠으니 매우 아쉬운 일이군요."

"무엇이?"

"발칙한 시주로다!"

"선사 앞에서 감히 그런 망발을 내뱉다니!"

"중생에 대한 연민도 너에게는 필요없겠다!"

운도의 말에 각원 선사의 뒤에 있던 사대금강이 일제히 소리치며 뛰어나왔다.

"아미타불—"

각원 선사가 한 걸음 물러서며 합장하고 불호를 중얼거렸다. 그리고 지그시 운도를 바라보며 여전히 자상하고 자애롭게 말했다.

"너는 이미 마성에 넘어가 그릇된 길로 들어섰으니 부처님인들 어찌 용서하겠느냐? 그러나 지금이라도 늦지 않았다. 대오각성하여 바른길로 돌아온다면 자비를 베풀어 네 무공을 폐하는 것만으로 징벌을 대신하겠노라. 범부가 되어 한평생 한

가롭게 사는 것도 좋지 않겠는고?"

끝까지 각원 선사의 말을 듣고 있던 운도가 코웃음을 쳤다.

그는 소림사의 경내에서 흑풍객이 죽은 일과 표사군이 소림사에 혐의를 두고 그곳을 떠난 일을 기억하고 있었다.

또한 이귀율을 십천지주로 세우는 데에 각원 선사가 앞장섰다는 것도 알고 있었다.

그런 일들로 하여 소림사와 각원 선사에 대한 감정이 좋지 않았던 터라 그들을 대하는 마음도 지독해졌다.

각원 선사의 자애로운 모습과 말들이 모두 가식적인 것으로만 여겨져 더욱 혐오하게 된다.

운도가 정색을 하고 포권한 채 말했다.

"선사께서는 부처님의 명을 받들어 이 모든 일을 행했으니 큰 공덕을 쌓으신 터. 반드시 극락왕생하실 것이오."

"아미타불―"

각원 선사가 다시 합장하고 불호를 외웠다. 그는 운도가 마음을 돌이키려는가 보다, 하고 생각했는지도 모른다.

그러나 운도의 다음 말은 전혀 뜻밖의 것이었다.

"이귀율을 내세워 십천을 장악하고 무림을 장악하게 한 것도 부처님의 뜻이었겠지요. 그를 뒤에서 조종하며 그림자이자 진정한 패자로서 영원히 군림하려는 마음을 가졌던 것도 역시 부처님의 뜻이었겠지요."

"응? 너는 지금 무슨 말을 하는 것이냐?"

각원 선사가 어리둥절해서 운도를 바라보았다.

운도의 입가에 묘한 비웃음이 떠오르고 있었다.

"하지만 이귀율이 그와 같은 자인 줄 모르고 계획을 세우셨을 테니 그것도 부처님의 뜻이었겠지요?"

"아미타불—"

각원 선사의 불호 소리가 떨렸다. 온화하던 낯빛이 붉어지고 입가의 잔주름이 물결친다.

"오히려 이귀율에게 핍박을 당하고 있으면서도 이제는 아무런 힘도 쓸 수 없게 되었으니…… 그러한 것을 일러 자승자박이라고 하는 것 아니겠습니까? 아니, 인과응보라고 해야 하겠군요. 남아 있는 십천의 천주들 모두가 그와 같은 처지일 테니 그들 또한 이 일을 맨 처음 주선하고 주도한 선사를 원망하고 있겠지요?"

"너, 너는 어떻게 그것을……."

"흥, 이귀율이 어떤 자인지는 세상의 누구보다 소생이 더 잘 알지요."

"아미타불, 아미타불—"

"이귀율의 손에서 벗어나려면 그보다 강해져야 할 텐데, 그러기 위해서는 천마비동에 반드시 들어가야 할 필요가 있지요. 우습지 않습니까?"

"……."

"개인 줄 알고 키웠는데 그것이 실은 음흉한 늑대였으니 말입니다. 내내 모르고 있다가 그것에게 물리고 나자 깜짝 놀라 이제는 그것을 잡아먹기 위해 안달을 하니…… 어리석은 사람들 아닙니까?"

"닥쳐라!"

사대금강이 동시에 소리치고 그대로 운도를 짓밟아 버릴 듯 달려들었다.

각원 선사는 안색이 창백해진 채 흰 눈썹을 파르르 떨 뿐 그들을 제지하지 않았다.

"흥! 가식 덩어리인 너희들에게 자업자득이라는 게 무엇인지 가르쳐 줄 테다."

운도가 코웃음을 치고 두 손을 들었다.

허공에 원을 그리며 한 바퀴 크게 휘두르자 우우웅, 하는 웅장한 떨림이 주위를 덮었다.

그 속으로 사대금강이 뛰어들며 전력을 다해 위맹한 항마불장(降魔佛掌)을 쳐냈다.

콰콰콰콰—

바윗덩이라도 가루로 만들어 버릴 것 같은 무시무시한 장력이 사방에서 운도를 향해 밀려왔다.

"부처님을 대신해서 너희들의 죄를 묻겠다!"

기파의 폭풍우 중앙에 오연히 버티고 선 운도가 냉엄하게 말하고 두 손을 천천히 밀어냈다.

콰우우—

그 순간 상상을 초월하는 엄청난 경기의 폭풍이 사대금강을 향해 마주 뻗어 나갔다.

흰 빛이 번쩍이고, 뇌성이 귀를 따갑게 하며 터져 나왔다.

이미 더 이상 높아질 수 없는 내력을 실은 장법.

그것은 운도가 풍약헌에게서 배운 일초 삼식의 절기, 건곤 귀합신공이었다.

그것을 장법으로 처음 펼쳐 보는 것이다.

그 위력은 여태까지 듣고 보았던 그 어떤 장법보다 막강하고 지독했다. 마계를 지배하는 대마신의 힘이고 천계의 무신이 지녔음 직한 위력이었다.

"위험하다!"

각원 선사가 경악성을 터뜨렸으나 사대금강은 이제 물러설 수도 없었다.

가슴을 터뜨릴 듯 덮어오는 그 막강한 경력 앞에서 꼼짝달싹할 수 없었던 것이다.

거미줄에 걸린 나방의 꼴이었다.

"우야압!"

피할 수 없다는 절망 속에서 그들이 일제히 목청껏 고함을 지르며 더욱 힘을 내쏟아 항마불장을 쳐냈다. 그렇게밖에는 달리 아무것도 할 수 없었던 것이다.

콰앙!

천지가 진동했다.

땅이 흔들리고, 허공이 산산이 터져 경기의 파편들이 자욱이 비산한다.

비수처럼, 우박처럼 쏟아지는 그것들로부터 몸을 보호하기 위해 각원 선사는 내력을 한껏 끌어올려야 했다.

철수신공을 펼치자 선사의 넓은 승포가 부풀어오르더니 철판을 두른 것처럼 온몸을 감쌌다.

따다다당—

그것을 두드리는 경기의 파편들이 요란한 소리를 냈다. 불꽃이 어지럽게 날고, 선사는 그 힘의 여력에 비틀거리며 두 걸음 물러서야 했다.

"크아악—"

경기의 폭풍 속에서 참담한 비명성이 터져 나왔다.

허공이 붉은 선혈로 한순간에 뒤덮이고, 육편과 골편들이 사방으로 어지럽게 날렸다.

후두두둑—

그것들이 소나기처럼 방원 십 장의 공간을 뒤덮으며 떨어졌다.

사대금강은 흔적을 찾아볼 수 없었다.

그 끔찍한 광경에 각원 선사는 넋이 나가고 말았다.

입을 딱 벌린 채 불호를 외울 정신마저 잃어버렸다.

운도 또한 자신의 일장이 가져온 엄청난 결과에 어리벙벙해졌다.

무거운 침묵이 한없이 내려앉았다.

"아미타불, 아미타불—"

비로소 떨리는 음성으로 불호를 몇 차례 외운 각원 선사가 비통한 얼굴로 말했다.

"노납이 한 몸을 바쳐 마계의 야차를 꾸짖겠노라."

"어리석소."

옷자락을 떨치고 나서는 각원 선사를 향해 운도가 엄하게 꾸짖듯 말했다.

"과거 선사는 절대천마를 상대하여 삼십 초를 버텼다고 들었소. 그러나 지금은 나의 삼 초를 받아낼 수 없을 것이오. 선사는 늙어 열반에 들 날이 얼마 남지 않았고, 나는 젊으니 더욱 그렇지 않겠소이까? 스스로 불가함을 알고 물러난다면 천수를 누릴 수 있을 테지만 과욕을 부린다면 이곳에서 명을 다할 뿐이오."

"아미타불―"

각원 선사는 그 말에 대꾸하지 않았다. 눈앞의 운도가 제이의 절대천마라는 걸 절실히 느꼈을 뿐이다.

절대천마의 환생이라고 해야 할 운도의 마공이 일대 절대천마보다 오히려 높다는걸 알고 사뭇 가슴이 떨렸다.

'업보로다, 업보로다. 아미타불―'

각원 선사는 이 모든 것이 한 번 마음을 잘못 먹은 것에 대한 보응이라고 생각했다.

그렇다면 기꺼이 감당하리라고 결심한 선사가 평생의 내력을 두 손에 실었다.

우우웅―

허공이 이번에는 각원 선사의 웅장한 내력으로 인해 진동했다.

"시주는 조심하시오!"

극한으로 내력을 끌어모은 각원 선사가 백보신권의 백미라
고 할 수 있는 광음일권(光陰一拳)을 쳐냈다.

빛도 소리도 없는 한 가닥 위맹한 경력이 허공을 일그러뜨
리며 운도의 가슴을 향해 뻗어 나갔다.

운도의 얼굴에 안타까움과 조소가 동시에 떠올랐다.

그가 지체하지 않고 다시 한 번 내력을 운기해 건곤귀합신
공의 일장을 천천히 밀어냈다.

하늘같이만 여겨졌던 십천의 천주 아닌가.

그들 중 누구의 손가락 한 개도 당할 수 없었던 운도였다.
아니, 그들이 하늘이라면 자신은 한낱 버러지에 불과했었다.

그러나 지금은 아니었다.

운도는 전혀 다른 사람이 되어 있었고, 초인을 두어 단계나
뛰어넘는 절대자가 되어 있었던 것이다.

하늘 밖의 하늘이었으니 십천의 천주가 더 이상 두렵지 않
았다.

쿵!

바다에 떨어진 거대한 바위 봉우리 하나가 천천히 가라앉아
깊은 해저에 닿은 것 같은 무거운 울림이 두 사람 사이에서 터
져 나왔다.

第九章
쾌도단천 (快刀斷天)

마롱의
후예

이릉운은 목전에 닥친 죽음의 그림자를 보았다.

더 이상 버틴다는 게 얼마나 힘든 일인지, 아니, 불가능한 일임을 절실히 느낀다.

십천의 천주들 중 네 명을 동시에 상대하고 있는 자기 자신에 대해서 놀라기도 했다.

그러나 그것뿐이었다.

이십 초를 넘기자 온몸이 따로 놀았던 것이다. 스스로의 의지로 통제할 수 없을 만큼 지쳤고, 기운이 다했다.

그들은 평소의 근엄하고 오만하던 태도를 버리고 악에 받친 짐승들로 변했다.

이릉운이 자신들의 공격 속에서 이십 초가 지나도록 버티고 있다는 게 그들을 그렇게 만들었다.

그의 무위가 저희들 중 누구보다 높다는걸 인정할 수 없었던 것이다. 그래서 이 기회에 이릉운을 죽여 버리지 않으면 장차 감당할 수 없는 후환이 될 것임을 느꼈다.

"대단하다! 하지만 그렇기 때문에 살려둘 수 없다!"

외친 을목장주 관패호가 십이성 공력을 실어 자신의 성명절기인 을목신장을 쳐냈다.

동시에 한줄기 악독한 검강이 소리도 없이 등 뒤에서 파고들었다. 점창의 이풍룡이다.

이릉운의 쌍장에 밀려 물러났던 담옥천과 하운봉 또한 호시탐탐 기회를 노리고 있다.

이릉운은 이것이 저의 마지막이 될 것이라고 생각했다. 여기까지가 제 인생의 여정이었다면 담담히 받아들이리라.

두려움이나 아쉬움은 없었다. 허무할 뿐이다.

그가 마지막 기력까지 남김없이 끌어올려 두 손에 실었다.

그것으로 다시 한 번 풍약헌에게서 나온 그 면장을 쳐냈다.

아무런 기척도, 소리도 없이 한줄기 미풍 같은 장력이 느릿느릿 밀려 나갔다. 은은한 향기마저 나는 것 같다.

그것의 무서움을 충분히 경험한 관패허와 이풍룡의 얼굴에 두려운 기색이 떠올랐다.

그들이 극히 신중하게 가슴 앞에 한 손을 모아 방비하면서 장력과 검강에 더욱 내력을 집중해 밀고 쳐냈다.

우르릉거리는 소리와 함께 그들의 굳센 경력이 충돌하자 백색 섬광이 번쩍이며 땅이 흔들리고 하늘이 흔들렸다.

쿠앙! 하고 뒤늦게 터져 나온 기파의 폭발음이 백 개의 벼락이 동시에 떨어진 것 같은 굉음으로 세상을 뒤덮었다.

쏟아져 나오는 풍압으로 인해 담옥천과 하운봉은 제대로 서 있을 수가 없을 지경이었다.

그들이 비틀거리며 물러설 때 대격돌의 권역 밖으로 두 사람이 튕겨지듯 떨어져 나왔다.

관패허와 이풍룡이었다.

그들의 안색은 창백했고, 옷이 갈가리 찢어진데다가 봉두난발이 되어 있어서 한눈에 낭패한 기색이 역력했다.

"우욱!"

두 사람이 괴로운 신음과 함께 울컥울컥, 선혈을 토해내며 털썩 주저앉았다.

가슴을 누른 채 숨을 헐떡이는 것이 적지 않은 내상을 입은 게 분명했다.

점차 기파의 회오리가 가라앉고 거기 우뚝 서 있는 이룡운의 모습이 보이기 시작했다.

그는 한 걸음도 물러서지 않은 채 그 자리에 석상처럼 버티고 서 있었다.

그 모습을 본 담옥천과 하운봉이 "아!" 하고 놀란 외침을 터뜨렸다.

설마 이룡운의 무위가 이 정도일 줄은 꿈에도 생각하지 못했던 일이다.

하지만 그것도 잠시, 이릉운을 바라보던 하운봉이 고개를 갸웃거렸다.

"이상한걸?"

그때는 진양자 담옥천도 이릉운의 모습이 어딘가 이상하다는걸 눈치챘다.

멀쩡한 모습으로 서 있었지만 이릉운의 두 눈에 초점이 없었던 것이다.

두 팔을 축 늘어뜨린 채 그저 멍하니 서 있는 그였다.

"놈, 그러면 그렇지."

하운봉이 잔혹하고 음흉한 미소를 피워 올리며 그렇게 중얼거렸다.

전력을 다한 두 사람의 천주를 동시에 상대하고도 멀쩡할 수 있는 자가 세상에 있을 리 없다는 생각에 회심의 미소를 지은 것이다.

과연 이릉운은 그 누구보다 심각한 내상을 입고 있었다.

피를 토해낸 관패호나 이풍룡의 상태는 오히려 나았다. 이릉운은 내상이 밖으로 터져 나오지도 못할 정도로 깊고 심했던 것이다.

체내에 충격이 고스란히 남아 기혈이 안으로 폭발해 버렸다. 그건 돌이킬 수 없는 상태였다.

하지만 하운봉은 그 기회를 틈타 단창을 휘두르며 달려들지 못했다.

이릉운의 상태가 심각하기 짝이 없다고 느끼지만 '그래도 혹시', 하는 일말의 두려움이 있기 때문이었다.

진양자 담옥천은 이릉운의 그런 모습이 안타까워서 차마 손을 쓰지 못하고 있었다.

그들이 각기 다른 생각으로 망설이고 있는 동안 이릉운의 눈이 조금씩 초점을 찾아갔다.

"휴—"

그가 길게 탄식하고 밀랍처럼 창백한 얼굴을 천천히 돌려 하운봉과 담옥천을 바라보았다.

"두 분은…… 손을 쓰지 않으시려오?"

느릿느릿 하는 말에 한 점의 기운도 실려 있지 않다.

하운봉의 눈에 교활한 빛이 떠올랐다.

그가 흐흐, 웃으며 단창을 쥐고 한 걸음 나서자 담옥천이 그의 팔을 붙잡았다.

"하 형, 서두를 것 없지 않겠소? 그의 부상은 보기보다 심한 것 같으니 스스로 쓰러질 때까지 조금만 더 기다려 줍시다. 그게 그에 대한 마지막 예의가 아니겠소?"

그 말에 하운봉이 쓴 입맛을 다시고 걸음을 멈추었다.

항거할 능력을 상실한 자를 공격해서 죽인다면 자신의 명예에 누가 될 뿐 조금의 자랑거리도 되지 못한다는걸 깨달은 것이다.

그럴 바에야 담옥천의 말에 따르는 게 자비를 베푸는 일이 될 것이라고 생각했다.

과연 이릉운은 빠르게 생기를 잃어가고 있었다.

그가 떨리는 손으로 품을 더듬었다.

"다 틀렸다. 다 틀렸어…… 당신들은 헛수고를 했구려. 어리석음과 욕심이 스스로를 망치고 모든 일을…… 수포로 돌아가게 했소. 아, 참으로 애석한 일이오."

띄엄띄엄 말한 그가 품에서 소중히 간직하고 있던 두 개의 물건을 꺼냈다.

마교삼보로 불리는 것들 중 두 가지인 풍뢰경과 귀면옥패였다.

그것을 본 하운봉과 담옥천이 "아!" 하는 탄성을 터뜨렸고, 한쪽에서 운기조식하고 있던 관패호와 이풍룡도 눈을 부릅떴다.

그들이 힘겹게 몸을 일으켜 다가와 하운봉 곁에 나란히 섰다.

이릉운의 손을 바라보는 네 사람의 눈이 탐욕으로 번쩍였다.

그들이 그토록 원하는 물건이 눈앞에 있는 것이다. 여태까지 그런 게 있다는걸 듣기만 했지 이렇게 보는 건 처음이었다.

네 사람이 동시에 서로를 바라보았다.

누구든 저것을 손에 넣으면 그 즉시 다른 세 사람의 공격을 받게 될 것이기 때문이다.

그때는 어떻게 할까, 하는 생각이 빠르게 네 사람의 머릿속을 스쳐 지나갔다.

"어리석은 사람들 같으니……."

이룡운이 길게 탄식했다.

"어?"

"아니, 저거……!"

네 사람이 일제히 당황한 외침을 터뜨렸다.

이룡운의 손에 있던 두 개의 보물이 서서히 무너지고 있었던 것이다. 형체가 흐려지더니 이내 와사삭 부서져 가루가 되었다.

손가락 사이로 주르르, 흘러내려 버리고 마는 그 기막힌 광경에 네 사람은 입을 딱 벌리고 "어, 어?" 하는 소리만 낼 뿐이었다.

이룡운이 처연한 웃음을 지었다.

"이건 그대들 모두의 잘못이오. 내 탓이 아니란 말이외다."

그가 관패호, 이풍룡과 싸울 때 그렇게 되었다는걸 모두는 짐작했다.

이룡운을 친 그들의 막강한 내가잠력이 두 가지의 보물마저 가루로 만들어 버린 것이다.

"아!"

그 충격적인 사실에 관패호와 이풍룡의 안색이 핼쑥해졌다.

그렇다고 이룡운의 장력에 고스란히 당하고 있을 수는 없던 일 아니던가. 그러니 불가항력일 수밖에 없었다.

그러나 담옥천과 하운봉은 모든 원망을 눈길에 실어 매섭게 그들 두 사람을 노려보았다.

그들 사이의 갈등을 바라보던 이룡운이 처연하게 웃었다.

"이 모든 게 다 하늘의 벌이겠지. 원래 천마비동은 신기루 같았을 뿐이오. 그것을 잡으려고 한 우리의 욕심이 어리석었다는걸 깨달아야 할 것이오."

힘겹게 말을 마친 이릉운이 천천히 주저앉았다.

생기가 꺼져 가는 게 확연히 느껴지는 것이어서 네 사람은 아무 말도 하지 못했다. 눈앞에서 죽어가는 이릉운을 지켜보는 심정이 착잡하기 짝이 없었다.

그때였다.

"사부님!"

갑자기 들려오는 커다란 외침에 그들이 깜짝 놀라 바라보았다.

동쪽에서 한 사람이 쏜살같이 달려오고 있었다. 그 경공신법이 놀라운 것이어서 네 사람의 눈이 커졌다.

휘익, 하는 날카로운 휘파람 소리와 함께 한 사람이 이릉운 곁에 멈추어 섰다.

단운도였다.

"사부님!"

그가 외치며 이릉운을 품에 안았다. 네 명의 천주가 지켜보고 있지만 안중에도 없는 듯했다.

그를 알아본 건 관패호와 담옥천이었다.

운도가 상왕 황준보를 따라 풍사곡의 무리를 피해 달아나고 있을 때 소식을 듣고 급히 그들을 추격해 왔던 적이 있었는데 그때 보았다.

당시에 운도와 상왕은 흑풍객 장하륜의 보호를 받고 있어서 어떻게 손도 써보지 못하고 돌아가지 않았던가.

벌써 십여 년 전의 일이지만 그때의 기억이 생생하게 살아난 관패호가 냉엄하게 말했다.

"이제 보니 너는 그때의 그 애송이로구나. 흥, 오늘은 또 어떻게 내 손에서 벗어나려는지 궁금하구나."

그의 눈에는 운도가 여전히 애송이로만 보였다.

"엇?"

운도를 유심히 바라보던 점창파의 이풍룡이 놀란 소리를 냈다.

운도가 등에 메고 있는 칼을 본 것이다.

"저건 쾌도왕 전풍의 뇌전도가 아닌가!"

그의 외침에 천주들의 눈길이 일제히 그것에 쏠렸다.

그중에 뇌전도를 알아보는 자는 이풍룡과 담옥천뿐이었다. 그들은 과거 쾌도왕 전풍과 한 번씩 싸워본 전력이 있었던 것이다.

산동의 하운봉과 을목장주 관패호는 뇌전도를 본 적이 없으나 그것이 마교삼보 중 하나이고, 그것에 천마비동의 지도가 새겨져 있다는 건 들어 알고 있었다.

'그렇다면!'

모두의 머릿속이 환하게 밝아졌다.

이룡운이 마지막 힘을 다해 운도에게 초점을 맞추었다.

겉으로 보기에는 멀쩡해 보이지만 그의 내부는 이미 가루가 되다시피 망가졌다는걸 운도는 잘 알 수 있었다.

대라신선이 도와준다고 해도 살아날 수 없는 것이다.

아버지처럼 자신을 돌보고 키워주었던 사부 아닌가.

젖먹이였던 자신을 품에 안고 화산을 떠날 때의 그 심정이 어땠을 것인가.

짝사랑하던 사매의 죽음을 지켜보아야만 했을 때의 심정보다 더 큰 절망을 느꼈을 것이다.

그러나 이릉운은 정적이자 원수라고 해야 할 자의 혈육을 버리지 않고 제 피붙이인 것처럼 키웠다.

운도에게 이릉운은 아버지이면서 사부이기도 했던 것이다.

한때는 그의 알 수 없는 행동에 의문을 품고 사부를 미워하기도 했었다.

사부가 끝까지 자신을 속인 것에 대한 실망감으로 방황하기도 했고, 그래서 자신의 정체성을 찾고야 말겠다는 집념을 갖기도 했다.

바로 그러한 집념이 오늘날의 저를 만들어주었으니, 돌이켜 생각해 보면 그것 또한 사부가 베풀어준 은덕이라고 하지 않을 수 없다.

그 사부가 지금 제 품에서 죽어가고 있다.

"사부님……."

이릉운을 부르는 목이 메었다. 기어이 뜨거운 눈물이 볼을 타고 주르륵, 흘러내려 이릉운의 얼굴에 뚝뚝 떨어졌다.

그 때문이었을까? 이릉운의 정신이 더욱 맑아진 것 같았다.

회광반조의 현상이었다.

"슬퍼할 것 없다."

이릉운이 떨리는 손을 뻗어 운도의 볼을 쓰다듬었다.

"저승에는 그보다 내가 한발 앞서 갈 수 있게 되었으니 잘된 일이지."

"사부님."

"흘흘, 저승에 가면 사매를 다시 만날 수 있을 것 아니겠느냐? 그곳에는 그가 없으니 훼방 놓을 자도 없겠지. 사매도 오직 나만을 바라보아 줄 것이다."

그가 말하는 사람이 풍약헌이라는 걸 운도는 이제 잘 알고 있었다.

이릉운에게 있어서 그는 죽이고 싶도록 미운 연적이면서 또한 존경과 흠모의 대상이었다.

그 갈등을 내내 가슴속에 감추고 살아왔는데, 이제는 홀가분해진 것이다.

이릉운의 얼굴에 미소가 번졌다.

"천마비동은……."

이릉운의 입술이 파르르 떨렸다.

아직 그곳에 대한 일말의 미련이 남아 있는 것 같았다. 그러나 이내 포기한다.

"그것은 영원히 세상에 드러나지 않는 게 좋을 것이다."

운도의 볼을 어루만지는 손길에서 급격히 힘이 빠져나갔다.

기어이 그것이 툭, 떨어지는 것과 함께 이릉운의 눈이 감졌다.

"사부님!"

그를 끌어안고 울부짖던 운도가 천천히 이릉운을 내려놓았다.

그때까지 묵묵히 기다려 주었던 자들이 그의 몸에 시선을 집중했다.

느릿느릿 돌아선 운도의 눈에 핏발이 서 있었다.

그가 한줄기 차가운 미소를 지으며 그들을 한 사람씩 뚫어지게 바라보았다.

"당신들이 행한 어리석은 짓의 결과를 내가 감당해야 한다니 억울하기 짝이 없소."

그의 말투는 냉엄했다. 네 명의 천주가 눈앞에 있지만 그들을 조금도 공경하지 않는 건 물론 두려워하지도 않았다.

네 사람은 운도의 말이 무엇을 뜻하는 건지 잘 알았다.

그래서 부끄러움과 함께 노여움이 치솟는다.

"애송이! 헛소리하지 말고 그 칼이나 내놓고 썩 꺼져라. 그러면 목숨은 살려서 보내주겠다!"

관패호가 버럭 외치고 앞으로 나섰다.

이릉운과의 일전으로 인해 심각한 내상을 입고 있었지만 운도쯤은 지금의 상태로도 충분하다고 자신한다.

운도가 천천히 등 뒤의 칼을 뽑았다.

쨍, 하는 소리와 함께 도신이 드러나자 번쩍이는 광채가 사방으로 뿌려져 눈이 부실 지경이었다.

우우웅—

칼이 운다.

운도의 마음속 격정과 분노를 그것이 읽었고, 모조리 빨아들이는 것 같았다.

운도는 십천의 천주들과 싸운다는 것에 대해서 조금의 두려움도 느끼지 않았다. 사부 이릉운의 죽음 앞에서 느끼는 분노와 적의가 오히려 몇 배나 컸던 것이다.

"당신들은 내 사부님을 죽이지 말았어야 했고, 나와 마주치지 말아야 했소."

"뭐라고?"

"그랬더라면 십천의 천주라는 명예를 간직한 채 한가로운 여생을 보낼 수 있었을 것이오."

"건방진 놈."

어이없어하던 관패호가 냉혹해 보이는 비웃음을 흘렸다.

운도가 칼을 완전히 뽑았다.

그것의 눈부신 백광이 주위에 있는 어둠을 모조리 밀어내는 것 같았다.

아지랑이 같은 기운을 서리서리 감고 허공에 뻗어 있는 차고 창백한 도신.

네 명의 천주는 모두 그것이 내뿜고 있는 그 지독한 기운 앞에서 당황했다. 그건 마기이면서 요기라고 해야 할 만한 그런 기운이었다.

저도 모르게 긴장하게 되고, 심장이 위축된다.

‘그럴 리가 없어.’

관패호가 어금니를 악물었다.

운도가 보여주고 있는 무시무시하고 차가운 기운을 애써 부정했다.

그것이 뇌전도에 실려 저렇게 뿜어지고 있다는걸 인정하고, 그래서 마음에 두려움이 생겼다는걸 인정하는 건 수치스런 일이기도 하다.

먼저 나섰으니 이제 와서 슬그머니 물러설 수도 없는 일이다.

관패호가 애써 내력을 끌어올렸다.

아직 내상으로부터 회복되지 못한 탓에 가슴에 무거운 통증이 느껴지지만 그것마저 애써 무시했다.

그는 단운도라는 저 애송이 놈이 자신의 을목신장을 당할 수 없을 것이라고 믿었다.

천하를 지배했던 자기만의 신공절학 아니던가.

장법과 신공으로 당당히 십천의 천주 중 한자리에 올라섰다.

그 사실에 관패호는 자부심과 함께 넘치는 자신감을 되찾았다.

“애송이 놈. 사부와 제자를 한꺼번에 죽이는 게 마음에 걸린다만 네가 자초한 일이니 나를 원망하지 말거라.”

후우웅, 하는 웅장한 소리가 허공에 은은한 진동을 일으키며 퍼져 나갔다.

관패호의 내력은 부상에도 불구하고 여전히 위력적이었다. 달리 신공이라고 불리는 게 아닌 것이다.

두 손에 한껏 을목신공을 불어넣은 관패호가 성큼 한 걸음 내딛으며 장력을 쳐냈다.

쿠르르르─

먼 데서 산사태가 난 것같이 무겁고 웅장한 기음과 함께 그와 운도 사이의 공간이 요동을 쳤다.

밀려드는 경력의 힘이 공기를 압축하여 만 근의 압력을 느끼게 한다.

숨을 쉬기는커녕 온몸의 혈관들이 그 압력에 견디지 못하고 곧 터져 버릴 것 같은 지독함이었다.

커다란 바위 봉우리 한 개를 어깨 위에 올려놓은 것처럼 온몸을 짓눌러오는 무시무시한 압력 속에서 운도가 천천히 뇌전도를 들어 올렸다.

그 모습이 지극히 힘들어하는 것 같았다. 한 치의 허공을 들어 올리는 게 천만 근의 바위를 들어 올리는 것처럼 느껴지는 것인지도 모른다.

담옥천이 저도 모르게 탄식을 흘렸다. 그의 눈에도 운도가 관패호의 일 장을 견디지 못하고 피를 토하며 거꾸러질 것처럼 보였던 것이다.

사부와 제자가 한날 같은 곳에서 나란히 죽는다는 건 비극 중의 비극이다. 마음에 운도에 대한 연민이 생겨 그를 바라보고 있기 괴로웠다.

그러나 하운봉과 이풍룡은 그렇지 않았다.

그들은 관패호가 일장으로 운도를 쳐죽이고 뇌전도를 빼앗은 뒤를 생각하고 있었다.

뇌전도를 곱게 관패호에게 양보할 수 없다는 게 공통된 생각이었다. 그래서 내가 먼저 나설 걸 그랬다는 후회 때문에 마음이 편치 못했다.

그들의 눈에는 운도가 맛있는 먹잇감으로 보였던 것이다. 주인이 없으니 누구든 먼저 집어먹는 사람이 임자 아니던가.

그들이 각기 그런 생각으로 관패호와 운도에게서 눈을 떼지 못하고 있을 때 운도의 입에서 쩌르릉, 울리는 커다란 기합성이 갑자기 터져 나왔다.

관패호의 일장이 가져다주는 압력의 정점에서였다.

"이얍!"

콰르릉—

갑작스럽게 터져 나온 그 괴성에 그를 바라보던 천주들이 모두 흠칫, 놀랐을 때 허공에서 엄청난 굉음이 터졌다.

머리 위에 낙뢰가 내리꽂히는 것 같은 굉음이면서, 눈부시게 번쩍이는 창백한 빛 한줄기였다.

그것은 정말 낙뢰인지도 몰랐다.

뇌전도가 뿜어낸 그것은 한낱 쇠붙이에 불과한 칼의 기운이라고는 도저히 믿을 수 없는 맹렬함이고 강력한 힘이었다.

그리고 무엇보다 무시무시하게 빠르다.

퍽!

관패호의 머리가 두 쪽으로 갈라졌다.

그의 금강석 같은 장력을 대나무 쪼개듯 곧장 가르며 떨어진 낙뢰가 그의 머리통 속으로 빨려 들어간 것이다.

손을 써볼 수도 없는 극쾌의 한순간이었다. 그래서 지극히 비현실적으로 보이는 광경이기도 했다.

남은 세 명의 천주는 자신들의 눈을 의심했다. 지금 본 것이 현실이라고 믿을 수 없었다.

찰나에 떠오르고 사라지는 환상이면서 악몽인 것 같았다.

어깨 위에 두 쪽의 머리통을 붙여놓은 꼴이 된 관패호의 모습마저 헛것인 것처럼 보인다.

그들은 관패호가 비명조차 지르지 못하고 서서히 무너지는 걸 멍하니 바라보고만 있었다.

그리고 다시 "이얍!" 하는 굉렬한 기합성이 터져 나와 그들의 혼미한 정신을 두드려 깨웠다.

쉬아앙—

귀청을 뚫고 쏟아져 들어오는 날카로운 휘파람 소리.

"으헉!"

운도의 칼빛이 콧잔등에 밀려들었을 때에야 기겁한 하운봉이 비명을 터뜨리며 자신의 절세신법인 구천낙일보(九天落日步)를 밟아 신형을 사방으로 흩쳤다.

그러나 운도의 칼은 사라지지 않았다.

귀신처럼 뒤쫓으며 믿어지지 않는 압력을 쏟아낼 뿐이다.

"이놈!"

"그만두지 못해!"

하운봉보다 늦게 정신을 차리고 현실 감각을 되찾은 담옥천과 이풍룡이 노성을 터뜨리고 힘껏 몸을 날렸다.

그러나 비록 촌각의 차이였을망정 그것은 운도와 하운봉에게 있어서 억겁만큼이나 긴 시간이고 공간이었다.

그 속에서 운도의 쾌도는 벌써 다섯 차례나 번갯불을 토해 냈고, 매번 하운봉에게서 삶의 희망을 빼앗아갔다.

번쩍!

여섯 번째 칼이 허공을 그었을 때 하운봉에게는 이제 한 가닥의 삶에 대한 희망도 남아 있지 않게 되었다.

서걱!

살을 베고 뼈를 자르는 끔찍한 소리가 공허한 허공에 울렸다.

콰르릉—

쉬아앙—

그리고 담옥천의 장력과 이풍룡의 검강이 촌각의 차이를 두고 그곳을 휩쓸었다.

그러나 운도의 칼은 이미 하운봉의 몸통을 두 토막으로 가르고 빠져나와 허공에 완만한 곡선을 뿌리며 돌아오고 있는 중이었다.

칼에 이끌린 듯, 그의 몸이 순간 이동을 한 것처럼 보였다. 하운봉을 친 자리에서 다섯 걸음 벗어나 이풍룡의 검을 향해 정면으로 돌아서고 있었던 것이다.

콰르릉—

그의 뇌전도가 허공에 흰 궤적을 잔상처럼 뿌리며 떨어질 때마다 우레 치는 소리가 났다. 귀를 먹먹하게 하고 정신을 제압하는 끔찍한 소리였다.

벌써 두 명의 천주를 쪼개고 벤 칼이지만 아직도 배고파하는 것 같았다. 어쩌면 영영 만족이라는 걸 모르는 아귀 같은 칼일 것이다.

쾅!

그 아귀 같은 칼이 이풍룡이 쳐내는 검강을 무 자르듯 해버렸다.

이풍룡의 가슴이 섬뜩하게 밀려드는 두려움으로 떨렸다.

"이럴 리가 없다!"

그가 자신의 그 두려움을 찍어 누르려는 듯이 고함치며 다시 맹렬하게 점창파의 비전 절기인 사일검법(斜日劍法)을 쳐냈다.

십성의 공력을 한껏 실었지만 조금 전 이릉운과의 일전에서 얻은 내상이 있는 터라 자신의 바람만큼 되지는 못했다.

진기가 힘껏 뻗어 나가는 순간 가슴에서 딱 막히는 답답함을 느낀 것이다.

그러나 그는 그것만으로도 운도를 상대하기에 충분하다고 생각했다. 관패호가 했던 것과 똑같은 실수를 이 긴박한 순간에 그 또한 하고 있었던 것이다.

오만한 자부심 때문이고, 반드시 이길 것이라는 지나친 믿음 때문이기도 했다.

그의 사일검법이 눈부신 광휘를 뿌리며 하늘을 온통 덮듯이 쏟아지지만 운도는 오직 한 가지의 도법만을 알 뿐이었다.

쾌도다.

쾌도왕의 그것보다 몇 배는 더 강렬하고 끔찍해진 그의 칼이 무지개를 끊어버리는 뇌전이 되었다.

쾅!

그의 뇌전도가 다시 한 번 이풍룡의 검강이 쳐놓은 그물을 산산이 부수며 떨어졌다.

"끄아악!"

이풍룡의 입에서 굉장한 비명이 터져 나왔다. 그 자신도 믿을 수 없는 이 끔찍한 악몽에서 벗어나려고 필사적으로 터뜨리는 비명이었다.

그렇게 하면 이 지독한 꿈에서 깨어날 수 있을 것이라고 믿은 건지도 모른다.

그러나 그건 꿈이 아니었다.

운도의 뇌전도는 이풍룡을 왼쪽 어깨에서부터 오른쪽 가슴에 이르기까지 비스듬히 쪼개놓고 있었다.

그 칼이 피를 뿌리며 빠져나와 다시 원을 그리며 허공을 맴돌아 떨어지는 곳에 밀려든 진양자 담옥천의 웅장한 장력이 있었다.

쿠앙!

그것을 바윗돌 쳐부수듯 산산이 쪼개 버리는 칼이었다.

"으헉!"

이풍룡의 끔찍한 죽음과 천 조각, 만 조각으로 부서져 허공에 흩어져 버리는 자신의 내가경기에 놀란 담옥천이 비명을 지르며 급히 몸을 굴렸다.

쉬아앙—

간발의 차이로 그의 정수리를 스치며 서늘한 기운이 스쳐 지나갔다.

철판교의 신법으로 한껏 뒤로 몸을 눕힌 담옥천이 발끝으로 땅을 차며 거푸 다섯 번이나 뒤로 재주를 넘어 저만큼 떨어진 곳으로 물러섰다.

운도는 그를 쫓아 들어가지 않았다.

단번에 세 명의 천주를 쪼개 버린 그 무시무시한 칼을 머리 위로 치켜든 채 우뚝 서서 담옥천을 노려보고 있다.

그의 살기로 번쩍이는 두 눈이 담옥천을 꼼짝하지 못하게 옭아맸다.

"대체, 대체…… 이게…… 이게 가능한 일이란 말인가?"

담옥천이 새하얗게 질린 얼굴로 운도를 멍하니 바라보며 중얼거렸다.

자신들이 아낌없이 절기를 물려주어 키워낸 자.

천하제일이자 고금제일이라고 해도 부족함이 없을 십천지주 이귀율.

그조차도 지금 눈앞에서 보여준 운도의 저 맹렬하고 사나우며 지독한 도법 앞에서는 상대가 될 것 같지 않았다.

이제는 자신들의 무위마저 뛰어넘어 어떻게 통제할 수 없게 된 십천지주 이귀율보다 운도의 칼이 더 무섭게 느껴지는 자기 자신을 이해할 수 없기도 하다.

그래서 담옥천은 멍청한 바보가 된 것 같았다.

눈앞에 닥치는 죽음을 피할 생각도 잊어버린 채 그저 눈을 부릅뜨고 운도와 그의 칼을 바라볼 뿐이었다.

"돌아가시오."

운도가 천천히 칼을 내려뜨리며 무심하게 말했다.

"사부님과 당신의 친분을 생각해서 처음이자 마지막 자비를 베푸는 것이오."

"자비를…… 베푼다고? 나에게? 이 진양자 담옥천에게 말인가?"

담옥천은 운도의 그 말을 믿을 수 없었다.

이 세상에서 저에게 그렇게 말할 수 있는 자가 누가 있단 말인가.

이귀율이라고 하더라도 이처럼 함부로 말하지는 못할 것이다.

그러나 운도의 무심한 모습 앞에서 담옥천은 더 이상 의아해하지도, 부끄러워하거나 불쾌해하지도 못했다.

그의 칼에 의해 단번에 죽어버린 세 명의 천주가 저기 저렇게 쓰러져 있지 않은가.

누가 저 참혹한 주검을 보고 그들이 천하의 십천으로서, 그 천주들로서 강호를 지배하던 절대자들이었다고 믿을 것인가.

담옥천은 이제 이 세상에서 운도의 저 지독한 쾌도를 상대
할 자가 없을 것이라고 생각했다.

아니, 꼭 한 명을 꼽으라면 십천지주인 이귀율일 것이다.

오직 그만이 운도의 칼에 맞설 수 있는 자일 것이라고 생각
했다.

'과연 그럴까? 그 녀석이 당해낼 수 있을까?'

그러면서도 속으로는 그런 의문이 떠오르는 걸 어쩔 수 없
었다.

"너는, 너는…… 과거의 절대천마 풍약헌보다 더 지독해졌
구나."

담옥천이 떨리는 음성으로 말했다.

"이제…… 어쩔 셈이냐?"

칼을 갈무리한 운도가 미련없이 돌아섰다.

어깨 너머로 무심한 말을 던진다.

"무림맹으로 가겠소. 그곳을 짓밟고 당신들이 만들어낸 괴
물, 이귀율의 목을 칠 것이오. 그게 내가 해야 할 일이고, 하늘
이 나를 강호에 내보낸 이유라오."

'끝났다.'

멀어지는 운도의 뒷모습을 멍하니 바라보는 담옥천의 머릿
속에는 그 생각뿐이었다.

그날, 밤이 깊어가도록 그렇게 못 박힌 듯이 서 있던 담옥천
은 새벽이 되어올 무렵에서야 긴 탄식을 남기고 비틀비틀 그
곳을 떠났다.

이후 소림과 무당이 봉산폐문(封山閉門)했다는 소문이 강호를 시끄럽게 했다.

십천의 천주이면서 소림사의 힘이라고 할 수 있는 탕마무불 각원 선사가 그렇게 명령한 것이다.

사람들은 그가 소림사로 돌아왔을 때 마치 깊은 병에 걸린 노인 같았다고 했다.

언제나 그를 호위하던 사대천왕은 어디에 떼어놓았는지, 홀로 지팡이에 의지하여 겨우 걸음을 옮겨놓더라고 했다.

그리고 산문에 이르자 기력이 다한 듯 풀썩 주저앉아 꺼이꺼이 울더라는 믿지 못할 말이 강호에 소나기처럼 퍼져 나갔다.

그리고 얼마 뒤에는 진양자 담옥천이 귀신에 홀린 것 같은 모습으로 비틀거리며 무당산 자소궁으로 돌아왔다.

그리고 그는 산문을 폐하고 강호에 나가지 않을 것을 천명한 뒤 금정봉 아래 골짜기의 작은 굴에 틀어박혔다.

그 후로 무당파의 제자들마저 다시는 그의 모습을 볼 수 없었다.

무림의 기둥이라고 할 수 있는 그 두 개의 거대 문파가 거의 동시에 봉산폐문을 하자 강호가 온통 경악으로 들끓었다. 그리고 놀람이 가라앉을 무렵에는 깊고 깊은 침묵 속에 빠져들었다.

무림에 커다란 변고가 생길 것을 짐작한 자들은 서둘러 자

신의 문파와 방회의 문을 굳게 닫아걸었고, 고인이라고 할 수
있는 명숙들은 앞 다투어 산속 깊은 곳으로 숨어 들어가 모습
을 감추었다.

　수많은 강호의 문파와 방회가 그렇게 봉문을 했으므로 강호
는 그 어느 때보다 을씨년스러워졌다.

　늘 시끌벅적하던 주루나 객잔에서도 무림인들의 자취가 씻
은 듯 사라져 버려 고요하기만 한 그런 날들이 언제까지 계속
될지는 아무도 알지 못했다.

第十章
반란

마룡의
후예

“대체 저것들은 뭐란 말인가?”

짙은 눈썹을 꿈틀거리며 잔뜩 못마땅하다는 듯 투덜거리는 청년.

이귀율을 보좌하는 십천의 후예들 중 이제는 홀로 남은 을목장의 관후렴이었다.

그는 을목장주 관패호의 자식이면서 지금은 부친을 뛰어넘는 극강한 초인이 되어 있었다.

십천의 천주들이 세운 계획에 의해 그렇게 되었지만 그가 따르는 건 천주들이 아니라 십천지주인 이귀율이었다.

그가 눈살을 찌푸리고 바라보는 곳은 풍사곡이 있는 광문산 아래의 넓은 벌판이었다.

억새가 무성한 황무지인 그곳에서 지금 두 무리의 무사들이 생사를 다투는 치열한 격전을 벌이고 있었다.

고함 소리와 기합성과 병장기 부딪치는 날카로운 소리들이 한낮의 햇빛마저 튕겨내며 사납게 들려오고 있었다.

일천여 명의 백색 무복을 입고 적, 황, 청의 띠를 두른 무사들은 모두 무림맹 소속이었다.

적룡, 황룡, 청룡의 삼 개 용신대에서 뽑은 정예들이다.

관후렴이 그들을 이끌고 나온 건 이귀율의 명령에 의해서였다.

십천의 천주들이 천마비동을 얻기 위해 모두 움직였다는걸 안 이귀율이 버럭 화를 냈던 것이다.

"그들이 감히 나를 배반하려 하다니!"

분노하는 건 천주들의 독단적인 행위 때문이었다.

그들이 저에게 보고나 상의도 하지 않았다는걸 노여워할 만큼 이귀율의 존재는 까마득히 높아져 있었던 것이다.

그는 십천의 천주들마저 자신의 수하처럼 여겼다.

이귀율은 이룡운에게 천마비동의 열쇠라고 할 수 있는 두 가지 보물이 있다는걸 알고 발을 굴렀다.

"그 늙은이가 내내 숨어 있더니 그런 꿍꿍이가 있어서였구나! 흥, 하지만 내가 있는 이상 한 가지도 뜻대로 할 수 없을 것이다!"

자리를 박차고 일어서는 그를 관후렴이 제지했다.

"고정하소서, 천주시여. 이런 일에 천주께서 몸소 나설 필요가 있겠습니까? 저에게 맡겨주시면 처리하겠습니다.”

이귀율이 관후렴을 뚫어지게 바라보았다.

그러면 앞서 풍사곡을 지나지 못하고 죽어버린 네 명보다 믿음직했다.

백풍산 등 다섯 명의 초인 중 관후렴의 무공이 가장 높았던 것이다.

이귀율은 그가 두 명의 천주를 거뜬히 상대할 수 있을 것이라고 믿었다.

거기 관패호가 있으니 그는 아들의 뜻을 거슬러 대항하지 않을 것이다. 관후렴의 말 몇 마디면 설득당해 돌아설 게 뻔하다.

거기에 무림맹의 정예들을 일천 명쯤 이끌고 간다면 이릉운과 소림의 각원 선사, 점창의 이풍룡, 무당의 진양자 담옥천 등 네 명의 천주가 모두 반발한다고 해도 충분히 제압할 수 있다.

그렇게 생각한 이귀율이 다시 보좌에 앉았다.

“무슨 수를 쓰든 그들을 막고 천마비동의 열쇠인 마교삼보를 가져와라. 그곳을 여는 건 내가 할 일이고, 그곳을 없애 버리는 것도 내가 해야 할 일이다.”

“존명!”

관후렴이 복명하고 보무도 당당하게 천존전을 나갔다.

그리고 즉시 무림맹의 최정예들을 거느리고 바람처럼 사천으로 달려가는 중인데 이곳에서 가로막힌 것이다.

관후렴이 눈살을 찌푸리는 건 겁도 없이 싸움을 걸어온 자들 때문이었다.

제각각의 험한 복장에 생긴 것도 우습게 생긴 한 떼가 황무지 건너편의 숲 속에서 불쑥 뛰쳐나와 곧장 용신대의 고수들에게로 달려들었던 것이다.

일견 산적의 무리들로 보였다. 그런 자들이 감히 무림맹의 정예한 용사들에게 달려드는 게 가소롭기만 했다.

"짓밟아 버려라."

그래서 가볍게 명령하고 다섯 명의 호위와 함께 언덕 위의 소나무 그늘에서 느긋하게 구경하고 있던 중인데 상황이 묘하게 일그러져 가고 있었다.

앞서 기세 좋게 달려나왔던 한 떼의 괴한들이 이내 패주하여 숲 속으로 쫓겨갔다.

그 뒤를 무림맹의 무사 일백여 명이 뒤쫓았다. 하나도 남김 없이 잡아 죽이려는 건 감히 자신들의 진로를 방해하고 나선 자들에 대해서 괘씸한 마음이 들었기 때문이다.

황룡대에 속한 일백 명이 함성을 지르며 쫓아가 달아나는 자들의 꼬리를 물기 직전이었다.

쿵!

숲 속에서 철고를 두드리는 소리가 우렁차게 들렸다.

그것을 신호로 한 듯, 쏴아— 하는 요란한 소리가 곧 하늘을 뒤덮었다.

한낮의 태양마저 가려져 주위가 갑자기 어두컴컴해졌다.

놀라 바라보는 자들의 머리 위로 수없이 많은 화살의 소나기가 쏟아지고 있었던 것이다.

그때부터 아비규환의 지옥도가 펼쳐졌다. 눈 깜짝할 새의 변고였다.

수많은 화살들이 일백 명의 머리 위로 쏟아지자 그건 커다란 그물을 덮어씌우는 것 같았다. 누구도 빠져나갈 수 없었다.

참혹한 비명 소리가 연이어 터져 나왔다.

병장기를 휘둘러 화살을 쳐내는 소리도 쨍강거리며 귀따갑게 들려왔다.

그러나 아무리 개개인의 무공이 높다고 해도 그처럼 퍼부어대는 화살의 소나기 앞에서는 어쩔 수가 없었다. 더구나 대열도 갖추지 않고 한 덩어리가 되듯이 뭉쳐서 달려온 자들 아니던가.

화살을 쳐내기 위해 필사적으로 휘두르는 도검에 곁에 있던 동료가 상하기 일쑤였다.

그렇게 갑작스런 혼란은 오래 계속되지 않았다.

참혹한 비명이 곧 끊어지고, 벌판 저쪽에는 일백여 구의 주검이 널브러졌다. 모두 고슴도치처럼 되어버린 처참한 모습들이었다.

그 의외의 일에 다들 어리둥절해졌고, 관후렴도 눈을 부릅떴다.

쿵!

그때 다시 한 번 처음보다 더욱 우렁찬 철고 소리가 숲 속에서 터져 나왔다.

"와아!"

“한 놈도 남겨두지 말고 죽여라!”

“복수할 때가 되었다!”

온갖 시끄러운 함성과 함께 일천여 명의 무리가 어지럽게 쏟아져 나왔다.

복장도 제각각이고, 들고 있는 병장기도 제각각이었다.

관후렴은 어이가 없었다. 산적 나부랭이들이 간덩이가 부어도 그렇지, 감히 무림맹의 고수들에게 대든단 말인가.

“저것들이 죄다 미쳤나?”

중얼거리던 관후렴이 이를 악물었다.

방금 눈앞에서 손 한 번 써보지 못하고 죽어버린 일백여 명의 무사를 생각하면 저놈들이 철부지 어린아이들의 집단이라고 해도 용서할 수 없다.

“모두 죽여 버려라! 더 이상 저놈들이 숨 쉬고 사는 걸 허락하지 않겠다!”

그는 자신이 마치 신이라도 되는 것처럼 명령했다.

살리고 죽이는 걸 제 마음대로 결정하는 절대자가 된 것 같았다.

그 즉시 이를 갈고 있던 무림맹의 고수들이 마주 쏟아져 나갔고, 황무지 복판에서 두 무리의 무사들이 충돌해 피아를 구분하기 힘든 난전을 벌이기 시작했던 것이다.

관후렴은 곧 진압될 것이라고 믿었다. 그래서 다시 한 번 느긋한 마음으로 소나무 그늘에 서서 관전하고 있었는데, 상황이 묘하게 변하기 시작하고 있었다.

"밀려? 밀리다니?"

어떻게 이런 일이 있을 수 있나? 하고 눈을 크게 뜨지 않을 수 없었다.

놀랍게도 무림맹의 정예인 용신대의 무사들이 고전을 면치 못하고 있는 것 아닌가.

그건 좌우 숲에서 두 번째 무리가 쏟아져 나와 전장을 가르면서 더욱 심해졌다.

더구나 그들 두 무리가 한눈에도 범상치 않아 보이는 고수들이라는 게 관후렴을 어리둥절하게 했다.

그들은 강호의 고수가 틀림없었다. 그것도 흔히 볼 수 있는 그런 자들이 아니다.

관후렴은 그들 중 몇 명을 알아보고 상황이 어떻게 된 건지 짐작했다.

"철혈도 나웅신, 무적금창 이수격, 잔월쌍검 하곡련!"

관후렴이 기억하고 있을 만큼 뛰어난 고수인 그들 세 사람은 다름 아니라 무림맹 가입을 거부했던 산동 천마방과 하북의 비룡문, 그리고 호남 진가장의 인물들이었다.

이귀율의 명령에 의해 멸문당했을 때 용케 목숨을 건졌던 것인데, 이귀율과 무림맹에 대하여 씻을 수 없는 원한을 품고 어디론가 사라졌다가 이제 저렇게 나타난 것이다.

그들 삼 인의 활약은 단연 독보적이었다.

지닌바 무위에 원한의 힘이 더해졌으니 죽음을 두려워하지 않고 달려들었기 때문이다.

그들 삼 인 앞에서 무림맹의 고수들은 추풍낙엽이나 마찬가지였다.

"도대체 저걸 어떻게 받아들여야 한단 말이냐?"

관후렴이 다섯 명의 호위를 돌아보았다.

그들은 오직 관후렴의 명령만을 받는 자들이었다.

을목장에서부터 데리고 나왔고, 그동안 관후렴 자신이 직접 지도하고 절기를 전수해 주어 절정의 고수이자 냉혈한 살인 기계들로 만들었다.

"하명하소서."

오 인의 호위무사 중 우두머리인 투호구겸(鬪虎鉤鎌) 장추허가 무심한 어투로 말했다.

관후렴이 고개를 끄덕였다.

자신의 호위들까지 내보내야 하는 이 상황이 몹시 못마땅한 얼굴이었다.

"우선 저 세 놈의 목을 가져와라."

"존명."

장추허가 복명하고 성큼 걸음을 떼자 나머지 네 명이 모두 그의 좌우로 벌려 서서 전장을 향해 언덕을 내려갔다.

점점 걸음을 빨리하더니 끝에는 날듯이 억새풀을 차고 달려가는데, 그 신법이 하나같이 구름을 타는 것처럼 가볍고 날렵하기 짝이 없었다.

그렇게 초상비의 절정 경공신법으로 달려가던 그들 오 인의 무사가 일제히 허공으로 몸을 띄웠다.

다섯 마리의 거대한 독수리가 된 것처럼 허공 높이 솟구쳐 난전을 벌이고 있는 자들의 머리 위를 훌훌 날아 넘는다.

그들이 노리는 건 난전의 복판에 삼각형을 이루고 있는 철혈도 나웅신과 무적금창 이수격, 잔월쌍검 하곡련이었다.

다른 사람들에게는 눈길도 주지 않았다.

쉬앙―

다섯 개의 그림자가 소리도 없이 머리 위에서 떨어져 내릴 때에야 그들 삼 인의 복수자는 수상한 낌새를 눈치채고 흩어졌다. 그만큼 다섯 그림자의 기습이 은밀하고 신속했던 것이다.

그러나 세 사람도 만만치는 않았다.

그 즉시 삼면에서 서로 호응하는 합격진세를 이루고 그들 다섯 명의 척살자를 상대했다.

대등한 싸움이 되는 것 같았다.

그 무시무시한 싸움에 주위에 있던 자들이 흩어졌다.

텅 비어버린 전장의 복판에서 오 인의 그림자 무사와 삼 인의 복수귀가 치열하게 얽혀 돌아갔다.

난무하는 검기와 검강, 병장기 부딪치는 소리와 기합성으로 천지가 떠나갈 듯했다.

팽팽한 것 같던 그들의 싸움은 그러나 한순간에 균형이 무너졌다.

투호구겸 장추호가 두 자루의 구겸을 휘둘러 무적금창 이수격의 목을 쳐버렸던 것이다.

그러자 남은 두 사람은 당장 위급한 지경에 처했다.

장추호가 냉랭한 웃음을 흘리며 다시 구겸을 휘둘러 철혈도 나웅신을 쳤다.

나웅신이 칼을 들어 대항했지만 허공을 날카롭게 긋고 찍어오는 두 자루의 구겸 앞에서 쩔쩔매기만 할 뿐, 제대로 반격하지 못했다.

장추호의 쌍구겸은 그 초식이 간결하면서 편벽 괴이한 데가 많았다. 때로는 칼을 걸어서 잡아당기거나 밀치고, 그 사이로 구겸의 날카로운 끝이 창처럼 찍어오기도 했다.

그 재빠르고 현란한 변화 앞에서 나웅신은 본래의 도법을 제대로 펼치지 못하고 불과 다섯 초식 만에 절체절명의 위기에 몰렸다.

기어이 장추호가 오른쪽 구겸을 나웅신의 칼에 걸어 끌어당기며 왼쪽 구겸을 휘둘러 그었다.

"으악!"

나웅신이 찢어지는 비명을 터뜨렸다. 그의 가슴이 갈비뼈가 드러날 정도로 길게 베어져 선혈과 함께 심장마저 흘러나왔던 것이다.

"흥! 기껏 이 정도의 솜씨로 감히 무림맹에 반기를 들었단 말인가?"

장추호가 비웃음을 던지고 마지막까지 남아 분전하고 있는 잔월쌍검 하곡련을 향해 돌아섰을 때였다.

"너희 다섯 놈의 목숨부터 먼저 끊어놓고 말 테다!"

저쪽에서 이 가는 소리가 들리더니 천둥 치듯 하는 고함이 터져 나왔다.

누군가? 하여 힐끔 돌아본 장추호가 긴장했다.

한 사람이 숲에서 달려나오고 있었는데, 장발이 깃발처럼 나부끼고, 허름한 장포 자락이 활짝 펼쳐져 하늘을 덮을 듯한 괴인이었다.

그러나 장추호가 놀란 건 그의 용모가 아니라 화살이 곧장 날아오는 것 같은 쾌속무비한 경공신법 때문이었다.

바라보고 있는 사이에 괴인은 장추호의 머리 위에서 뚝 떨어져 내리고 있었다. 눈 깜짝할 사이였다.

장추호는 그가 세 번 도약하는 걸 보았다. 그것만으로 일백여 장이 넘는 거리를 단숨에 좁혀왔으니 미처 숨돌릴 새도 없었다고 하는 게 과장이 아니었다.

"이놈!"

정신을 차린 장추호가 날카롭게 외치며 두 자루의 구겸으로 허공을 엇갈려 그었다.

피잉—

번쩍이는 구겸의 스산한 광채를 뚫고 가느다란 쇠꼬챙이 같기도 하고, 회초리 같기도 한 것이 날아들었다.

'이놈이 나를 우습게 여기는 건가?

장추호의 머릿속에 언뜻 그런 불쾌한 생각이 들었다. 두 자루의 구겸으로 절정고수를 우습게 여길 만한 자신을 고작 가느다란 회초리로 상대하니 그렇다.

'좋아, 후회하게 해주지.'

장추호가 싸늘한 비웃음을 매달고 더욱 힘을 실어 좌우의 구겸을 떨쳐 냈다.

금목쌍격(金木雙擊)이라는 그만의 절정 초식이었다.

그것이 장발괴한의 온몸을 난도질해 버릴 기세로 사방을 휩쓸며 베고 찍어갔다.

예리한 구겸의 날에서 쏟아져 나오는 번쩍이는 광채 때문에 눈을 뜨기 어려울 지경이었다.

장추호는 자신의 구겸이 틀림없이 장발괴한의 정수리를 찍고 목을 쳐버릴 것이라고 믿었다.

퍽!

그리고 정말로 뼈를 꿰뚫는 끔찍한 소리가 터져 나왔다.

"헉!"

장추호가 눈을 부릅떴다.

구겸은 허공을 헛되게 가르며 날아갔고, 가느다란 쇠꼬챙이 같기도 하고 회초리 같기도 한 것이 그의 이마 복판을 뚫고 뒤통수로 빠져나와 있었다.

장추호의 눈앞에 우뚝 서 있는 장발괴한의 싸늘한 비웃음이 보였다.

장추호는 지금 이 상황이 무얼 의미하는 건지도 몰랐다. 그저 멍해져서 어리둥절한 얼굴로 괴한을 바라볼 뿐이다.

회초리라고 해야 할 거무튀튀한 물건의 끝을 쥐고 있던 장발괴한이 가볍게 손목을 터는 게 보였다.

그게 장추호가 본 이 세상에서의 마지막 장면이었다.

그리고 제 머릿속에서 무엇인가 이해할 수 없는 진동을 마지막으로 느꼈다.

파아—

장추호의 머리통 위쪽이 산산이 조각나 허공에 흩어졌다. 허연 뇌수와 비릿한 선혈이 사방을 물들인다.

“으헛!”

그 끔찍하고 갑작스런 광경에 나머지 네 명의 호위무사가 놀란 외침을 터뜨리며 일제히 달려들었다.

그들에게 잔월쌍검 하곡련은 더 이상 상대할 가치가 없는 자였다. 오직 저 장발의 괴한을 죽여 우두머리인 장추호의 복수를 해야 한다는 생각만 가득했다.

“아하하하—”

장발의 괴한이 낭랑한 웃음을 흘리며 머리카락을 쳐 넘겼다. 그러자 그의 차가우면서 단단해 보이는 영준한 얼굴이 드러났다.

표사군이었다.

무리들을 이끌고 귀모봉에서 내려와 강호를 한바탕 어지럽힐 작정인 것이다.

그건 곧 무림맹에 대한 도전이면서 타도 이귀율이라는 구호를 실천해 보여주겠다는 의지이기도 했다.

위이잉—

표사군이 허공에 회초리처럼 생긴 그의 독특한 병기를 휘두르자 호각을 부는 것 같은 날카로운 파공성이 터져 나와 귀를 따갑게 했다.

그 소리에 고무된 듯 그를 따라 강호에 다시 나온 무사들이 함성을 지르며 더욱 용맹하게 무림맹의 고수들을 몰아치기 시작했다.

사 인의 호위무사는 눈앞의 표사군이 바로 괴수라는 걸 알았다. 그렇다면 그를 죽이는 게 빨리 이 상황을 끝내는 일이었다.

"쳐라!"

사 인의 호위무사가 사방에서 일제히 표사군을 들이치기 시작했다.

그들의 무위가 이곳에 있는 그 어떤 자들보다 뛰어났다. 윙윙거리는 검명이 하늘을 뒤덮고, 번쩍이는 검기 도광이 눈을 어지럽게 하며 쏟아진다.

표사군이 이 장 길이에 이르는 가느다란 철삭(鐵索)을 다시 한 번 허공에 휘둘렀다. 그것이 채찍인 것처럼 부드럽게 휘어지며 허공을 후려치자 쾅! 하는 폭발음이 터져 나왔다.

표사군은 흑풍객의 독문병장기인 절혼은삭(絶魂銀索)을 모방하여 하나의 철삭을 만들어 자신의 신표이자 무기로 삼고 있었다.

그것을 휘둘러 네 명을 동시에 휘감아간다.

그들이 윙윙거리며 쳐들어오는 표사군의 철삭을 감히 무시하지 못하고 신중하게 상대했다.

재빨리 움직여 방위를 바꾸고 도검을 휘둘러 그것을 끊으려고 했지만 여의치 못한 건 표사군의 솜씨가 워낙 교묘하기도 하려니와, 그의 무지막지한 내력 때문이었다.

흑풍객이 그를 위해 소림사에서 대환단 한 알을 구해다 먹인 이후 표사군의 내력은 과거 십천의 천주들보다 오히려 높아져 있었다.

그동안 쉬지 않고 운기조식하여 신공을 정점에 이르도록 성취한 결과다.

카카캉!

그의 철삭에 부딪친 도검들이 불똥을 날리며 일제히 튕겨졌다.

휘이익―

날카로운 바람 소리가 허공을 끊었다. 낭창거리던 철삭이 돌연 방향을 틀어 두 명의 목을 한꺼번에 휘감았다.

"크악!"

그들의 입에서 동시에 단말마의 비명이 터져 나오고, 매끈하게 잘린 두 개의 목이 허공에 둥실 떠올랐다.

표사군의 철삭은 거기에서 그치지 않았다. 이번에는 창처럼 빳빳해진 그것이 동시에 남은 두 명을 무찔러갔다.

남은 자들의 얼굴이 새파랗게 질렸다. 채찍도 아니고 검이나 봉도 아니고 창도 아니면서 그것들의 특징을 모두 발휘하는 이와 같은 무기는 처음 상대해 보는 터라 마땅히 방어할 방법을 찾을 수 없었다.

있다 하더라도 그것을 펼칠 여유가 없었다. 이미 표사군의 철삭이 코앞에 닥쳐들고 있었던 것이다.

픽!

한 명의 가슴을 가볍게 꿰뚫어 버린 철삭이 부드럽게 빠져 나왔다. 표사군이 그것을 회초리처럼 휘둘러 옆에서 달려드는 마지막 놈의 어깨를 찰싹, 하고 때렸다.

"크억!"

가볍게 보인 일격에 실린 날카로움과 막중한 힘이 그대로 그자의 몸통을 대각선으로 비스듬히 갈라 버린다.

"저놈!"

소나무 아래에서 끝까지 그 싸움을 지켜본 관후렴이 노성을 터뜨렸다.

자신의 호위무사 다섯 명을 죽인 것도 용서 못할 일인데, 표사군이 양떼 속에 뛰어든 사자처럼 긴 머리카락과 장포 자락을 펄럭이며 무림맹의 고수들을 닥치는 대로 도륙하고 있지 않은가.

그가 휩쓸고 지나간 곳에는 살아 있는 자가 없었다.

저러다가는 향 한 자루도 채 타지 못해서 무림맹의 무사들이 전멸해 버리고 말 것 같았다.

관후렴이 우두둑, 하고 손가락 마디를 꺾었다.

기어이 저를 나서게 하는 표사군이라는 놈이 더욱 미워진다.

"죽여주지."

중얼거린 그가 땅을 박차고 몸을 날렸다.

쉬아앙—

머리 위에서 떨어지는 무지막지한 장력.

"홍!"

표사군이 코웃음을 치고 부드럽게 몸을 틀어 비켜섰다.

쿠앙!

요란한 폭음과 함께 그가 서 있던 곳의 땅이 움푹 파이고 흙먼지가 자욱하게 피어올라 사방을 뒤덮었다.

표사군은 저쪽 언덕 위에서 관후렴이 몸을 날릴 때 이미 눈치채고 있었다.

그의 기습적인 일격을 가볍게 피한 표사군이 흙먼지를 뚫고 쏜살같이 뛰어들었다.

"이얏!"

매서운 기합성과 함께 힘껏 철삭을 휘둘러 친다.

"홍, 네가 바로 흑풍객의 제자라는 표 가였구나."

관후렴이 코웃음을 쳤다.

표사군이 자신과 같은 십천의 후예라는 데에 더 큰 적의를 느끼는 건 그가 자신들과는 다른 길을 가고 있기 때문이었다.

관후렴의 장력이 곧장 표사군을 노리고 뻗어 나갔다. 가문의 신공인 을목신장인데, 제 아버지 관패호의 그것보다 훨씬 위맹할 뿐만 아니라 악랄한 기운이 더했다.

쿠르르르—

그 엄청난 경기의 폭풍이 표사군의 철삭을 밀어내며 곧장 밀려들었다.

표사군이 이를 악물고 철삭을 휘두르지만 벽을 이루고 밀려

들어 오는 관후렴의 을목신장을 뚫지 못했다.

"이얍!"

표사군이 사나운 외침과 함께 훌쩍 뛰어올랐다.

한 번의 도약으로 관후렴의 머리 위 십여 장이나 솟구쳐 올라 그의 장력 밖으로 벗어난 표사군이 왼손을 뻗어 일장을 내리누르듯 쳐내며 동시에 창처럼 굳어진 철삭을 작살을 꽂듯이 내리찍었다.

"훙!"

관후렴이 코웃음을 치며 역시 좌장을 머리 위로 뻗어냈다. 위에서 떨어지는 표사군의 장력이 원래의 그것보다 배는 더 큰 힘을 발휘했고, 그것이 관후렴의 일장과 충돌했다.

쿠앙!

순간 천번지복의 굉음과 함께 표사군의 신형이 힘껏 걷어찬 것처럼 허공으로 솟구쳐 올랐다.

"크으으—"

그의 입에서 답답한 신음성이 흘러나오고, 왈칵 토해낸 선혈이 허공에 긴 궤적을 그렸다.

관후렴 또한 "끄응—" 하는 무거운 신음을 흘리며 비틀비틀 다섯 걸음이나 물러섰지만 곧 신형을 바로 세우고 다시 내력을 끌어올린다.

그의 눈에 이십여 장 밖으로 날려가 돌덩이처럼 떨어지고 있는 표사군이 보였다.

"이놈! 아직 멀었다!"

외친 관후렴이 표사군을 향해 몸을 날린 것과 숲에서 다시
한 사람이 쏜살같이 뛰어나온 게 거의 동시였다.

"그만둬!"

운도였다.

그가 표사군을 향해 빛살처럼 날아가며 관후렴에게 일장을
뿌렸다.

관후렴은 갑자기 뛰어나온 훼방꾼이 누구인지 알지 못했다.
다만 자신을 향해 뿌린 가벼운 일장에서 느껴지는 기운이 심
상치 않아 놀랐을 뿐이다.

"몇 놈이든 상관없다! 너희들은 오늘 이곳에서 모두 뒈질 테
니까!"

달려가던 기세를 늦추지 않은 채 관후렴이 잔뜩 끌어올렸던
내공을 실어 마주 일장을 쳐냈다.

십여 장의 허공을 격하고 두 사람의 장력이 한 치의 양보도
없이 부딪쳤다.

그 순간 조금 전보다 몇 배는 더 커다란 폭음이 터져 나왔
고, 주위를 휩쓸어가는 경기의 폭풍이 관후렴을 내동댕이쳤
다.

관후렴은 그 엄청난 반탄지력을 감당할 수 없었다.

무거운 신음을 흘리며 뒤로 날려가더니 기어이 철벅거리는
핏물 속에 처박히고 말았다.

그동안에도 무림맹의 무사들과 표사군의 무리가 서로 뒤엉
켜 죽고 죽이는 치열한 싸움을 그치지 않고 있었다.

넓은 벌판이 주검으로 뒤덮였고, 그들이 흘린 피로 인해 마른땅이 흠뻑 젖었다.

운도는 표사군이 난을 일으켰다는 소식을 마풍산으로부터 전해 들었다.

금하가 흐르는 적성령 아래의 명사평에서 십천의 천주들과 일전을 벌인 이틀 뒤였다.

천마비동을 찾아 곤륜산으로 향하던 운도는 되돌아서지 않을 수 없었다.

무슨 이유로 표사군이 그처럼 성급하게 뛰쳐나왔는지 모르나, 지금 상태라면 개죽음을 면치 못할 것이기 때문이다. 그래서 밤을 새가며 달려왔는데 원통하게도 한발 늦고 말았다.

운도는 처박힌 관후렴에게 더 이상 신경을 쓰지 않았다.

쓰러져 있는 표사군을 부축해 안고 그의 명문에 진기를 주입해 준다.

몇 번 기침을 한 표사군이 울컥 선혈을 토해내고 나서야 정신을 차렸다.

멍한 눈으로 한동안 운도를 바라보더니 히죽 웃었는데, 그 모습이 처연해 보여서 운도는 가슴이 아팠다.

"와주었구나."

표사군이 힘겹게 그 한마디를 하고 다시 울컥울컥, 피를 토해냈다.

운도는 그의 내상이 이미 회복 불능의 지경에 이르렀다는걸 알았다. 그래서 더욱 안타깝다. 화가 나기도 한다.

“이렇게 죽을 거냐? 이렇게 맥없이 죽으려고 그 악착을 떨면서 발버둥 쳤던 거냐?”

지옥곡에서의 일을 말한다는걸 알아듣지 못할 표사군이 아니다. 그가 희미하게 웃었다.

“더 산다는 건 수치스러울 뿐이었다.”

“왜? 무엇 때문에?”

“나는 앞으로 백 년을 기다려도 사부님의 복수를 할 수 없을 테니까.”

“그것 때문에 뛰쳐나왔단 말이냐? 대체 누가 흑풍객을 죽인 원흉이지?”

“이귀율.”

표사군의 말에 운도의 얼굴이 온통 일그러졌다.

헐떡이던 표사군이 다시 몇 모금의 피를 토하고 나서 간신히 말을 했다.

“그놈은 사부님이 뇌전도를 얻었던 일을 알아냈다. 그것을 빼앗기 위해 심복들을 시켜서 사부님을 핍박했지.”

십천의 후예들을 말하는 것이다.

“그러나 사부님에게 뇌전도는 없었고, 그놈들은 사부님을 죽이고 말았다. 저희들의 소행이 들통날까 봐 시신을 불태우는 잔혹한 짓마저 서슴지 않았어.”

짐작할 수 있었다.

타협하기 싫어하고, 자존심을 생명보다 중하게 여기는 흑풍객 아니던가.

　섭천의 후예들이고, 절세적인 초인으로 거듭났다고 하지만 새파란 애송이에 불과한 그자들에게 고분고분할 흑풍객이 아니다.

　싸움이 벌어질 수밖에 없었고, 흑풍객은 끝내 젊은 애송이들을 당하지 못하고 덧없는 죽음을 맞을 수밖에 없었던 것이다.

　그런 사실을 알아낸 표사군은 복수의 기치를 들었다.

　그 무렵에는 이귀율의 핍박을 피해 귀모봉의 산채에 와 의탁하고 있던 강호의 고수들이 천여 명이나 되었다.

　그들 또한 이렇게 숨어서 백 년을 살아도 자신들의 존재를 알릴 수 없다는 데에 낙심하고 있던 참이었다.

　이귀율의 복수행에 동참하여 통쾌하게 싸우다가 죽는 것만이 자신들의 억울함을 세상에 알리는 유일한 길이라는 걸 알고 기꺼이 동참했다.

　표사군의 얼굴에서 생기가 급속이 꺼져 갔다.

　"소림의 상허와 바로 저놈이 사부님을 죽인 흉수다."

　가까스로 말한 표사군이 운도의 손을 꽉 잡았다.

　"그놈을…… 그놈을 살려둬서는 안 돼. 그놈은 모든 악의 화신으로 변했다."

　이귀율을 말하는 것이다.

　"그놈이야말로 지옥곡에 가장 어울릴 놈 아니냐? 이제는 네가 그놈을 지옥으로 처넣어 버려. 부탁이다."

　"기꺼이 그렇게 해주지. 나도 간절히 원하는 일이니까."

"그러면 됐어. 나는 너를 믿는다."

표사군의 손아귀에서 힘이 빠져나갔다. 눈을 감고 머리를 툭, 떨군다.

그를 편안히 눕힌 운도가 천천히 일어섰다. 그 무렵 관후렴도 정신을 차리고 있었다.

벌떡 뛰어 일어난 그가 머리를 흔들더니 무섭게 운도를 노려보았다.

그는 운도와 표사군 사이에 어떤 말들이 오갔는지 듣지 못했다. 다만 제가 운도의 일장에 잠시나마 의식을 잃었다는 게 분하고 수치스러워 치가 떨릴 뿐이다.

"알 만해. 네가 바로 단운도라는 놈이구나!"

그가 마주 선 운도를 노려보더니 버럭 소리쳤다.

"네놈을 죽여 천주님의 명령을 완수하겠다!"

이귀율은 이미 무림맹에 누구든 운도를 보면 척살하라는 명령을 내려놓고 있었던 것이다.

운도가 차갑기 짝이 없는 비웃음을 흘렸다. 천천히 등 뒤의 칼을 뽑는다.

번쩍이는 칼빛이 사방을 비추고 웅웅거리는 울림이 용음(龍吟)처럼 들려왔다.

그것을 본 관후렴이 버럭 소리쳤다.

"뇌전도! 그 칼이 네놈에게 있었다니!"

운도가 칼을 뻗어 관후렴을 가리키며 냉엄하게 말했다.

"그렇다. 네가 그토록 원했던 뇌전도가 바로 이것이다. 너는 이것을 빼앗아 이귀율에게 가져다주고 싶겠지?"

"으흐흐흐, 잘됐어. 아주 잘된 일이야."

관후렴이 천천히 두 손에 을목신공을 불어넣으며 탐심이 가득한 눈으로 뇌전도를 바라보았다.

그는 아직도 제가 운도의 일장에 날려가 처박혔던 일을 인정하지 못하고 있었다.

방심했기 때문이고, 표사군과의 싸움 때문에 잠시 기혈이 고르지 못했던 탓이라고 믿는다. 갑작스런 충돌이었기에 충분히 힘을 축적하지 못한 원인도 있을 것이라고 나름대로 분석을 했다.

그러나 지금은 다르다. 을목신공을 십이성 운기하여 두 손에 응집했으니 운도쯤은 단번에 박살 낼 수 있다고 자신했다.

이 넓은 천하에 이귀율 말고는 자신을 상대할 고수가 없다는 자부심이 고개를 든다.

"이얏!"

그가 넘치는 자신감과 자부심을 한껏 실어 기합성을 터뜨리며 와락 달려들었다.

무영천강보(無影天罡步)를 시전하자 신형이 흐릿해지더니 두 개, 세 개의 환영을 만들어냈다. 이내 다섯 개의 환영이 되어 사방에서 운도를 에워싸고 들이친다.

운도는 뇌전도를 든 채 꼼짝하지 않고 있었다.

사술이라고 해야 마땅할 관후렴의 기이한 보법 앞에서 조금도 당황하지 않았다. 오히려 무시하는 것 같다.

오직 하나의 실체를 느끼고 온몸의 신경을 그것에 집중하기 때문이었다.

콰우우우—

사방에서 무시무시한 장력이 쇠뇌처럼 쏟아져 왔다.

'과연!'

운도는 감탄하지 않을 수 없었다. 을목장주 관패호의 그것보다 서너 배는 더 강력하고 지독한 장력이었던 것이다.

강호에서 관후렴의 일장을 받아낼 자가 없을 것 같다.

일격에 바위를 가루로 만들고 두꺼운 성문을 박살 내고도 남을 것 같은 그 장력이 몸에 이르렀을 때에야 운도가 "이얍!" 하는 우렁찬 기합성을 터뜨렸다. 벼락이 치는 것 같은 소리였다.

한줄기 창백한 빛이 사방에서 쳐들어오는 장력의 거대한 벽을 단번에 갈라 버렸다.

쿠앙!

운도의 칼에 실린 힘과 관후렴의 장력이 충돌하자 산이 무너지는 것 같은 굉음이 천지를 뒤흔들었다.

"크아악!"

그리고 하늘을 뒤덮고 땅을 가르는 기파의 폭풍 속에서 참혹한 비명성이 터져 나왔다.

단 일격이었다.

第十一章
질풍의 길, 벼락의 칼

마룡의 후예

세상이 뒤집혔다.

어디를 가든 흉흉한 기운이 감돌았고, 거리에는 인적이 끊어졌다.

관문마다 도검을 지닌 무사들이 적게는 서너 명, 많이는 수십 명씩 상주하며 길목을 지켰다. 모두 무림맹의 무사들이었다.

―마교의 무리가 준동했다.

그 소문이 강호에 널리 퍼지고 있었다.

마교라는 말만 들어도 사람들이 긴장하고 가슴을 졸이며 두

려워하는 건 오랜 세월 동안 심어진 암시의 효과 같은 것이었
다.

끊임없이 그런 암시를 준 건 바로 무림맹이었고, 오늘날에
이르러서는 더욱 극성스럽게 사람들의 뇌리에 마교와 파멸이
라는 단어를 주입시키고 있었다.

그들이 준동하면 세상에 종말이 올 것처럼 세뇌시켰으므로
사람들은 마교라는 말만 흘러나와도 경기를 일으킬 지경이었
다.

그리고 다시 그런 소문이 세상을 뒤숭숭하게 하고 있었다.
그 소문의 진원지는 역시 무림맹이었다.

그것을 뒷받침하기라도 하려는 듯 무림맹에서는 모든 무사
들을 풀어 지금처럼 살벌한 분위기를 만들어가고 있는 중이었
다.

그러나 그 소문이 전혀 근거없는 것은 아니었다.

운도가 무림맹으로 향하고 있었기 때문이다.

처음 표사군을 따라 강호로 나왔던 고수들은 일천여 명이었
는데 광문산 아래의 황무지에서 오백여 명을 잃었다.

그 싸움에서 살아남은 오백여 명의 생존자가 운도를 중심으
로 똘똘 뭉쳐 있었다.

그들의 목적은 오직 하나였다.

타도 무림맹.

척살 이귀율.

목적이 같았고, 목표가 같았으므로 오백 인은 출신과 성향

과 배경이 서로 달랐어도 하나로 뭉칠 수 있었다.

상대하려는 적의 힘이 막강하다는걸 알기에 저절로 결속을 굳건히 하게 된다.

첫 싸움에서 초인 중 한 명인 관후렴은 물론, 그가 이끌고 왔던 일천 명의 무림맹 정예를 전멸시켰다는 자부심도 있었다.

비록 두령이었던 표사군을 잃었지만 그보다 훨씬 강한 운도를 얻었다.

그런 이유로 인해 그들은 사기가 하늘을 찌를 듯 솟구치고 있었다.

게다가 소림과 무당의 봉문에 영향을 받은 많은 문파나 방회들이 봉문하고 꼼짝하지 않았으므로 지금의 무림맹은 역대의 어떤 무림맹보다 힘이 약화되어 있다는 것도 고무적인 일이었다.

그러나 이귀율을 아는 자들의 생각은 또 달랐다.

'그가 버티고 있는 한 지금의 무림맹은 역대 최고의 전력을 가졌다고 해도 과언이 아니다.'

그렇게 생각하는 사람들 중에 운도가 있었다.

무리와 뚝 떨어져 홀로 있기를 좋아하는 운도는 틈날 때마다 뇌전도를 쓰다듬으며 자기 자신에게 말해주었다.

"내 칼은 반드시 이귀율을 찍고야 말 것이다. 이제 뇌전도가 원하는 건 오직 그 한 놈의 피일 뿐이다. 그동안 빨아들였던 수많은 생령의 피가 오직 그 한 놈을 찍고 그 피를 빨아들이기 위한 과정이었을 뿐이다."

그건 이귀율의 손에서 위서향을 되찾고 말겠다는 의지이기도 했다.

이귀율의 폭압에서 벗어나 원래대로 돌아가기를 원하는 오백 인의 바람은 그들의 일일 뿐이라고 생각했다.

운도는 오직 이귀율과의 악연을 끝내고, 그에게서 위서향을 되찾아오기를 원했다.

그녀를 위해 대신 풍사곡주 위진평의 복수해 주고, 표사군의 유언을 들어주는 일이기도 하다.

그리고 그게 제 일생의 목표였다. 다른 건 관심없다.

무림을 압제에서 해방시켜 영웅이 되고자 하는 마음 따위는 조금도 없는 것이다.

제 공을 내세워 만인 위에 군림하려는 야망도 없다.

'나는 내가 원하고, 내가 해야 할 일을 하는 것뿐이다.'

그런 마음을 가지고 있는 운도는 이귀율이 지배하고 있는 강호 자체에 염증이 나기도 했다.

그 싫은 세상을 한 걸음씩 헤쳐 나아가는 건 나를 위해서일 뿐이다.

그러므로 운도는 제가 다시 그 끔찍했던 지옥곡에 떨어져 있는 것 같다고 생각했다.

그곳에서의 짐승 같았던 삶이 낱낱이 떠오른다. 그러면 가슴속의 피가 끓어올랐다.

피를 부르는 본능이 마구 아우성을 쳐댄다.

악검패의 복수를 해주기 위해 야차왕 염구척을 추격하고, 그의 수하들을 하나씩 쳐죽일 때가 생각났다.

그 광기와 흥분으로 칼을 쥔 팔이 경련을 일으킨다.

"끝내 염구척을 해치웠던 것처럼 내가 반드시 너를 그렇게 해주고 말 테다."

중얼거리는 말에 뇌전도가 칼집에서 웅얼거리며 보챘다.

뇌전도는 운도의 의지와 마음과 뜻을 언제나 읽었다. 그리고 하나가 된다.

운도가 분노하면 뇌전도 역시 분노하여 떨었고, 운도가 살기를 일으키면 칼이 그것을 받아 몸서리쳐지는 살기를 뿌렸다.

그 칼을 쥐고 있는 이상 운도는 이 세상의 아무도 두렵지 않았다.

*　　　*　　　*

"그놈이 원하는 게 무언지 나는 잘 알지."

이귀율의 음성에는 검은 어둠이 깃들어 있었다.

처음 그가 맹주가 되었을 때에는 알아채기 힘들 만큼 미약한 것이었는데, 조금씩 변하더니 지금은 듣는 사람들의 심령을 제압할 만큼 크고 무시무시해져 있었다.

이귀율의 변해가는 기운이 음성에 깃들어 흘러나오는 탓이다.

지난 몇 년 동안 이귀율은 완전히 다른 사람으로 변해 있었다.

어둡다. 그리고 무섭다.

그와 마주 앉아 있는 여인은 그래서 가늘게 몸을 떨었다.

위서향이었다.

화려한 옷을 입고 곱게 화장을 했지만 파리해진 안색이 안쓰러워 보일 지경이고, 꼭 다물고 있는 입술이 홍조를 잃었다.

어디에도 강호를 호령하던 여협으로서의 기상과 당당함은 없었다.

과연 그녀가 풍사곡에 있던 그녀인지, 늘 쾌활하고 활기가 넘쳐 나던 그 위서향인지 의심스러울 지경이었다.

이귀율이 어둠의 화신으로 변해가는 동안 그녀 또한 그렇게 변해가고 있었던 것이다.

깊은 수심과 씻을 수 없는 한이 그녀를 그렇게 만들었다.

"그가 오고 있다, 너를 찾기 위해서. 그리고 나를 죽이기 위해서 말이다. 기쁘지 않으냐?"

위서향은 말하지 않았다. 이귀율을 똑바로 바라보지도 않는다.

"사매, 너는 잘 알 것이다. 나와 함께 있는 것이 가장 안전하고 행복하다는걸. 아무도 너를 귀찮게 하지 못할 것이고, 아무도 너를 갖지 못할 것이다. 이 세상에서 너를 가질 수 있는 사람은 오직 나 한 사람뿐이어야 한다."

"나를 갖는다고요?"

위서향이 처음으로 말을 했다. 이귀율을 바라보는 얼굴에 비웃음이 깔려 있었다.

"어떻게 나를 갖는다는 거지요? 사형은 한 남자가 한 여자를 갖는다는 말의 의미를 알고는 있나요?"

이귀율이 눈살을 찌푸렸다. 얼굴에 고통이 어린다. 위서향이 가볍게 탄식하고 다시 말했다.

"갖기 위해서는 먼저 주어야 하는 거랍니다."

"나는 너에게 내 온 마음을 주고 부와 권세를 주었다."

"주기 위해서는 먼저 받을 사람의 마음을 열어야 하는 거지요. 뚜껑이 꽉 막혀 있는데 병에 물을 채워 넣을 수 있나요?"

"내가 그렇게 노력했건만 너는 나에게 마음을 열지 않았어."

"내 마음을 여는 건 물론 내가 결정하는 일이지요. 사형은 나에게 한 번도 그런 결정을 할 기회를 주지 않았어요."

"기회를 주지 않았다고?"

이귀율이 어리둥절하여 바라보았다.

"나는 지금도 너에게 기회를 주고 있다. 과거에도 언제나 그랬어. 그래서 늘 기다렸지. 애태우면서 말이다."

위서향이 한숨을 쉬었다.

"사형은 몰라도 너무 몰라요."

그래서 불쌍하다는 듯 바라본다. 그러더니 더욱 짙어진 비웃음을 띠고 말했다.

"사형은 정말 나를 가질 수 있나요? 내 마음을 가질 수 없으니 몸이라도 가져야 할 것 아니겠어요? 그래야 반은 가졌다고 할 수 있을 텐데, 그렇게 할 수 있나요?"

"너……."

위서향의 당돌한 말에 이귀율이 눈을 크게 떴다.

"그럴 수도 없으면서 나를 이렇게 붙잡아놓는 건 단지 사형의 욕심 때문이지요. 나를 사랑한다고 하지만 그건 강아지 한 마리를 사랑한다는 것과 다를 게 없는 말이에요."

이귀율이 입술을 악물었다. 작심했다는 듯 위서향은 제 말을 멈추지 않았다.

"먹여주고, 쓰다듬어 주고, 행여 다칠세라 돌보아주지만 그건 강아지 한 마리를 사랑해 주는 것과 같아요. 나를 위해 재롱을 떨어주기 바라면서. 하지만 사람은 그렇지 않아요. 사랑이라는 말이 가지고 있는 책임과 의무를 잊어서는 안 되지요."

이귀율의 가슴속에 불끈, 하고 충동이 일었다.

지금 당장 위서향을 쓰러뜨리고 그녀의 몸을 완전히 갖고 싶다는 충동이다.

그가 정말 그렇게 하기로 마음먹으면 누구도 막을 수 없는 일이었다.

이귀율의 음욕으로 번뜩이는 눈을 바라보면서 위서향은 저에게 그런 일이 닥치는 걸 조금도 두려워하지 않는 것 같았다.

해볼 테면 해보라는 듯이 턱을 치켜들고 도발적으로 마주본다.

그런 그녀를 바라보는 이귀율의 얼굴이 점점 고통으로 일그러졌다. 그러더니 두 눈에 증오와 원망이 이글거려졌다. 뚫어지게 위서향을 바라본다.

위서향은 그 눈길을 피하지 않았다. 그가 더욱 화가 치솟아 자기를 죽여주었으면, 하고 바라는 것 같았다.

이귀율은 대설산의 비처에서 십천의 무예를 수련할 때 급속한 내력의 증진을 위하여 동자공을 연성했다.

소림에 은밀히 전해져 오고 있는 만불집성(萬佛集成)이라는 비전의 신공절학이었다.

동정의 몸이어야 할 뿐 아니라, 이미 타 문의 신공절학을 익혀 십성의 성취를 이루고 있어야 하며, 신체의 조건과 체질이 알맞아야 한다는 까다로운 조건이 있었다. 그 모든 게 충족되어야 익힐 수 있는 신공인 것이다.

그래서 소림사 내에서도 그것을 익힐 사람을 찾을 수 없었는데, 의외로 이귀율이 그 세 가지 조건에 모두 부합되었다.

만불집성의 소림 비전신공을 대성하기에 그보다 더 알맞은 사람은 다시 찾을 수 없을 것이다.

각원 선사로부터 비전을 전해 받은 이귀율은 즉시 신공의 수련에 들어갔다.

신공을 지니고 있으려면 평생 동정의 몸을 지켜야 한다는 까다로운 제약 따위는 아무것도 아니었다.

천하제일인이 되어 무림을 손에 넣고 수많은 영웅호걸들 위에 홀로 군림하는데, 사랑을 하고, 여자를 품고, 가정을 이루는 행복쯤은 기꺼이 포기할 수 있다고 생각했던 것이다.

그러나 신공을 대성하고 풍사곡에 찾아왔을 때 그의 그런 생각은 사정없이 흔들리고 말았다.

첫사랑.

그 아련한 꿈같은 달콤함은 여전히 가슴속에 남아 있었다. 신공의 수련과는 아무 상관 없는 일이었으니, 이귀율에게 있어서 그 애틋함과 열정은 심마(心魔)와도 같은 것이었다.

위서향을 본 순간 그는 심마에 빠졌다.

그녀가 운도와 함께 있는 걸 보고 더욱 깊이 빠져 버렸다.

심마는 질투의 모습으로 그를 사로잡았고, 그것 또한 신공의 대성과는 아무 상관 없는 일이었다.

이귀율은 저도 어쩔 수 없는 질투와 분노에 사로잡혔다.

위서향 때문이라고 애써 탓해보지만 제 의지의 나약함이라는 걸 부정할 수는 없었다.

그리고 그런 감정의 복합적인 혼란의 중심에는 언제나 운도가 있었다.

그가 소년이었을 때는 사부의 총애에 대한 질투심으로 분노했었고, 지금은 그를 바라보는 위서향의 애정 가득한 눈길 때문에 질투할 수밖에 없었다.

그녀가 그런 눈길을 보내야 할 사람은 이 세상에서 오직 한 사람이어야 한다. 그리고 그 한 사람은 운도가 아니라 바로 나여야 한다.

질투는 그런 생각으로 순식간에 이귀율의 머릿속을 온통 차지했다.

그래서 그는 선과 악의 본성 중에서 악을 꺼내들었다.

그 뒤로부터 그는 더 이상 마교의 준동으로부터 무림의 정기를 수호하는 수호자가 아니었다.

그 자신이 하나의 거대한 악의 실체가 되고 만 것이다. 그것을 감쪽같이 감추어오고 있었지만 이제는 끄집어낼 때다.

자신을 그렇게 만든 자, 운도가 지금 이리로 오고 있기 때문이다.

이귀율은 이 모든 게 다 운도 때문에 비롯된 일이라고 여겼다. 그놈이 풍사곡에 오지 않았더라면 이런 일은 일어나지 않았을 것이라고 생각한다.

이릉운이 그놈을 제자로 삼지 않았더라면 더 좋았을 것이다.

그래서 그를 미워했다. 그가 운도를 제자로 삼았고, 하필 풍사곡으로 보냈기 때문이다.

그리고 사부를 미워했다.

그가 자신보다 운도를 더 아끼고 사랑했기 때문이다.

그런 모든 미움은 이귀율에게 있어서 운명과도 같은 것이었다.

그는 자신을 이끄는 그 운명에 복종하기로 했다. 그게 그가 원하는 걸 가르쳐 주고 그리로 이끌어가기 때문이다.

그 운명이 그에게 속삭였다.

—네 사부와 이릉운이 너에게 한 짓을 생각해 봐. 십천의 천

주라는 것들은 다 한통속이잖아. 그들은 너를 이용해 먹을 뿐
이야. 너에 대한 애정 따위는 없어. 그러니 너도 그들을 이용
해.

　이귀율은 운명의 속삭임을 받아들였다.
　그래서 십천의 천주들을 더 이상 공경하지 않았음은 물론
그들에 대한 적의를 감추고 더욱 자신의 능력을 키우는 데에
몰두했던 것이다.
　그리고 이루었다.
　위서향을 빼앗아왔으며, 십천의 천주들을 밟고 선 것이다.
　그런데……
　'나는 그녀를 가질 수 없다.'
　그 사실을 인정하자 모든 게 허망해졌다.
　지금이라도 동자신공을 포기하면 될 것이다. 그러나 그렇게
할 수 없었다.
　어떻게 해서 이룬 신공인가. 그것 덕분에 오늘 이 자리에 올
라서 있기도 하다.
　천하가 발아래 놓여 있었다. 한 걸음 내딛기만 하면 모든 걸
원하는 대로 갖게 된다.
　그 모든 걸 이루려는 순간에 어찌 포기하고 돌아설 수 있단
말인가.
　"그를 죽이겠다."
　이귀율이 걷잡을 수 없는 증오를 숨기지 않고 드러냈다. 짐

승처럼 으르렁거린다.

"누가 사형을 막을 수 있겠어요?"

마음대로 하라는 듯 빤히 바라보는 위서향의 경멸 어린 시선이 이귀율을 더 절망하게 했다.

"하지만 이것만은 명심하세요. 사형이 만약 그를 죽인다면, 그래서 내가 상처받고 괴로워하는 걸 보길 원한다면 좋아요. 나도 사형에게서 가장 큰 즐거움 하나를 빼앗아가겠어요."

'가장 큰 즐거움…….'

이귀율의 가슴이 쿵, 하고 내려앉았다.

그 말이 무엇을 의미하는 건지 잘 알 수 있었기 때문이다.

그녀는 스스로 목숨을 끊어 다시는 저를 바라보지도, 만지지도 못하게 하려는 것이다.

*　　*　　*

"이건 말도 안 된다!"

섬전검(閃電劍) 강화웅(姜火雄)이 부드득 이를 갈았다.

하남의 곡창지대가 내려다보이는 언덕이었다.

자운산 서쪽인데, 그곳을 내려가 벼가 익어가고 있는 드넓은 벌판을 지나면 광문산으로 향하게 된다.

운도는 그곳으로 방향을 잡고 있었다. 무림맹을 치기 전에 먼저 풍사곡에 들러보려는 것이었다. 지극히 개인적인 일이다.

그러나 그가 움직이자 그를 따르는 오백 명의 무사도 함께 움직였다. 그러니 무림맹의 감시망에 걸리지 않을 수 없었다.

지금 노여움으로 수염을 떨며 이를 갈고 있는 섬전검 강화웅은 쾌검의 달인으로 불리는 고수 중의 고수였다.

산서 사람인데, 젊은 날에 검 한 자루를 들고 강호에 나와 지난 이십여 년 동안 불패의 신화를 세워갔다.

나날이 높아지는 고수로서의 명성과 강직한 성품은 그를 더욱 빛나게 했고, 당연히 무림맹에서는 그를 불러들여 세 명의 전주(殿主) 중 한 명이라는 막중한 자리에 앉혔다.

표화전주(標華殿主).

무림맹의 외부 일을 주관하는 삼전 중 한 곳으로서 이천 명의 무사를 거느리고 있었다.

검은 바탕에 눈처럼 흰 매를 그려 넣은 깃발을 표기로 삼았으므로 달리 백응전(白鷹殿)이라고도 한다.

운도와 그의 일행이 광문산으로 향하고 있다는 보고를 받은 무림맹은 그곳에서 가장 가까운 곳에 있던 강화웅에게 그를 제압하라는 명령을 내렸다.

강화웅은 이천의 수하를 모두 이끌고 급히 달려와 오화평이라고 부르는 벌판을 건너 진을 치고 있었다.

그리고 오늘 아침에 운도와 그의 무리 오백 인을 보았다.

오화평에 이어져 있는 벌판이지만 그곳은 아직 개간이 되지 않은 황무지였다. 드문드문 높고 낮은 구릉이 섬처럼 솟아 있고, 숲도 우거져 있다.

하남의 곡창지대로 이름난 오화평과 붙어 있으면서도 사뭇 다른 지대였던 것이다.

그 황무지가 붉은 피로 물들어가고 있었다.

강화웅은 오합지졸로 보이는 한 떼의 무사들을 보고 코웃음을 쳤다. 잠깐이면 될 것이라고 생각했는데, 그의 짐작처럼 되어가고 있었다.

죽어가고 있는 게 자기의 수하들이라는 게 문제였을 뿐이다.

운도를 중심으로 넓게 퍼져서 다가오고 있는 그들 오백 명의 무사는 살기와 악에 치받친 나찰들 같았다.

저희들이 죽는 건 상관하지 않고 오직 진로를 가로막고 있는 백웅전의 무사들을 죽이는 데에만 혈안이 되어 있었던 것이다.

그들의 그 지독함에 백웅전의 젊은 무사들은 동요하고 있었다.

네 배나 많은 수적 우위를 믿고 버티고 있었지만 전의가 빠르게 사라져 가고 있었다.

강화웅은 그게 불만이었다.

자신이 그토록 엄격하게 단련시킨 부하들 아닌가. 육체뿐 아니라 정신교육도 빠뜨리지 않았다.

목표와 자부심을 고취시켜서 최상의 사기를 유지할 수 있도록 했던 것이다.

그래서 그들은 언제나 무림맹의 삼전 중 자신들이 최고라는 자부심을 가지고 있었다.

그런 자들이 빠르게 무너지고 있는 건 한심한 일이었다.

강화웅은 그게 실력 때문도 아니고, 훈련이 부족했기 때문도 아니라는 걸 깨달았다.

악이 부족하기 때문이다.

적도들은 죽음을 두려워하지 않고 달려들었는데, 그 지독한 적의가 백응전의 무사들을 질리게 하고 있었다.

그들은 귀족적인 삶에 익숙한 신진 고수들이었다. 명문가의 자제로서 가문의 무공을 이어받았거나 좋은 스승 밑에서 무공을 익혀 개개인의 성취도가 높았다.

그러나 이처럼 험한 싸움터에 나서본 적이 없었다.

무림의 정의를 수호하고 악을 배척한다는 대의명분은 뚜렷했으나 무엇이 정의인지는 모르고 있었다.

알고 있다고 해도 어떻게 그것을 지켜야 하는지에 대해서는 뚜렷한 소신을 갖고 있지 못했다. 자기 철학이 부족하고 신념이 부족했던 것이다.

그게 안락한 삶과 저절로 얻게 된 명예에 배부른 자들의 특징일 것이다.

그에 비해 적도의 무리는 타도 무림맹, 척살 이귀율이라는 뚜렷한 목표가 있었다. 반드시 그것을 관철시키고야 말겠다는 투철한 신념이 있다.

그게 죽음을 두려워하지 않고 저토록 악착같이 달려들게 만드는 힘의 근원이었다.

　그들의 그러한 집념은 무서운 폭발력이 되어 백웅전의 청년 고수들에게 쏟아졌다. 그러자 빠르게 전열이 붕괴되기 시작했다.

　이런 집단전에서는 압도적인 숫자와 개개인의 무공의 뛰어남은 아무런 도움도 되지 못하는 것 같았다.

　갈수록 수하들의 죽음이 늘어나고, 전열이 붕괴되어 가는 걸 지켜보던 섬전검 강화웅이 기어이 분노를 터뜨리고 말았다.

　"쓸모없는 것들!"

　버럭 소리친 그가 검을 뽑아 들고 곧장 전장을 향해 달려갔다. 그의 뒤를 다섯 명의 호위가 따르고 있었지만 쏜살처럼 달려가는 전주를 따라잡지 못했다.

　"저리 비켜!"

　우렁찬 일갈이 전면 백웅전 청년 고수들의 머리 위에 쏟아졌다.

　겁에 질린 얼굴로 돌아본 그들이 기다렸다는 듯 갈라졌고, 그 사이로 강화웅이 성난 들소처럼 달려나갔다.

　쾅!

　처음 그의 일검에 맞은 자는 형체도 없이 흩어져 버렸다.

　검에 실린 폭발적인 힘이 떨어지기 무섭게 모든 걸 터뜨려 버렸던 것이다.

　강화웅은 저를 덮어오는 수많은 고수들을 조금도 두려워하지 않았다.

겁에 질려 있는 자신의 수하들에게 이렇게 싸워야 하는 것이라고 몸소 보여주려는 것 같다.

악이 어떤 건지 똑똑히 보라는 무언의 외침이었다. 그리고 그것으로 상대의 기세를 어떻게 짓밟아놓는지 가르쳐 주는 교육의 현장이다.

강화웅의 검은 과연 섬전검이라는 외호가 부끄럽지 않을 만큼 쾌속무비했다. 그것에 실린 힘 또한 흠잡을 데가 없다.

검초의 완벽함과 과감성에 자신감마저 넘쳐 나니 그 혼자서 오백 명의 무사를 모조리 죽이고도 남을 것 같았다.

그게 바로 용맹이고 실전에서 승리하는 비법이라는 걸 그는 백웅전의 청년 고수들 앞에서 충분히 보여주었다.

"저런 대단한 자가 있었다니?"

언덕 위에서 무심하게 전장을 바라보고 있던 운도가 눈을 반짝였다.

수백 명의 무사 앞으로 달려나와 닥치는 대로 그들을 쳐 넘기며 두려움없이 복판으로 전진해 나아가고 있는 강화웅의 투지와 용맹한 검격이 그의 피를 끓게 했다.

강화웅의 검은 빨랐다. 그리고 깨끗했다. 검격에 넘치는 투지와 필승의 신념이 실려 있다.

그건 쾌도왕의 쾌도 비법과 통하는 것 같았다.

"좋은 솜씨다!"

운도가 저도 모르게 소리쳤다. 흥이 잔뜩 일어 더 이상 견딜 수 없었다.

그는 이런 싸움에 참견하고 싶지 않았다. 그래서 뒷짐을 지고 구경만 하던 중이었다. 그러나 이제는 그렇지 않았다.

휘익―

가볍게 땅을 찬 그가 곧장 강화웅을 노리고 날아갔다.

따앙―

검이 맑은 소리를 내며 울었다. 부르르 떨리는 진동에 손목이 얼얼해진다.

강화웅은 막 또 한 명의 적도를 향해 쳐 내리던 검을 멈추고 물러설 수밖에 없었다.

전진이 처음으로 가로막힌 데 대한 짜증도 났지만, 자신의 검격을 멈추게 한 것이 작은 돌 조각이라는 걸 알고서는 가슴이 서늘해졌다.

그의 삼 장 앞에 운도가 가볍게 내려섰다.

강화웅은 그가 누구인지 한눈에 알아보았다. 이미 무림 중에서 운도를 모르는 자는 없었다.

강화웅이 아직도 웅웅 우는 검을 털어 진정시켰다.

"너와 꼭 한 번 겨루어보고 싶었다."

투지를 불태우며 운도를 무섭게 노려본다.

운도가 천천히 뇌전도를 뽑았다. 그것이 손 안에서 진동하며 낮게 용음을 흘렸다.

"당신의 쾌검은 훌륭했소, 나의 칼과 비교해 보고 싶어졌을 만큼."

칭찬이지만 강화웅은 조롱으로 받아들였다.

그의 눈에는 운도가 새파란 애송이로밖에 보이지 않았다. 그런 애송이에게서 들어야 할 말이 아니지 않은가.

백웅전의 젊은 무사들과 귀모봉의 남은 무리가 일제히 싸움을 멈추고 갈라섰다.

운도와 강화웅 두 사람만의 공간을 만들어준 것이다.

그들 두 사람은 서로 마주 보고 선 채 움직이지 않았다.

서로를 응시하고 틈을 엿보는 눈길에 모든 정신을 집중한다.

정력(定力)의 싸움이 언제나 먼저 벌어지는 법인데, 기싸움이라고도 할 그 인내의 싸움이야말로 도검을 휘둘러 부딪치는 것보다 치열하게 마련이었다.

열에 아홉은 거기에서 승부가 결정된다.

운도나 강화웅처럼 쾌도와 쾌검을 구사하는 자들일수록 더욱 그렇다. 단번에 끝나 버릴 승부가 기싸움에서부터 시작되는 것이다.

그 정력에 있어서 운도는 이미 천하제일이라고 하기에 충분했다. 불가의 부동심을 뛰어넘는 바가 있다.

마주 서서 살기를 일으키고 다스리며 서로의 기세와 기운을 읽고 느끼자 강화웅은 확연히 알 수 있었다.

'이놈은 상상 이상이다. 내가 상대할 자가 아니다.'

그의 이마에 진땀이 배어나기 시작했다. 위험을 느끼는 본능이 어서 검을 거두라고 아우성을 쳐댄다.

그러나 강화웅은 본능의 경고를 따를 수 없었다. 이 많은 눈들 앞에서 고개를 숙이고 물러날 수는 없는 것이다.

드디어 더 이상 견딜 수 없게 된 강화웅이 발작적으로 움직였다.

"끼요옷!"

온 힘을 쥐어짜 기합성을 터뜨리며 힘껏 도약한다.

십여 장의 거리가 한순간에 좁혀졌다.

검법 못지않게 쾌속절륜한 운신이었고, 기습적인 검격이었다.

씨잉—

검이 바람을 끊고 떨어졌다.

전력을 다한 일격이고, 필생의 투지를 한 번에 쏟아낸 일격이었다. 그 어느 때보다 강한 집중력과 의지를 실었다.

그래서 그것은 강화웅이 지난 수십 년 동안 펼쳤던 수많은 검격들 중 가장 빠르고 신랄한 일격이 되었다.

'놈!'

운도가 결코 그 일격을 감당할 수 없을 것이라는 자신감이 솟구친다.

휙—

운도의 칼이 가볍게 그것을 끊었다.

강화웅은 운도의 손목이 꿈틀거리는 걸 언뜻 보았다. 그리고 비수처럼 가슴을 찔러오는 낮고 높은 바람 소리를 들었다.

쨍!

그의 검이 덧없이 토막 나 허공을 가르고 빛살처럼 튕겨져 나갔다.

맥없이 앞으로 툭, 떨어지는 눈에 쩍 벌어지고 있는 제 가슴이 하나 가득 들어온다.

강화웅은 의아했다. 아무런 고통도 느껴지지 않았고, 아무런 감각도 없었는데 왜 제 가슴이 이렇게 쩍 벌어지고 있는 건지…….

털썩.

중심을 잃고 무너져 무릎을 꿇었지만 느낌이 없었다. 제가 아직도 버티고 서 있다고 생각한다.

파아아—

비로소 뜨거운 피가 확 솟구쳐 눈앞을 온통 붉게 뒤덮었다.

'끝났어.'

강화웅은 그제야 그것을 깨달았다.

불로 지지는 것 같은 통증이 척추를 태우며 정수리로 치솟았던 것이다.

지독한 고통이었다. 그리고 절망이었다.

그가 목청껏 비명을 지르기 위해 입을 딱 벌렸다. 그러나 아무런 소리도 낼 수가 없었다. 그게 더욱 큰 공포를 가져다준다.

눈을 부릅뜬 채, 검은 동공 가득 가장 큰 공포를 담고 강화웅이 천천히 쓰러졌다. 먼지를 날리며 모로 쓰러져 눕고 나서야 그의 숨이 완전히 멎었다.

第十二章
궁극(窮極), 두 개의 전설

그가 온다.

죽거나 죽일 것이다.

다른 선택은 없다.

후우웅—

불빛 하나 없는 넓은 대전의 어둠이 진동했다.

한 사람의 기세가 어둠마저 두려워 떨게 만들고 있는 곳.

풍사전(楓沙殿)이었다.

과거, 전성기에는 늘 많은 사람들이 북적이던 곳이다. 그러나 지금은 유령의 집처럼 적막하고 스산하기만 했다.

위진평이 오연히 앉아 수많은 문도들을 호령하던 그 의자에 지금은 이귀율이 앉아 있었다.

그 곁에 위서향이 눈물을 머금고 앉아서 멍하니 어둠을 바라보고 있다.

그녀는 아직 아버지 위진평의 죽음은 물론, 그가 처했던 그 비참한 상황을 조금도 알지 못하고 있었다. 짐작조차 하지 못한다.

그게 위진평으로서는 저승에서도 기뻐할 일이고, 이귀율이 그녀에게 베푼 최대의 호의일 것이다.

그러나 그렇기 때문에 위서향에게는 하루하루가 가슴 조이는 날이었다.

아버지가 아직도 어디엔가 살아 있다고 믿기 때문이다.

그 아버지의 행방을 찾을 수 없다는 게 그녀를 더욱 슬프고 안타깝게 하고 있었다.

그러나 한 가지 위안도 있었다.

운도가 지금 저를 찾아 이리로 오고 있다는 사실이 그것이다.

그가 이귀율을 이겨주기를 바란다. 하지만 이귀율의 손에 죽임을 당한다고 해도 이제는 아무 상관 없었다.

그가 저를 잊지 않고 이렇게 찾아와 주고 있으니까.

그가 죽으면 저도 목숨을 끊을 테니까.

그렇게 해서 저승에서라도 그와 함께 있을 테니까.

위서향에게는 지금 그게 가장 소중한 일이고, 그래서 잠시나마 행복한 미소를 머금을 수 있었다.

*　　　*　　　*

텅 비어 있었다.

예전이나 지금이나 달라진 게 없다.

아니, 그때보다 더욱 을씨년스러워졌고, 버려진 건물들은 더욱 낡고 추레해졌다.

풍사곡으로 이르는 길가. 버려진 마을의 광장에 홀로 우뚝 서서 운도는 십여 년 전의 일들을 추억하고 있었다.

그를 따르는 사람들을 숙현에 머물러 있게 하고 혼자서 풍사곡으로 올라가는 길이었다.

거기 이귀율이 와 있다는 말을 들었다. 이귀율이 사람을 보내서 전했던 것이다.

"풍사곡에서 시작된 악연 아니더냐? 그러니 그곳에서 끝내는 게 옳은 일이겠지. 기다리겠다."

운도는 그가 혼자서 거기 있을 것이라고 짐작했다.

자존심 강한 자 아니던가.

그렇다면 나도 혼자서 찾아가리라, 당당하고 떳떳하게.

무림맹의 무리가 앞을 가로막아도 좋다. 아무리 많은 무리들이 거기 있어도 상관없다.

이귀율의 앞에 나서는 건 나 혼자일 테니까.

그런 마음으로 운도는 처음 제가 홀로 풍사곡에 찾아오던 그날을 생각하며 천천히 걸어 이곳까지 왔다.

고개를 돌려 이 층 누각을 바라보았다.

이제는 무너질 것처럼 낡아 있는 그곳의 창문은 여전히 열려서 바람에 삐거덕거리고 있었다.

거기 장왕 진사곤이 있었다. 그와의 만남을 생각하고, 저를 위해 죽음을 택했던 그와의 헤어짐을 생각하자 가슴이 아파왔다.

"마교……."

이곳에서의 모든 인연이 곧 마교라는 그 말과 관련되지 않았던가.

처음 송번성에서 쾌도왕 갈포참을 만났을 때부터 그랬었다.

아니, 사부 무량자 이릉운이 핏덩이였던 저를 안고 화산을 떠났을 때부터라고 해야 하리라.

"그렇다면 나는 운명적으로 그 굴레를 쓰고 살 수밖에 없는가?"

운도의 입가에 자조적인 웃음이 떠올랐다.

장왕 진사곤과 상왕 황준보를 생각하고, 절대천마 풍약헌을 생각하면 더욱 그렇다.

"그게 무슨 상관이란 말이냐?"

운도가 스스로에게 항변했다. 지그시 입술을 깨문다.

마교라는 말 자체가 무림맹의 무리들이 필사적으로 자신들의 기득권을 지키기 위해서 만들어낸 말에 불과하다.

세상에는 물론 은밀한 곳에 숨어서 온갖 사악한 짓을 행하는 무리들이 있다.

그런 자들을 마교라는 이름으로 불러야 하리라.

그렇다면 지금은 이귀율이 그렇고, 그를 추종하는 무림맹의 무리들이 그렇지 않은가.

그들이 마교라고 불리지 않는 건 역시 무림맹이라는 거대한 집단이 굳건히 지키고 있는 기득권 때문이다.

껍질이고 허울이라는 것이다.

그것을 깨부수는 일 또한 통쾌하지 않을 것인가.

불끈, 주먹을 움켜쥔 운도가 다시 한 번 잡초 무성한 광장을 천천히 돌아보았다.

여기 어디쯤인가 제가 이귀율과 싸우고, 형편없이 얻어터지던 그 원이 있을 것이다.

그때 그가 그려놓았던 원은 영원히 벗어날 수 없는 함정이고 덫이며 고통의 경계인 것처럼만 여겨졌었다.

"그랬던 시절이 있었지."

운도가 풀썩 웃었다.

그때를 떠올리고 지금의 저와 이귀율을 생각하자 그 모든 일들이 아련한 추억일 뿐이었다. 우습기도 했다. 유치하지 않았던가.

그러나 그때부터 싹튼 악연이라고 생각하자 그렇지 않았다. 웃을 수가 없다.

"기다려라. 이제 그것을 끝내주겠다."

중얼거린 운도가 성큼 걸음을 떼어놓았다.

다시는 뒤돌아보지 않고 인적없는 적막한 숲길을 뚜벅뚜벅 걸어간다.

곳곳에서 기척이 느껴지고 있었다.

어둠 속에서 안개처럼 흘러 다가오는 그 기운은 하나같이 범상치 않았다.

대체 몇 명이나 되는 자들이 저 어둠 속에 몸을 숨기고 노려보고 있을까.

그러나 운도는 아무것도 모르는 사람처럼 태연했다.

흥에 겨워 산책이라도 나온 사람 같다.

발아래에서는 개울물 흘러가는 소리가 요란하게 들려오고 있었다. 점점 풍사곡에 가까워지고 있는 것이다.

그럴수록 사방에서 살갗을 따갑게 하며 쏘아져 오고 있는 기운은 더 많아졌고, 더 날카로워졌다.

운도는 그들이 모두 무림맹의 고수들이라는 걸 짐작했다.

몇 명이나 이 광문산 풍사곡 주위에 흩어져 숨죽이고 있는지 알 수 없다.

수백 명, 아니면 수천 명일 수도 있다.

그러나 그들은 그저 그렇게 몸을 감추고 운도를 노려보며 적개심을 드러낼 뿐, 그의 앞을 가로막으려 하지 않았다. 이귀율의 명령 때문이리라.

그러므로 운도는 저와 아무 상관 없는 자들이라고 여겼다.

천 명이 가로막는다고 해도 뚫고 갈 것이고, 만 명이라고 해도 그렇게 할 것이다.

이귀율과 대면하는 데에는 아무 차이가 없다.

그게 운도의 생각이고 결심이었다.

아름드리 단풍나무들이 눈에 들어오기 시작했다.

어둠 속에 우뚝우뚝 서 있는 그것들은 마치 음침한 거인들 같았다.

으스스한 것이 귀기마저 감돈다.

저 단풍나무 숲만 지나면 풍사곡의 높은 대문이 나온다.

거기 어떤 운명이 저를 기다리고 있을지 모른다고 생각하자 지금까지와는 달리 가슴이 뛰었다.

흥분이 조금씩 고개를 내밀기 시작한 것이다.

단풍나무 숲에서부터는 무인지대였다.

어둠 속에서 노려보던 기운들마저 씻은 듯 사라져 버리고 온전한 침묵과 적막만이 가득했다.

일 리에 걸쳐 이어져 있는 그 단풍나무 숲을 운도는 발소리를 저벅저벅 울리며 천천히 걸어 지나갔다.

드디어 저 앞에 풍사곡의 높은 대문과 담이 보였다.

지난 십여 년의 세월 동안 붉은 돌담에는 이끼가 끼고, 담쟁이들에 온통 뒤덮여 을씨년스럽고 쓸쓸해 보인다.

버려진 장원인 것 같았다.

문은 활짝 열려 있었다. 맞아주는 사람도, 지키는 사람도 없는 온전한 폐허.

그곳이 바로 풍사곡이라는 게 운도에게 쓸쓸한 감회를 가져다주었다.

과거 그곳에는 얼마나 많은 사람들이 있었던가.

풍사곡주 위진평의 위명이 천하를 진동했고, 풍사곡의 문도

들은 강하고 높은 자부심으로 오만했었다.

그러던 것이 절대천마 풍약헌과의 일전 이후 쓸쓸한 곳으로 변했다.

위진평은 봉문을 선언하고 문도들을 모두 내보낸 채 위서향과 세 명의 제자, 그리고 풍사곡을 관리할 최소한의 인원만 남겨두었다.

은자처럼 고요히 칩거하고 있던 그때의 위진평을 운도는 똑똑히 기억하고 있었다.

그리고 이곳에서 위서향을 처음 만났던 일도 잊을 수 없다.

그녀를 보자마자 넋이 나가 멍청해져 버렸던 열네 살의 소년.

그때 그녀는 무슨 생각을 했을까.

바보 같은 아이라고 속으로 비웃었을지도 모른다.

운도의 입가에 보일 듯 말 듯 미소가 떠올랐다.

그리고 또 한 사람.

잊을 수 없는 얼굴이 있다.

"아미타불."

떨리는 불호 소리의 주인공이다.

활짝 열려 있는 문 앞에 한 사람이 서 있었다.

재색의 승복 자락이 바람에 가볍게 흔들린다.

백팔염주를 두르고 모자를 쓴 젊은 여승.

달빛 아래 그녀의 볼이 파랗게 빛나 보였다. 합장한 손을 조금씩 떨고 있다.

"청향……."

운도는 금방 그녀를 알아보았다.

떼쟁이 소녀 중. 귀찮게만 하던 빡빡머리. 때로는 위서향을 질투해서 입술을 삐죽거리던 작은 계집애.

손을 꼭 잡고 풍사곡 아래의 개울을 따라 올라오던 일이 떠오른다.

위서향에게 그 모습을 들키자 어떻게 하느냐며 얼굴을 붉히고 발을 동동 구르던 그 작고 깜찍했던 비구니.

그녀가 거기 서 있었다.

잠시 멍하니 바라보던 운도가 마주 합장을 하고 가볍게 고개를 숙였다.

"오랜만이오. 여기서 다시 만나게 되다니……."

"아미타불. 인연인 게지요. 아미타불……."

그녀는 몇 번이나 더 아미타불을 중얼거렸다.

음성이 떨리고 있었다.

서먹서먹한 분위기가 두 사람 사이를 밀어놓는 것 같다.

그게 싫은 운도가 피식 웃었다.

"잘 있었어? 작은 계집애 중은 어디로 가고 이제는 아름다운 아가씨 중이 되었구나. 못 알아볼 뻔했어."

그의 말에 청향의 볼이 붉어졌다.

비로소 그녀도 합장을 풀고 애써 웃어 보였다.

"운도야……."

손이라도 잡을 듯이 다가온 청향이 멈칫거렸다.

운도가 더욱 환하게 웃었다.

망설임없이 청향의 손을 덥석 잡는다.

"보고 싶었다."

"아미타불, 아미타불⋯⋯."

청향이 이제는 목까지 붉어진 채 고개를 숙이고 자꾸 아미타불만 중얼거렸다. 운도에게 꽉 잡힌 작은 손이 애처롭게 떨리고 있다.

그녀는 십천의 후예 중 이제 유일하게 남은 한 사람이었다.

일찍 이귀율의 강압적인 모습에 실망하고 무림맹을 떠나 아미산으로 돌아갔었는데, 오늘 풍사곡에 와 있었던 것이다.

"돌아가."

그녀가 기어들어 가는 목소리로 겨우 말했다.

"어째서?"

"나는 네가 죽는 걸 지켜보고 있을 수가 없어."

"죽는다고? 내가?"

청향이 고개를 끄덕였다. 운도를 바라보는 눈에 두려움이 실려 있었다.

"그는 네가 상상하는 그 어떤 것보다 무서워."

"십천 중 칠천의 절기를 물려받았다는 건 확실히 대단한 일이지. 하지만 너의 그 말은 믿을 수 없는걸?"

"너는 알지 못해."

"그 밖에 또 뭐가 있단 말이냐?"

"아무튼 그는 무서워. 앞으로도 그런 사람은 나오지 않을 거야. 그러니 여기서 돌아가는 게 좋아."

"절대천마 풍약헌, 그분보다 무섭다는 거냐?"

십천의 천주들과 홀로 겨루어 그들을 모두 패퇴시킨 이야기는 이미 강호의 전설이었다.

청향 또한 그런 일이 있었다는걸 들어 알고 있었다.

잠시 생각하던 그녀가 신중하게 고개를 끄덕였다.

"어쩌면."

"뭐라고?"

운도는 청향의 그 말을 믿을 수 없었다.

이 세상에 풍약헌보다 강한 초인이 있다는 건 불가능한 일이라고 확신하고 있었던 것이다.

청향 비구니가 울 듯한 얼굴이 되어 말했다.

"네가 그와 싸울 생각을 한 건 너 또한 마교의 무예를 대성했기 때문이겠지?"

"그중 한 가지를 익혔을 뿐이지."

"소문으로 들었어, 네가 한 일을."

천하제일을 다툴 만큼 충분히 강한 자가 되었다는걸 알 수 있다는 눈길로 지그시 바라본다.

"하지만 그것만으로는 부족할 거야."

"어째서? 이귀율 그는 초인을 뛰어넘어 신이라도 된 거냐?"

청향이 고개를 끄덕였다.

"무신이라고 불릴 사람이 있다면 그 한 명뿐일 거야."

"홍."

운도가 코웃음을 쳤다.

“너는 어렸을 때도 겁이 많았지. 커서도 여전히 그렇구나.
하긴, 그게 너의 매력이었어. 미워할 수가 없었으니까. 귀찮기
는 했지만.”

운도가 그때로 돌아간 듯 낯을 찡그려 보였다가 환하게 웃
었다.

청향이 눈을 흘겼다.

운도가 그때까지도 꼭 쥐고 있던 그녀의 손을 놓았다.

“네 말이 사실이라고 해도 나는 들어가야 해.”

청향이 울 듯한 얼굴을 했다.

“거기 위 사저가 있어서?”

운도가 말없이 고개를 끄덕였다. 청향은 고개를 폭 숙인다.

운도가 그녀의 어깨를 한 번 쥐었다가 놓았다.

“다행이다, 네가 이곳에 있어서.”

“……?”

“누군가는 우리의 싸움을 지켜보고 증인이 되어줄 사람이
있어야 하지 않겠어? 그게 너라면 더할 나위 없이 좋지.”

빙긋 웃어준 운도가 그녀를 지나 성큼 풍사곡 안으로 들어
갔다.

그를 붙잡으려는 듯 손을 뻗었던 청향이 슬그머니 거두어들
였다. 연무장을 건너 풍사전으로 가고 있는 운도의 뒷모습을
바라보는 눈에 안타까움이 물결친다.

“아미타불, 아미타불―”

청향이 합장하고 떨리는 음성으로 불호를 중얼거렸다. 울음

이 묻어나는 음성이었다.

*　　　*　　　*

그가 온다.

어둠 속에서 이귀율은 그걸 느끼고 있었다.

그리고 또 한 사람.

위서향도 느꼈다. 본능으로 운도의 존재를, 그의 향기를 느낄 수 있었던 것이다.

그녀가 입술을 악물었다. 어둠 속에 짐승처럼, 아니, 저승의 입구를 지키고 있는 사신(死神)처럼 앉아 있는 이귀율을 바라본다.

굳게 닫힌 창문 틈으로 흘러들어 오는 미약한 달빛이 그의 모습을 더욱 크고 음산하게 보이도록 했다.

그는 당당했다. 흔들리지 않는다. 차갑게 굳어 있는 얼음조각 같다.

그 얼음조각이 말했다.

"죽여도 좋다."

암흑 속에서 웅얼거리듯 낮게 대답하는 무형(無形)의 인기척이 있었다.

"존명."

"아!"

위서향이 놀란 외침을 터뜨렸다.

　이곳에 저와 이귀율 말고 또 다른 자가 있다는걸 짐작도 하지 못했던 것이다.

　"시험해 보는 거지. 그가 과연 나와 싸울 자격이 있는지 말이다."

　이귀율이 놀라는 그녀에게 그렇게 말해주었다. 그리고 소리 없이 웃었다. 어둠 속에서 하얗게 빛나는 그의 눈이 위서향을 직시하고 있었다.

　위서향은 입술을 악물었다. 이귀율 앞에서 두려워하고, 흔들려서는 안 된다고 생각한 것이다.

　의연한 모습으로 운도에 대한 변치 않는 믿음을 보여주는 것. 위서향은 그게 지금 제가 이귀율과 싸우는 유일한 방법이라는 걸 알고 있었다.

　─나는 너보다 운도를 믿어. 그가 이길 것을 믿어. 언제나 그랬어.

　그 말을 온몸으로 전해주는 것이다. 지금, 이 순간 이귀율에게 그것보다 강력한 저항은 없을 것이라고 확신한다.

　과연 이귀율이 얼굴을 찌푸렸다. "으음" 낮은 신음성을 흘린다. 상처 입은 짐승이 이를 가는 것 같은 그런 신음이었다.

　그는 더 이상 위서향을 바라보지 못했다. 슬그머니 외면한다.

　'이겼어.'

　위서향의 창백한 얼굴에 그보다 더 창백한 미소 한줄기가 스치고 지나갔다.

좋은 느낌. 좋은 예감이라고도 할 그런 것이 불처럼 가슴을 지지며 달려갔다.

암흑사풍(暗黑死風)이라고 불리는 자들.

물론 이 세상에서 그들을 그렇게 부르는 자는 오직 이귀율 뿐이었다.

그들은 존재마저도 알려지지 않은 어둠 속의 귀신들인 것이다. 그들의 실체를 아는 자가 아무도 없다.

대대로 무림맹에 은신하고 있으면서 오직 맹주의 비밀 호위 역할을 하도록 키워지고 훈련된 네 명의 초절정고수가 바로 그들이었다.

오직 맹주만이 그들의 존재를 알고 있었다. 그래서 확실치 않은 소문으로만 은밀하게 무림맹 내에 떠돌고 있는 자들이기도 하다.

지난 일백 년 동안 네 번 맹주가 바뀌었으니 네 번 암흑사풍도 바뀌었을 것이다.

그러나 그들의 존재는 단 한 번도, 한순간도 맹주 아닌 다른 사람들에게 드러난 적이 없었다.

철저한 어둠이고 유령이 되도록 훈련된 자들인 것이다.

그러므로 그들은 광명함을 내세우는 무림맹에는 결코 어울리지 않는 자들이었다. 드러나서는 안 되는 비밀이기 때문에 더욱 철저하게 자신의 존재를 감출 수밖에 없는 자들이기도 하다.

그자들이 운도의 주위에 있었다. 저 어둠 속 어디엔가 보이지 않는 존재로서, 아니, 어둠의 일부로서 도사리고 있는 것이다.

그들이 이처럼 자신들의 존재를 드러낼 경우는 오직 맹주의 명에 의해서일 뿐이었다. 그리고 자신들의 존재를 감지한 자들은 반드시 죽였다.

지이잉—

뇌전도가 운다. 칼집 안이 답답하다고 칭얼대는 것 같다. 그것의 떨림이 등을 통해 고스란히 느껴지고 있다.

그러나 운도는 칼을 뽑지 않았다.

두 손을 늘어뜨린 채 어둠을 마주하고 고요히 서 있을 뿐이다.

이십여 장 앞에 거대한 지옥의 전각처럼 솟아 있는 풍사전이 있었다.

한 번 도약하면 그 문을 박차고 들어갈 수 있다.

그러나 운도는 굳어버린 듯 그 자리에 서 있을 수밖에 없었다. 한 걸음도 나아갈 수가 없다.

어둠 속에 깃들어 있는 알 수 없는 존재들의 기운 때문이었다. 그것을 느끼는 감각이 온몸에 저릴 만큼 따가운 각성의 통증을 가져다주고 있었다.

‘이런 놈들은 처음이군.’

운도의 입꼬리에 차가운 웃음이 매달렸다. 이귀율이 저를 시험하려 한다는걸 느낀 것이다. 어둠 속의 존재들에 대한 비웃음이기도 했다.

그래서 암흑사풍은 가슴 깊이 싸늘한 분노와 함께 더욱 큰 살의를 품었다.

휘류류류—

그 살의가 그들을 움직이게 했다. 운도가 기다리고 있던 바로 그 순간인 것이다.

팟!

어둠의 네 귀퉁이가 갑자기 찢어지는 것 같은 착각이 들었다.

그리고 상하좌우의 방위를 완벽하게 차단한 채 쏟아져 들어오는 검격.

'대단하다.'

운도는 그들의 능력을 인정하지 않을 수 없었다.

이처럼 어둠 속에 녹아들어 있다가 갑자기 들이치는 치밀한 암격이라면 누구인들 당하지 않을 수 있을 것인가.

그들의 검기에 등골이 서늘해진다.

운도가 두 팔을 활짝 벌렸다. 암흑사풍의 검기가 지척에 이르렀을 때였다.

우르르르—

은은한 뇌성이 울리고, 운도는 몸을 비틀고 두 손으로 허공을 잡을 듯이 했다. 갑자기 흥이 일어 춤을 추는 것 같은 장법이었다.

소년이었을 때, 바로 이곳에서 청향의 움직임을 보고 배웠던 아미파의 천수불장이었다.

이런 상황에서는 아미의 천수불장보다 더 완벽한 수비와 공격의 수법을 찾을 수 없을 것이다.

천 개의 손이 물샐틈없이 허공을 가득 메웠는데, 그것에 실려 있는 내력이 태산이라도 밀어낼 듯했다.

"아!"

저쪽에서 그것을 지켜본 청향 사태가 놀란 외침을 터뜨렸다.

운도의 천수불장이 제가 펼치는 것보다 오히려 위력적이었기 때문이다. 그것이 감추고 있는 수많은 변화가 운도에 의해서 완성되고 있는 것 같지 않은가.

"아미타불—"

놀란 그녀가 크게 뛰는 가슴을 진정시키기 위해 불호를 외울 때, 픽! 하고 무엇인가 터지는 것 같은 둔탁하고 무거운 소리가 어둠 속에서 울려 퍼졌다.

"아!"

청향 사태가 다시 한 번 놀란 외침을 터뜨렸다.

허공에 구름처럼 퍼져 나가는 선혈과 육편의 흔적을 언뜻 보았던 것이다.

운도는 단번에 그들을 물리치리라고 작정하고 있었다.

그래서 두 손에 구룡신공을 한껏 움켜쥐었다. 그것은 무엇으로도 비교할 수 없는 강력한 힘이었다.

천수불장에 실어 그물을 던지듯 그 힘을 쏟아내자 허공이 온통 운도의 손 그림자와 강철 같은 경력으로 뒤덮였다.

그것에 부딪친 네 자루의 검이 가루가 되어 날렸고, 네 개의 육신은 증발해 버린 것처럼 지워졌다.

암흑사풍은 끝내 자신들의 모습을 보이지 않고, 아니, 보일 새도 없이 그렇게 어둠 속으로 사라져 버린 것이다.

짝짝짝짝―

갑자기 들려오는 경쾌한 박수 소리가 무겁고 지루하게 내리덮이는 적막을 깨뜨렸다.

풍사전 앞에 그가 서 있었다.

이귀율.

이 시대의 절대자로 군림하게 된 자.

짝―

마지막 박수를 치고 그가 천천히 계단을 내려왔다. 온몸에 두르고 있는 어두운 기운은 너무 크고 넓어서 공허하게 느껴지는 그런 것이었다.

우우웅―

뇌전도가 요동을 치며 크게 울었다. 운도는 온몸으로 그것의 진동을 느끼고 있었다. 마음속에 그것의 아우성이 그대로 전해져 온다.

"대단하다. 진심으로 찬사를 보낼 수밖에 없는 일격이었다. 너의 천수불장은 아미의 그것보다 열 배는 뛰어나다. 앞으로 아미파의 절기들 중에서 천수불장은 빼버려야 할 것이다."

열 걸음 앞까지 머뭇거림없이 다가와 마주 선 이귀율이 환하게 웃으며 한 말이다.

그가 두 팔을 활짝 벌렸다.

"와라, 한번 안아보자."

운도가 눈살을 찌푸렸다. 대체 무슨 속셈이란 말인가.

"이곳에서 너를 처음 보았을 때는 코흘리개 꼬마 녀석이었지. 그런데 이제는 늠름한 대장부가 되어 돌아왔구나. 당당히 나에게 맞서 천하를 다툴 만한 무공을 지니고 말이다. 놀라지 않을 수 없는 일이야. 그래서 더욱 반갑다."

"나는 대사형을 죽이려고 왔소."

"그전에 한 번 안아봐도 되겠지? 밤은 아직도 많이 남았다. 서두를 것 없지 않느냐?"

운도는 혼란스러웠다. 원래 이귀율은 이처럼 대범한 자가 아니지 않았던가.

'그는 정말 입신의 경지에 올랐단 말인가? 그래서 저 넓은 하늘처럼, 저 깊은 바다처럼 변했단 말인가?

운도에게 그런 생각이 들지 않을 수 없었다.

극과 극은 통한다지 않던가. 정이든 마든 극성에 이르면 다 같아지는 건지도 모른다.

그 스스로 허무가 되는 것이다.

그리고 종내는 그것마저도 안에 담아둘 만큼 커다란 무엇이 되는 것이리라. 그걸 궁극(窮極)이라고 해야 하지 않을까.

운도의 가슴에 터질 듯한 기쁨이 갑작스럽게 차올랐다.

그건 엉뚱한 일이었다.

죽음 직전에 느낀다는 그런 것과도 같은 황홀함이었다. 열반의 환희가 있다면 그럴 것이다.

무언가 알 수 없는 한 가닥 답답함이 가슴에 남아 있었고, 미진한 무엇인가가 머릿속에 남아 늘 안개처럼 몽롱했었다.

무공이 아무리 높아졌어도, 내공이 조화지경에 이르렀어도 그 몽롱한 무엇인가의 잔재는 여전히 사라지지 않고 있었는데, 그것이 지금 이 한순간에 거짓말처럼 걷혀 버렸다.

이귀율과 대면하고, 그의 거대한 기운을 느끼며, 그가 도달해 있는 경지를 추측하자 저절로 그렇게 되었다.

그러므로 그것은 안개가 바람에 갑자기 쓸려가 버린 것 같은 어리둥절함이기도 했다.

한 가닥 의혹도 없이, 한 점의 미진함도 없이 의식의 세계가 지극히 명징(明澄)해졌다. 투명한 것이 맑은 물 같다.

'아버지는 벌써 이 세계에 노닐고 계셨던 것이다.'

절대천마로 불렸던 풍약헌. 그는 이미 이와 같은 깨끗함과 탁 트인 통쾌함을 누렸고, 지금도 그럴 것이라는 확신이 생겼다.

'사부가, 십천의 천주들이 하나같이 천마비동을 탐냈던 것도 바로 이와 같은 명징함을 맛보기 위해서였을 것이다.'

그런 생각도 뒤따랐다.

이릉운은 물론, 무공의 정점에 올라 있었던 십천의 천주들에게도 모두 알 수 없는 답답함 한 조각이 남아 있었던 것이다.

스스로의 노력만으로는 그것을 떨쳐 버릴 수 없었으리라.

그리하여 그들은 더 높은 무엇을 갈망할 수밖에 없었는데, 그 답을 천마비동에서 찾으려고 했을 것이다.

풍약헌처럼 되기를 간절히 바란 것이다.

운도는 제가 바로 지금 이 긴박한 순간에 그런 경지에 들었다는걸 믿을 수 없었다. 그래서 어리둥절해진다.

그가 마주 팔을 벌렸다.

긴장은 모두 사라져 버리고 없었다. 살의도 필요치 않다. 이기고 진다는 것에 대한 집착도 다 소용없는 절대의 시간이다.

그래서 운도는 허무가 되었고, 이귀율은 이미 그런 모습으로 팔을 활짝 벌린 채 그를 기다리고 있었다.

두 사람이 서로를 굳게 부둥켜안았다.

두 개였던 허무가 바로 그 순간 하나가 되었다.

텅 빈 공허함과 그 적막함이 가져다주는 충만감으로 가슴이 터질 것 같았다.

여태까지 느껴보지 못했던 거대한 희열이 운도를 휘감았다.

그것이 저 하늘 끝까지, 아니면 땅속 끝까지 저를 이끌어가는 것 같다.

시공을 초월해서 무한한 절대의 공간 속에 둥둥 떠 있는 것 같은 이 느낌에서 영영 벗어나고 싶지 않았다.

얼마나 오랜 시간 동안 침묵이 흘렀을까.

잠깐이었는지도 모른다. 그러나 운도에게는 그 시간이 영영 멎어 있는 것처럼 느껴졌다.

지루하지 않았다. 두렵지도 않았다. 오히려 이 시간이 영원히 이렇게 멎었으면 좋겠다는 엉뚱한 생각이 들었다.

그러나 영원한 건 없다.

"나는 후회하고 있다."

이귀율의 속삭임이 귓속에 파고들었다.

"너를 미워했던 걸 후회하고, 그녀를 사랑했던 걸 후회하고,

내가 이렇게 변해 버린 걸 후회하고 있다."

"사형······."

"너는 아주 훌륭하게 자라주었구나, 나를 부끄럽게 할 만큼. 그래서 고맙기도 하다. 이 말을 꼭 해주고 싶었다."

그가 운도의 등을 토닥였다.

'이게 대사형의 본래 모습이었을 거야.'

운도는 그렇게 믿었다.

이귀율의 본성은 다정다감하고 선했던 것이다. 질투가 그런 그의 본성을 밀어냈을 뿐이다.

이제 다시 본래의 모습으로 돌아와 준다면, 하고 간절히 바라게 된다.

"그러나 나는 돌아갈 수 없게 되었다. 이미 너무 멀리 와 있는 거야."

그런 운도의 마음을 안 듯 이귀율이 그렇게 말했다.

이심전심.

말을 꺼내지 않아도, 표현하지 않아도 운도의 마음은 고스란히 이귀율에게 전해지고 있었다. 그의 마음 또한 운도에게 그대로 전해져 온다.

두 사람 사이에는 가로막힌 장벽이 없었다. 서로의 본성과 마음이 뻥 뚫린 통로로 이어져 있다.

'너는 나와 같이 되지 않겠지?'

이귀율의 그 마음의 소리가 운도에게 전해졌다.

'물론이야. 그래서 나는 사형을 죽일 수밖에 없어. 미안해.

진심이야.'

운도의 마음도 이귀율의 마음속으로 흘러들었다.

'하늘은 공평해서 언제나 그가 행한 일에 대한 대가를 주는 법이다.'

'사형이 받아야 할 대가는?'

'하하, 그게 무엇이든 이제는 기꺼이 받을 수 있다. 나는 내가 한 일을 누구보다 잘 아니까. 그리고 지금 내가 해야 할 일도.'

뚝.

마음의 통로가 갑자기 막혀 버렸다.

싸늘해진다.

부드러움으로 따뜻했던 두 사람의 포옹도 차갑게 식어버렸다. 갑작스런 일이었다.

등을 굳게 안고, 다정히 두드려 주던 손이 멀어진다.

운도는 제 가슴에 닿아 있는 이귀율의 가슴을 떼어놓고 싶지 않았다. 그러나 밀어내는 그의 손을 뿌리칠 수도 없었다. 그래서는 안 된다는걸 그는 잘 알고 있었다.

넘치던 희열이 갑자기 사라지더니 지독한 슬픔이 되어 돌아왔다.

두 사람은 서로를 마주 보면서 한 발 한 발 뒷걸음으로 떨어져 갔다.

세상의 이쪽과 저쪽처럼 영영 다가설 수 없는 거리까지 멀어지려는 것 같다.

십여 장의 공간이 그들에게는 이제 영원히 맞닿을 수 없는 까마득한 거리가 되었다. 영원히 사라지지 않을 어둠이기도 하다.

"끝내자, 이 모든 걸. 우리가 다시는 이런 일로 마주 설 일이 없도록."

이귀율이 툴툴 웃으며 그렇게 말했다.

후우웅—

그의 몸을 감싼 어둠이 웅장한 소리를 내며 흔들렸다. 서서히 소용돌이치더니 거부할 수 없는 거대한 흐름이 되어 남김없이 그에게로 빨려 들어간다.

이귀율은 그 자리에 서서 어둠의 신이 되고 있는 것 같았다.

우와아앙—

굉렬한 진동과 소리가 풍사곡 전체를 뒤흔들었다. 그리고 하늘을 흔들고 땅을 흔들어놓기 시작했다.

그 엄청난 광경과 힘에 운도는 제대로 서 있기가 힘들었다.

"흐읍!"

그가 크게 진기를 들이마시며 불끈, 제 안의 힘을 불러일으켰다.

한 올도 남김없이 끌어올린다.

그러자 그의 몸 안 깊은 곳에 있던 거대한 바다가 들끓기 시작했다. 구름을 뚫고 치솟은 산악처럼 불끈 일어선다.

그건 하늘이라도 찌를 듯이 솟구치는 맹렬한 기운이고 기세였다.

그 기세를 고스란히 뇌전도에 실었다.

그것을 뽑아낸다.

크르르르—

뇌전도가 바로 이 순간을 기다렸다는 듯이, 너무 오랫동안 기다려서 화가 난다는 듯이 그 어느 때보다 무서운 울음을 터뜨렸다.

야수 한 마리가 포효하는 것 같은 칼의 울음이 어둠을 사방으로 밀어냈다.

우주 한복판에서 홀로 차갑고 싸늘하게 빛난다. 그리고 점점 강렬한 빛으로 온 세상을 채워가기 시작했다.

빛과 어둠.

그 두 개의 서로 융합할 수 없는 기운이 명백한 경계를 이루고 충돌했다.

서로를 물어뜯기 위해서 포효하며 온 힘을 다해 부딪친다.

"끼야앗!"

그 두 개의 힘의 정점에서 운도가 뇌성 같은 괴성을 터뜨렸고, "크하하하—" 하는 굉렬한 광소가 이귀율의 입에서 터져 나왔다.

번쩍!

이귀율이 신형이 벼락처럼 쏘아져 나간 것과 동시에 운도의 뇌전도가 눈부신 빛을 허공에 뿌렸다. 천지양단의 힘과 기세로 떨어진다.

"명심해요. 그를 죽이면 나도 사형에게서 가장 소중한 것 하나를 빼앗아간다는걸."

이귀율은 세상의 종말을 향해 치닫는 그 찰나의 순간에 위
서향의 속삭임을 들었다.

'사매……'

그의 눈에 언뜻 뇌전도의 창백한 빛이 비쳤다.

황홀해진다.

그것을 바라보고, 와락 다가서고 있는 운도를 바라보는 이
귀율의 눈에 눈물이 고여 있었다.

쿵!

거대한 충돌.

그리고 하나의 죽음과 하나의 삶.

하나의 절망과 하나의 허무.

그것이 서로 엇갈린 순간 시간도 멎고 우주의 운행도 멈춘
것 같았다.

그것을 뚫고 저 검은 하늘 높이 치솟아오르는 찬란한 빛이
있었다.

두 개의 서로 다른 전설이 하나는 이 땅에 남고 하나는 하늘
의 별이 되는 순간이었다.

『마룡의 후예』 완결

끝마치면서

참으로 오랜 날들 동안 써왔던 것 같습니다.

쓰는 동안의 즐거움은 어느덧 고통이 되기 일쑤였습니다.

무협을 좋아했기 때문에 시작했고, 무협을 좋아했기 때문에 글쓰기의 고통을 늘 맛보아야 했던 세월이었습니다.

그 기쁨과 고통 속에서 이렇게 또 하나의 이야기를 마쳤습니다.

이것이 어떤 평가를 받든지 그건 이제 나의 몫이 아닙니다.

이 글 안에 담겨 있는 작가의 흥과 전해주고자 하는 메시지를 자구에서, 문장에서, 전체적인 내용에서 찾아낼 수 있는 독자는 저와 함께 즐거워하고 슬퍼해도 좋을 것입니다.

그렇지 않아도 상관없습니다.

재미를 느끼시는 분이 있다면 그걸로 충분하니까요. 재미를 느끼지 못해도 상관없습니다.

글을 쓰는 게 나의 몫이듯이 그것을 받아들이거나 그렇지 않거나 하는 건 독자 제현의 몫이기 때문입니다.

산다는 게 그런 것 아닌가, 하는 생각을 문득 하게 됩니다.

함께 즐거워하며 먼 길을 동행해 줄 사람이 한 사람이라도 있다면 행복할 것입니다.

그러나 혼자서 가는 길도 그리 나쁘지는 않습니다.

외롭기는 하겠지만 자유롭기도 할 테니까요.

그러니 동행자가 있든 없든 투덜댈 일은 아닙니다. 그저 묵묵히 제 길을 가면 되겠지요.

무더운 날입니다. 다들 건강하시기를 바랍니다.

2010년 한여름에 송진용.

저작권 보호!!
장르문학의 성장에 힘이 되어주십시오.

저작물의 무단 전재와 복제, 불법 다운로드!
이것은 관심이 아니라 무관심입니다!

작가님들은 창의적 열정과 시간을 투자해 자신의 꿈과 생계를 유지합니다.
한 권의 책을 만들어 많은 사람들은 자신의 인생과 미래를 설계합니다.

저작물 속에는 여러 사람의 노력과 희망이 담겨 있습니다!

저작물의 무단 전재와 복제, 불법 다운로드는 여러 사람들의 꿈과 생계를
위협함으로써 장르문학을 심각한 상황에 빠뜨리고 있습니다.

이제는 무관심이 아니라 관심으로 장르문학의 성장에 힘이 되어주세요.

[도서출판 **청어람**은 항시적인 저작권 보호를 통해 장르문학과
여러분의 희망을 지키겠습니다.]

저작물의 무단 전재와 복제, 불법 다운로드는 법률에 의해 처벌받을 수 있습니다.
저작권법 제97조의5 (권리의 침해죄)
저작재산권 그 밖의 이 법에 의하여 보호되는 재산적 권리(제73조의 4의 규정에 의한 권리를
제외한다)를 복제 · 공연 · 방송 · 전시 · 전송 · 배포 · 2차적 저작물 작성의 방법으로 침해한
자는 5년 이하의 징역 또는 5천만 원 이하의 벌금에 처하거나 이를 병과(동시에 두 가지 이상의
형벌을 지우는 일)할 수 있다.

도서출판 청어람

무공을 익힐 수 없는 비운의 천재 제갈수.
공작가의 망나니 공자 슈.

운명을 벗어나려는 제갈수의 노력은 망나니 공자의 죽음과 만나 비상한다.

제갈수의 영혼과 슈의 신체를 이어받은 새로운 슈 부르셀라 폰 레비안또 가누비엔
그것은 하나의 위대한 기적!

홀로선별 퓨전 판타지의 신기원!

『기적!』

따뜻한 그의 이야기가 지금 시작된다.

KARMA MASTER 카르마 마스터

이상혁 게임 판타지 소설

살아 있다는 것이 무엇인가?

살아 있는 것과 살아 있지 않은 것. 자극을 받는 것과 받지 않는 것.
자극을 받는 그 무엇. 즉, 자아(自我).

형이 개발한 게임, 샹그릴라에서 만난 소녀. 사고로 깊은 잠에 빠진 형을 알고 있는 그녀로
인해 한규의 게임 인생이 180도 뒤바뀐다!

"한규, 티아메트 만나."

이상혁 작가의 새로운 도전! 〈카르마 마스터〉
샹그릴라를 둘러싼 비밀까지 한큐로 날려 버린다!

Book Publishing CHUNGEORAM